Gustav Rasch

Dunkle Häuser in Paris

SALZWASSER
VERLAG

Gustav Rasch

Dunkle Häuser in Paris

Unveränderter Nachdruck der Originalausgabe von 1865.

1. Auflage 2022 | ISBN: 978-3-37500-961-8

Verlag: Salzwasser Verlag GmbH, Zeilweg 44, 60439 Frankfurt, Deutschland
Vertretungsberechtigt: E. Roepke, Zeilweg 44, 60439 Frankfurt, Deutschland
Druck: Books on Demand GmbH, In de Tarpen 42, 22848 Norderstedt, Deutschland

Dunkle Häuser in Paris

von

Gustav Rasch.

Coburg

1865.

Inhalt.

Vorrede.

Die „dunklen Häuser in Paris" schildern uns das sociale Elend der großen Weltstadt, vorzugsweise die Pariser Gefängnisse und Besserungshäuser. Sämmtliche Schilderungen sind aus eigener Anschauung hervorgegangen. Leider kann ich bei Veröffentlichung derselben wieder die Bemerkung nicht unterdrücken, daß in der humanen Behandlung der Gefangenen und in der Achtung vor ihrer individuellen Freiheit selbst im Gefängnisse kaum eine Parallele mit deutschen Gefangenanstälten zu ziehen ist.

Haus **Wolfswinkel**, 1. October 1864.

Gustav Rasch.

Erstes Kapitel.

Pariser Spaziergänge.

Ankunft in Paris. Hotel Violet. Die Kölnische Zeitung. Ein Spaziergang über die Boulevards bei Mondschein. Paris am Morgen. Strategische Straßenlinien und Neubauten. Kasernen. Die Post in der Rue St. Jacques Rousseau. Place des Victoires. Das Palais Royal. Die Februarrevolution. Zeitungsverkauf auf der Straße. Die Tuilerien, der Carousselplatz und das Louvre. Die Rivolistraße. Das Stadthaus und seine Umgegend. Die Pariser Forts und die Revolution. Der Tuileriengarten und seine Erinnerungen. Die Terrasse du bord de l'eau. Der blutigste Platz der Welt. Die Hinrichtungen. auf dem Revolutionsplatz. Italien, Rußland, Mexiko und der Sozialismus. Die Seine-Insel. La Cité. Der Justizpalast und die Conciergerie. Die Neubauten und strategischen Straßenlinien auf dem linken Seineufer. Die Vorstädte St. Jacques und St. Marceau. Sorbonne, Medicinschule und Pantheon. Die politische Stimmung in den Vorstädten. Polen. Garibaldi. Die Sympathieen für den Bonapartismus. Der Napoleonstag.

Neun schlug es auf dem Thurme von Notre Dame, als der Abendzug von Dieppe in Paris eintraf. Ich kannte nur das Paris der Republik; das kaiserliche Paris hatte ich noch nicht gesehen. Die Schwierigkeiten mit der Douane waren bald erledigt; nach einer halben Stunde fuhr ich bereits durch die hellerleuchteten Straßen nach dem Hotel Violet. Ich hörte weder das Rollen der Räder, noch den Hufschlag der Pferde. Mir klang noch das donnernde Geräusch der Omnibus, der Frachtkarren, der Cabs und der Equipagen auf dem Pflaster von Fleetstreet und Cheapside in den Ohren; der Contrast machte die Stille, mit der hier die Wagen aneinander vorüberrollten, um so auffälliger. Haben denn die Räder der französischen Wagen keine eisernen Radfelgen, dachte ich, oder sind die Hufe der Pferde nicht mit Eisen beschlagen? Fahre ich auf einer Landstraße oder auf dem weltberühmten Pflaster von Paris, aus dem das

Volk seit mehr denn einem halben Jahrhundert alle 16 oder 18 Jahre Barrikaden baut, um die Steintrümmer zum Piedestal neuer Gedanken, neuer Ideen und anderer Regierungssysteme zu machen? Da fiel mir ein, daß das Pflaster des kaiserlichen Paris seit zwölf Jahren durch macadamisirte Straßen ersetzt sei. Ich dachte noch an das Pflaster der Republik, welches am 2. Dezember 1851 zum letzten Male zu Barrikaden aufgethürmt worden war. Jetzt fuhr ich auf einer macadamisirten Straße nach dem Faubourg Poissonière. Der Wagen hielt. Ich war in der Passage Violet angekommen.

Die Hausglocke ertönte. Aus dem hellerleuchteten Hofe des Hotels eilten mehrere Kellner an den Wagen. Es war wenige Tage vor dem 15. August, vor dem Napoleonstage, Paris war mit Fremden überfüllt. Alle Bahnverwaltungen beförderten, wie ich in der Normandie gesehen hatte, mit Extrazügen und zu enorm billigen Fahrpreisen aus allen Himmelsgegenden die Bevölkerung nach Paris, um an der Feier des Napoleonstages Theil nehmen zu können.

„Kann ich ein Zimmer bekommen; ist noch Platz im Hotel?“ rief ich dem Kellner in französischer Sprache zu, während der Hausdiener meinen Koffer vom Bocke nahm.

„Gewiß“, erwiderte der Kellner in deutscher Sprache, „zu welchem Preise wünschen Sie ein Zimmer zu haben, zu zwei, zu drei oder zu vier Franken? Es sind noch Zimmer zu allen Preisen da.“

Der zweite Kellner sprach gleichfalls deutsch. Auch der Besitzer des Hotels, der jetzt ebenfalls auf dem Hofe erschien, sprach deutsch. Ich war nicht wenig erstaunt. „Aber, woher wissen Sie denn, daß ich ein Deutscher bin?“ fragte ich verwundert den Kellner, der mich in das Speisezimmer führte. „Hier spricht ja Jeder deutsch!“ —

„Ich hörte es am Accent", erwiderte er. „Unsere ganze Bedienung besteht aus Deutschen. Nur der Hausdiener ist ein Franzose. In unserm Hotel kehren meistens Deutsche ein."

Und als ich in dem Speisesaal an dem langen gedeckten Tische Platz genommen hatte, hörte ich rund um mich gar deutsch sprechen. Ich hätte glauben können, ich befände mich mitten in Deutschland, in Berlin, Frankfurt oder in Breslau.

Seit mehreren Tagen hatte ich keine Zeitungen gelesen. Ich wußte weder, was aus der Armee des Generals Lee geworden war, noch wer unter den deutschen Fürsten die österreichische Einladung nach Frankfurt angenommen hatte. Nur die Antwort des Großherzogs von Mecklenburg-Schwerin kannte ich, „daß er befehlsmäßig sich bei Seiner Kaiserlich Königlichen Apostolischen Majestät in Frankfurt melden werde." —

„Halten Sie die Kölnische Zeitung?" fragte ich den Kellner.

„Gewiß." —

„Dann geben Sie mir die heutige Kölnische Zeitung." —

„Ja, die Kölnische Zeitung ist nicht angekommen." —

„Nicht angekommen? Ist der Bahnzug verunglückt?

„O nein, der Bahnzug ist heute Morgen wie immer angekommen. Aber die Zeitung ist confiscirt?"

„So; dann geben Sie mir die gestrige Kölnische Zeitung." Für mich war auch die gestrige Kölnische Zeitung neu.

„Ja, die gestrige Kölnische Zeitung ist auch nicht angekommen."

„Dann die Zeitung von vorgestern."

„Sie ist auch nicht angekommen. Seit fünf Tagen haben wir die Kölnische Zeitung nicht mehr erhalten."

Da war ich selbst am Ende meiner Wünsche angekommen. Eine andere deutsche Zeitung wurde im Hotel nicht gehalten. Und hätte der Wirth eine andere Zeitung gehalten, so wäre sie wahrscheinlich auch „nicht angekommen." Der Kellner fand übrigens gar nichts Auffallendes darin. „Seh'n Sie, gleich nach den Wahlen in Paris ist die Kölnische Zeitung fünf und zwanzig Mal nicht angekommen", sagte er. Was war zu machen? Ich mußte mich aus einigen französischen Zeitungen und aus einer älteren Nummer der Times, welche auf dem Tische lagen, unterrichten, was aus der Armee des General Lee und aus den Einladungen zum Fürstentage in Frankfurt geworden war, und diese Zeitungen brachten darüber gar nichts, oder ältere Nachrichten, welche mir bereits bekannt waren. Vor mehreren Jahrhunderten, wo es noch keine Eisenbahnen, keine Dampfschiffe, keine Telegraphenlinien, keine Landstraßen, keine Zeitungen gab, hörte man man von Reisenden, welche aus fremden Ländern kamen, wie es dort zugehe; einzelne Kreuzfahrer, welche dem Schwerte der Sarazenen entgangen waren, und nach jahrelangem Umherirren in Mönchskleidern in das Vaterland zurückkehrten, erzählten, daß von den Hunderttausenden, welche ausgezogen waren, um das heilige Grab zu erobern, außer ihnen, auch nicht ein Mann übrig geblieben sei; Kaufleute, welche auf der Donau ihre Waaren hinaufführten, und im deutschen Reich handelten, berichteten, „daß da hinten weit in der Türkei die Völker auf einander schlagen." Wohlan, dachte ich, ich werde mir einbilden, daß ich einige Jahrhunderte früher geboren bin; ich werde die fremden Reisenden fragen, welche hier in dieser modernen Karawanserei am Tische sitzen und sich mit ihrem Abendessen beschäftigen. Und ich fragte den dicken Mann, der mir gegenüber saß, ich fragte seinen Nachbar, ich fragte rechts, ich fragte links; aber Keiner konnte mir Kunde geben. Keiner wußte, was aus der

Armee des Generals Lee geworden sei; Niemand, wer von den deutschen Fürsten in Frankfurt erscheinen werde. Alle waren bereits seit mehreren Tagen in Paris — und die Kölnische Zeitung war ja seit fünf Tagen ausgeblieben. „Eh bien", sagte ich, „vielleicht kommt die Kölnische Zeitung morgen, ich werde zu Abend speisen, und mich heute weder um den General Lee noch um den Fürstentag zu Frankfurt bekümmern."

Aber Paris mußte ich heute noch sehen. Es war erst halb eilf Uhr, als ich das letzte Glas Bordeaux getrunken hatte. Wie oft hatte ich vor Jahren um diese Zeit noch vor dem Café Richelieu gesessen und eine demie-tasse getrunken! Machen wir noch einen Spaziergang über die Boulevards. Wie Paris auf den Boulevards aussieht, kann ich heute auch noch ohne die Kölnische Zeitung erfahren!

Aus der Passage Violet bis zu den Boulevards sind es nur wenige Schritte. Als ich am Ende der Rue de Faubourg Poisonnière, welche ebenfalls macadamisirt war, um die Ecke bog, da überschaute ich mit einem Blick die Boulevards bis zum Boulevard des Italiens. Das Bild war ganz das Bild von ehemals. Es fehlte kein Strich in demselben, kein Ton. Da waren die erleuchteten Cafés, und vor den Thüren die kleinen Tische, an denen Hunderte Eis aßen und Kaffee tranken und Papiercigaretten rauchten; da standen die Kellner mit den weißen Schürzen und den weißen Strümpfen; da gingen die Limonadenverkäufer umher und klingelten mit ihren Glocken; da rollten die Omnibus und Fiackers vorüber; da standen die erleuchteten Zeitungsthürmchen mit ihren bunten Fenstern; da wurden die Abendjournale ausgerufen; da drängten sich die Spaziergänger auf den Trottoirs; da war ganz dasselbe Geräusch und Geschwirr, derselbe Lichterglanz, wie vor 14 Jahren. Auf den ersten Anblick kam es mir vor, als wenn die Boulevards nicht älter geworden wären. Nur die Bäume, welche alle 16 bis 18 Jahre einmal umgehauen werden, um als Material zu Barrikaden verbraucht zu werden, waren größer geworden; denn vor 14 Jahren, als ich sie zum letzten Male sah, hatten sie einige Jahre früher gerade ihre gewöhnliche Bestimmung erfüllt. Wann, dachte ich, als ich langsam nach dem Boulevard des Italiens ging, wann werdet ihr wieder umgehauen und zu Barrikaden verbraucht werden? Niemand kann seinem Schicksal entgehen, auch die Bäume auf den Pariser Boulevards nicht.

Ihre gewöhnliche Zeit ist bald um! Aber in dem Geschwirr und Geräusch, in dem Lichterglanz war ein ungewohnter Ton. Es fehlte das Geräusch des Rollens der Wagen, der Schlag der Pferdehufe auf dem Pflaster. Auch die Boulevards waren in ihrer ganzen Ausdehnung macadamisirt. Alle Pflastersteine waren verschwunden; sogar die Granitplatten der Trottoirs. Und da blickte ich in die Rue Vivienne, in die Rue Richelieu beim Vorübergehen hinein; sie sahen ganz so aus, wie ehemals. Nur das Pflaster hatte auch hier der Chaussee von Mac Adam Platz gemacht. Und da drüben war die Chaussee d'Antin, die Rue Lafitte, wo die Banquiers wohnen, das Maison dorée, das Café Richelieu mit seinen großen Spiegelscheiben, alles wie früher. Und dann kam ich zu dem Boulevard des Italiens, zu dem glänzendsten von allen. An Reichthum der Architektur, an Glanz seiner Läden und Magazine wird er von keiner Straße der Erde übertroffen. In der Beleuchtung von Tausenden von Gasflammen bietet er einen wahrhaft zauberischen und feenhaften Anblick. Und dort stand das Gebäude, wo in der Februarrevolution Guizot wohnte! Hier war das Ministerium der auswärtigen Angelegenheiten. Die Bäume sind hier größer und stärker, wie alle andern Bäume auf den Boulevards. Sie haben ein längeres Leben gehabt, wie alle andern Bäume. Ihr Geburtsjahr ist der Anfang des Julikönigthums. Sie haben die Stürme der Februarrevolution überlebt. Hier standen die Soldaten, welche zuerst auf das Volk von Paris feuerten, deren Gewehrsalven den Sturz des Julikönigthums einläuteten. Da, gerade mir gegenüber, stand der brave Lagrange und feuerte den verhängnißvollen Pistolenschuß ab, an dem sich das lodernde Feuer der Februarrevolution entzündete, welches in wenigen Tagen ganz Europa von der Nordsee bis zu den orangegeschmückten Gestaden Siciliens in Brand steckte. Alte Bäume, wie rauschen eure Blätter im Nachtwinde! So flüsterte der Nachtwind in euren Zweigen, als ihr vor sechszehn Jahren das Commandowort „du feu!" hörtet. Du feu! Fate fuoco! Feuer! tönte es von der Nordsee bis zur Adria! Das ganze alte Europa ging in diesem Feuer auf. Jetzt ist das ehemalige Hotel des affaires étrangères des Julikönigthums verschwunden, wie das Julikönigthum und die Republik; Neubauten des Kaiserthums haben seinen Platz eingenommen. Der Socialismus des Kaiserthums hat sich einzig und allein in den Neubauten manifestirt, und diesen Neubauten ist das halbe alte Paris zum Opfer gefallen. Und dort blickte ich in die Friedensstraße, welche mit dem achteckigen Vendome-Platze endet, auf dem die eherne Vendome-Säule mit der Kaiserstatue im Mondlichte schimmerte. Die Friedensstraße und das Kaiserthum des ersten Napoleon mit seinem Schwertergerassel und seinem Kanonendonner, welche Contraste! Hier der Boulevard Madeleine mit seiner wunderschönen Magdalenenkirche, dem Ebenbilde des Parthenon. Ich kenne keines von all den großen Gebäuden, welche ihn einfassen. Jedes Haus ist mir neu. Alle alten Häuser, welche vor zehn Jahren hier standen, sind den Neubauten des Napoleonismus zum Opfer gefallen. Aber die Erinnerungen der Revolution haben, wie überall in dem neuen Paris, auch hier siegreich ihre Stelle behauptet. Dort, am nördlichen Ende der Magdalenenstraße, war der Kirchhof, wo die Leichen Ludwig des Sechszehnten und seiner Gemahlin bis zum Jahre 1815 ruhten. Der Bruder des hingerichteten Königs ließ damals ihre Asche nach der Königsgruft von St. Denis führen, und eine Kapelle auf dem Magdalenenkirchhof aufführen.

Es schlägt eilf Uhr auf den Thürmen von Paris. Der Mond mischt sein Silberlicht mit dem Feuerschein der Gasflammen. Tageshell sind die Boulevards erleuchtet. Gehn wir nochmals abwärts bis zur Julisäule, welche auf den Trümmern der Bastille steht. Die Nacht ist so warm und schön, und auf dem Wege steigen die Erinnerungen aus „dem sturmbewegten Meer Paris“ vor mir auf. Jetzt sind wir wieder an der Montmartrestraße. Da, wo dieselbe auf den Faubourg mündet, erhob sich am 24. Febr. 1848 eine riesige Barrikade. Zehnmal stürmten die bewaffneten Polizeibanden des Julikönigs, die Municipalgardisten, vergebens heran. Zehnmal warf das Gewehrfeuer der Streiter der Revolution die Soldaten zurück. Nun die Boulevards Poissonnière und Bonne nouvelle mit ihren beiden Theatern. Alles noch wie ehemals; nur die Chaussee von Mac Adam hatte auch hier die Pflastersteine verdrängt. Aber sämmtliche Seitenstraßen hatten ihr revolutionäres Pflaster behalten. Mit jedem Schritt, den ich zurücklegte, wurden die Boulevards nun einsamer. Die Spaziergänger hatten sich verloren, vor den Café's saßen nur hie und da noch rauchende und plaudernde Gruppen. Da erhebt sich das alte Thor von St. Denis mit seinen hohen, breiten Steinbogen und seinen allegorischen Figuren. Es ist schon recht alt, das gute Thor von St. Denis. Die Stadt Paris hatte es zu Ehren König Ludwig des Vierzehnten erbaut, als derselbe von seinen

Räuberzügen in Holland, wo er drei Provinzen verwüstete und vierzig Städte in Asche legte, zurückkehrte; ich meine, die Commune der Stadt Paris baute es auf Kosten der Stadt Paris. Bürgermeister und Rath pflegen in Frankreich, wie überall, die Siege Aller zu feiern, die gerade in der Macht an der Reihe sind, und die Kosten werden dem Gemeindevermögen octroyirt. Wie hoch mag sich wohl die Schuldenmasse der heutigen Stadt Paris belaufen!

Hier, mit dem Thore von St. Denis nehmen die revolutionären Quartiere von Paris ihren Anfang. Auch während der Julirevolution und in den Februartagen knallten an den Thoren von St. Denis und St. Martin die ersten Gewehrschüsse. Die Regierung Napoleons hat deshalb diesen Quartieren ihre besondere Aufmerksamkeit gewidmet. Die Chaussee von Mac Adam führt hier auch in die große Seitenstraße und hat die winkeligen Ecken und Häuserklumpen durchbrochen. Da, zwischen dem alten Thore von St. Martin mit seinen Reliefs, welche ebenfalls die Siege des Königs feiern, welcher ganz Frankreich wie eine große Domaine behandelte und den Widerspruch seiner Unterthanen mit den bekannten Worten niederschlug: „Der Staat bin ich", ist eine neue Straße gebaut, welche ganz Paris von Süden nach Norden durchschneidet. Sie beginnt am Bahnhofe von Straßburg, schneidet die Seine am alten Chateletplatze, und wird auf dem linken Ufer der Seine bis zum Observatoire fortgeführt. Es ist der Boulevard Sebastopol, eine große und breite Straße, ganz chaussirt, in ihrer Lage vollkommen geeignet, die Vorstädte zu beherrschen und ihre Kraft in der Mitte zu durchschneiden. Nun betreten wir den Boulevard St. Martin. Mit jedem Schritt wird hier die Umgebung revolutionärer. Da ist das „Wasserschloß" mit seinen rauschenden Cascaden. Geheimnißvoll murmeln die silbernen Wellen im Mondlicht. Auch sie wissen trotz ihrer Jugend bereits viel von Gewehrfeuer und Kanonendonner zu erzählen. Da erhebt sich ein gewaltiges Gebäude von Stein im Hintergrunde des Wasserschlosses. Die unteren Fenster sind vergittert; ein starkes Eisengitter umzieht den ganzen untern Stock. Für mich ist das Gebäude neu. Kann es etwas anderes sein, wie eine Kaserne? — Die befestigte Kaserne trennt den revolutionären Boulevard St. Martin und den Boulevard du Temple von einander. In der Kaserne können mehr wie zehntausend Soldaten untergebracht werden. Sie soll beide Boulevards beherrschen und ein neuer Boulevard ist in der Anlage, welche die Kaserne mit Vincennes verbinden und bei der Barriere du Trône auslaufen wird. Aber die Idee dieser Befestigung gegen die Revolution ist nicht von dem Napoleonismus ausgegangen. Schon im Jahre 1848 sah ich hier eine kürzlich aufgeführte Kaserne. General Cavaignac hatte sie schleunigst nach den Junitagen gegen den Socialismus erbaut. Das Kaiserthum hat sich nur der Idee „des Schlächters von Paris“, wie die Bewohner der Vorstädte Cavaignac zu nennen pflegten, bemächtigt, und dieselbe in erweiterten und vergrößertem Maßstabe in Stein und Eisen ausgeführt. Wo ist Cavaignac geblieben? Die Macht des Gedankens hat ihn trotz seiner Kaserne und Soldaten mit dünnen papiernen Stimmzetteln gestürzt. Auch die gewaltige Kaserne mit ihren Steinquadern, mit ihren Eisengittern, mit ihren zehntausend Soldaten wird, wenn die Stunde schlägt, der Sturmhauch der Idee fortblasen.

Nun betreten wir den Boulevard du Temple. Er erhielt seinen Namen von dem Gefängniß Ludwig des Sechszehnten. Von dem finstern Gebäude ist nur die Erinnerung geblieben. Ein englischer Square mit duftigen Rasenplätzen und mit rauschenden Bäumen bedeckt seine Stelle. Ich suche das kleine alte Haus, in dem Fieschi seine Höllenmaschine aufstellte. Auch das kleine Haus ist verschwunden. Ein neues Gebäude ist an seine Stelle getreten. Die ganze Reihe jener kleinen Theater, wo Melodramen aufgeführt wurden, und der Pierrot mit seinem Kreidegesicht seine Späße machte, ist verschwunden. Ein wilder Trümmerhaufen ist an ihre Stelle getreten. Wie manchen fröhlichen Abend habe ich dort im Saale des Theâtre des Funambules, wo die Basquine Eugen Sue's tanzte, zugebracht! Auf dem Boulevard du Temple folgt der stille Boulevard Beaumarchais. Die neuen saubern Häuser an seiner Südseite sind sämmtlich in den letzten vierzehn Jahren entstanden. Sie zeichnen sich durch eine geschmackvolle Architektur aus. Noch einige Schritte, und ich stehe wieder auf einem der interessantesten Plätze der Welt! Es ist der Bastilleplatz. Hier stand einst die Zwingburg von Paris. Die Bastille war das Schreckenswort in der Regierung der letzten Ludwige; die Lettres de cachet wurden hinter ihren festen Mauern und Thoren vollstreckt. Ihre Kerker waren die Gräber für die Lebendigen. Da brach die Revolution herein — —

„Die Pieken und die Säbel blitzen,
Auf schwarzem Haare rothe Mützen,
Trompetenruf und Fackelbrand.
Die Knaben sieht man Waffen tragen.
Die rauhe Trommel wird geschlagen,
Die zornige, von Frauenhand.“
„Die Glocken rasen auf den Thürmen,
Vor drängt das Volk mit wildem Schrei,
Ha, das ist der Bastille Stürmen! —*)

Am Abend des 14. Juli 1789 war das von tiefen Gräben umgebene, aus fünf, durch Mauern verbundene hohe Thürme bestehende feste Schloß „la Bastille St. Antoine“ nicht mehr. Die Mauern waren niedergerissen, die Trümmer in die Gräben geworfen: was die Hände der Stür-

*) Ferdinand Freiligrath. Politische und sociale Gedichte.

menden nicht zerstört hatten, vernichtete die Flamme. Heute erhebt sich auf den Trümmern des ehemaligen Staatsgefängnisses die Julisäule, das Denkmal der Streiter in den Julitagen, welche die Regierung des letzten Bourbon stürzten. Auf der Höhe der Säule steht der Genius der Freiheit, in der einen Hand die Fackel, in der andern eine zerbrochene Kette. Unter den Quadern des Fußgestelles schlummern die Streiter zweier Revolutionen, die Streiter aus den Julitagen und der Februarrevolution neben einander. Nur Eure Leichen suche ich hier vergeblich:

„Ihr Junikämpfer von Paris
Ihr Siegenden, Geschlagenen."

Auch Ihr fochtet an dieser Stelle am tapfersten. Da drüben, wo die breite Straße sich in die Vorstadt St. Antoine mündet, stand die stärkste Barrikade, welche die Soldaten Cavaignac's drei Tage lang vergebens bekämpften. Nur die Kanonen konnten sie hinwegräumen. Hier tödtete den frommen Bischof von Paris eine unglückliche, verirrte Kugel. Wie viel Blut ist auf diesem Platze geflossen! Die Trümmer der Bastille, der Leichenzug der Julikämpfer, der brennende Thron des Bürgerkönigs, die Insurgenten in der Junischlacht, der heißesten Schlacht, welche die Straßen von Paris gesehen haben, welche mächtige Episoden in der Entwickelungsgeschichte des französischen Volkes! Welches Leichenbegängniß ist hier nun an der Reihe? Der macadamisirte Fahrweg, der rings das imposante Denkmal umgibt, kann dies Leichenbegängniß nur verzögern, nicht verhindern.

Lange stand ich noch vor der Säule, auf deren metallenen Leib der Vollmond lange schimmernde Streiflichter warf, in Gedanken versunken. Das Schweigen der Mitternacht hatte den großen Platz bereits in ihren stillen Mantel gehüllt; nur hie und da schlich noch ein Arbeiter in seiner blauen Blouse, oder ein Bewohner des Marais in urweltlichem Rocke und Hute zu Hause. Ihre Schritte verhallten. Dann hörte ich die Glocke von Notre Dame zwölf Uhr schlagen. Alle anderen Thürme folgten der großen Glocke von Notre Dame. Als die letzte Glocke Mitternacht angezeigt hatte, ging ich nach dem Faubourg Poissonnière zurück. Niemand begegnete mir. Die ganze, große Stadt Paris schien zu schlafen.

Schläft Paris wirklich? Ist die Stadt, welche jetzt fast seit einem Jahrhundert in der Bewegung der Geister in Europa immer die Initiative ergriffen hat, im Materialismus untergegangen? Ist der ideale Zug, welcher im Leben des französischen Volkes vor allen seinen übrigen Eigenschaften so mächtig hervortritt, verschwunden? Rom und Mexiko! — — Hat Frankreich diese Schuld zu tragen oder der Bonapartismus? England ist tief gesunken seit einem halben Jahrhundert. Dort verdrängt der materielle Nutzen, der Handel und der Schacher vollkommen jedes ideale Streben. Haben die Agiotage und der Börsenschwindel auch das Vaterland Rousseaus und Valezé's, die Geburtsstätte der Gironde und des Berges angesteckt? Sind die Barbé's, die Louis Blanc, die Robespierre und die St. Just alle gestorben? Hat die Entwicklungsgeschichte der Völker auch bereits über das fröhliche und muthige Paris, über die Stadt der Revolutionen, sein graues Leichentuch gebreitet? Ist die Stadt der Revolution ein Kirchhof geworden?

Diese Gedanken beunruhigten mich beim Schlafengehen und beschäftigten mich beim Erwachen am andern Morgen. Der Morgen blickte so sonnig und so heiter in die Fenster meines Schlafzimmers hinein, wie vor vierzehn Jahren. Unmöglich, dachte ich, Paris ist kein Kirchhof geworden. Bevor die Sonne untergeht und ihr letzter rother Schein die Marmordenkmäler des Père Lachaise vergoldet, werde ich die Gewißheit haben, daß Paris noch das Paris von ehemals ist. Es ließ mich nicht länger zu Hause. Ich ging aus, obschon es noch sehr früh war. Ich wollte die Vorstädte durchstreifen, die Quartiere St. Marceau und St. Antoine, das Quartier Latin; jedes von ihnen hat einen berühmten Namen in der Revolutionsgeschichte der Stadt. Und ich kannte hier ja jede Straße, jeden Platz, jedes Haus möchte ich sagen. Jahrelang hatte ich dort gewohnt. An der Ecke der Rue Montmartre begegnete mir ein Freund. Seit vierzehn Jahren hatten wir einander nicht gesehen. Er kannte Paris ganz genau. Seit sechszehn Jahren hatte er die Pulsschläge dieser merkwürdigen Stadt gezählt. Er konnte mir die Wahrheit sagen. „Ist Paris todt oder lebt es?“ rief ich ihm entgegen.

Er lächelte in seiner ruhigen und sinnigen Weise. „Oh, es lebt,“ sagte er, „es lebt ganz so wie ehemals. Wie können Sie fragen?“ —

— „Aber diese letzten vierzehn Jahre,“ erwiderte ich, „aber der zweite December, aber Rom, aber Puebla und Mexiko?“ —

Er lächelte wieder. Volle Zuversicht und Klarheit sprach sich in seinen Zügen aus. „Sie können sich überzeugen,“ sagte er. „Sprechen Sie doch mit Jedem, mit dem Sie wollen. Sie brauchen nicht deshalb in die Vorstädte zu gehen. Die Wahrheit können Sie auch hier auf den Boulevards erfahren. Aber Sie bleiben ja doch am Napoleonstage hier? Der Verlauf desselben ist der beste Prüfstein, ob Paris lebt?“

„Und wie wird der Napoleonstag verlaufen?“ fragte ich.

„Nun, mein Gott, wie er seit den letzten zehn Jahren immer verlaufen ist.“

„Sie waren ja in Rom, und sind bei den Festtagen anwesend gewesen, die das Papstthum feiert. Ziehen Sie eine Parallele.“

Fröhlich begann ich meine Wanderung. Ich wußte nun, daß Paris kein Kirchhof geworden ist. Bis zum Abend durchstrich ich die mir bekannten Straßen nach allen Richtungen. Hinter dem Palais Royal war noch Alles, wie ehemals, die engen Straßen, die hohen Häuser, das alte Pflaster. Jeder Winkel war mir hier bekannt. Ich fand Alles wieder. In diese Straßenlabyrinthe hatte die Chaussee von Mac Adam ihre Wege noch nicht gefunden. Da war die alte, historische Rue St. Honoré mit ihren engen Seitengassen. Sie hatte ganz das alte Gesicht. Noch immer war die Post in der engen Straße, welche nach dem berühmtesten Philosophen Frankreichs ihren Namen führt. Da rollte ein gelbangestrichener Postwagen hinaus. Vier weiße Pferde aus der Normandie zogen ihn. Es kam mir vor, als wären es dieselben vier weißen Pferde, welche ich vor vierzehn Jahren mit dem gelbangestrichenen Postwagen aus der Straße Jean Jaques Rousseau kommen sah. Auch der Place des Victoires, der kleine Platz, auf dem das Opernhaus stand, vor dem Louvet den Herzog von Berry ermordete, die Straße, welche nach dem berühmtesten Cardinal Frankreichs ihren Namen führt, Alles war, wie ehemals. Und nun trete ich in den Hof des Palais Royal. Welche mächtige historische Erinnerungen haften an diesen Mauern, an diesen Säulengängen, an diesen Bäumen, Rasenplätzen und Hecken! Das Palais royal ist die Geschichte Frankreichs seit mehreren Jahrhunderten. Hier wohnte der mächtige Cardinal Richelieu. Palais-Cardinal hieß es damals. Dann schritten die glänzenden Festzüge Ludwigs des Vierzehnten durch diese mit Gold und marmorner Stuccatur bedeckten Säle. Von jener Zeit an hieß es Palais Royal.

Die liederlichen Gelage und Orgien der Regentschaft schlugen ihren Wohnsitz in diesen Räumen auf. Hier wohnte Philipp Egalité, der liederliche Enkel des liederlichen Regenten, von dem seine eigene Mutter schrieb: „Mein Sohn ist incapable mehr als zwei oder drei Tage Diät zu halten. Viel zu drinken ist freilich schlimm vor die Augen, und zu allem Unglück sauffen die Damen hier mehr, als die Mannsleutte, undt mein Sohn (unter uns geret) hat eine verfluchte Maitres, die saufft, wie ein Bürstenbinder, ist ihm auch gar nicht treu. Diese verteufelte Compagnie, wo er alle Nacht bei ist, und sitzt ahn Taffl biss 3 oder 4 Uhr Morgenss, das muß gewiß ungesundt sein." Philipp Egalité brauchte beispiellose Summen zu seiner kostspieligen Hofhaltung und liederlichen Lebensweise; er war auch darin von seinem berüchtigten Großvater in nichts unterschieden. Da kam er auf den Gedanken, den Garten und das ganze Schloß mit einer Arkadenreihe umziehen zu lassen, in den Arkaden Magazine und Schauläden anzulegen, oberhalb der Säulengänge Säle und Zimmer zu bauen, und alle diese Räumlichkeiten an Gewerbetreibende zu vermiethen. In dem Jahre 1781 — 1786 führte er diesen Vorsatz aus, und vermehrte auf diese Weise sein Einkommen in der beträchtlichsten Weise durch die hohen Miethzinsen, welche er von den Gewerbetreibenden nahm. Unbewußt verpflanzte er auf diese Weise die Revolution in das Palais Royal. Die Kaffeehäuser unter den Arkaden wurden die Sammelplätze aller Unzufriedenen und Revolutionaire. Hier in diesem Garten rief Camille Desmoulins zu den Waffen. Von diesen Rasenplätzen zogen die bewaffneten Volkshaufen aus, welche die Bastille zerstörten. Aber aus diesen Sälen bestieg auch der Herzog im Jahre 1793 das Schaffot auf dem Revolutionsplatze, der heute der Eintrachtsplatz heißt.

Lange Zeit behielt das Palais Royal seinen neuen Namen „Palais Egalité". Bis zum Jahre 1814 stand es leer. Während der hundert Tage wohnte dort Lucian Bonaparte. Mit der Restauration der Bourbons kam es wieder in die Hände seiner ehemaligen Eigenthümer, der Orleans. Louis Philipp bewohnte es bis zum Jahre 1830. Jener glänzende Ball, an dem Salvandy so prophetisch die Worte sprach: „Nous dansons sur un volcan“, wurde in den Sälen des Palais Royal gefeiert.

In den Februartagen war das Palais Royal der Schauplatz eines heftigen und erbitterten Kampfes. Die gegen die Tuilerien und gegen den Carousselplatz vordringenden Volksmassen, nachdem sie die Truppen von den Boulevards und von den Quais zurückgeworfen hatten, machten es zur Operationsbasis ihrer Angriffe auf die Tuilerien. Sämmtliche, das Schloß umschließende Straßen und Gäßchen waren verbarrikadirt und aus den Höfen und Säulengängen, welche ihre Front dem Carousselplatz zukehren, erfolgte der Angriff auf jenes steinerne, mit Gitterfenstern versehene Gebäude, welches die Tuilerien von dieser Seite vertheidigte. Es war von 800 Municipalgardisten besetzt. Ohne das Gebäude zu nehmen, konnten die Volksmassen nicht in die Tuilerien eindringen. Stundenlang wüthete der Kampf. Die Municipalgardisten feuerten aus den Fenstern, hinter deren Brüstungen sie vollkommen gedeckt standen. Der Platz war mit den Leichen der Volkskämpfer übersäet. Endlich wurden mit Stroh und Heu beladene Wagen auf den Platz geführt, das Stroh und Heu angezündet und nun die brennenden Wagen gegen das von den Municipalgardisten besetzte Gebäude vorgeschoben. Flammen und Rauchwolken schlugen in die Fenster, trieben die Gardisten von den Gittern zurück und erstickten sie in dem Gebäude, welches nur nach dieser Seite Ausgänge hatte. Hinter den brennenden Wagen drangen die Volkskämpfer vor. Den eingeschlossenen halberstickten Municipalgardisten blieb nichts Anderes übrig, als inmitten der Flammen und Rauchwolken umzukommen, oder das Gebäude zu verlassen. Sie wählten das Letztere. Da empfing sie aus den Fenstern und aus den Höfen des Palais Royal ein wohlgezieltes Flintenfeuer. Sie wandten sich gegen die Ausgänge der kleinen und engen Straßen, welche von den beiden andern Seiten des Platzes auf den Carousselplatz führten. Jede Gasse war durch eine Barrikade versperrt und an jeder Barrikade knatterte ihnen neues Gewehrfeuer entgegen. Sie wurden auf den Platz zurückgeworfen. Von Neuem empfingen sie hier die Schüsse aus den Fenstern des Palais Royal. Endlich hörte das Feuern auf, weil es von den auf dem Platze eingeschlossenen Municipalgardisten nicht mehr erwidert wurde. Sie lagen sämmtlich todt auf dem Pflaster, oder waren im Rauch und in den Flammen des brennenden Gebäudes erstickt. Der Kampf war die letzte Scene des Kampfes; gleich darauf wurden die Tuilerien ohne Widerstand genommen.

Jetzt bewohnt die Räume des historischen Schlosses, welches seit Jahrhunderten eine Rolle in der Geschichte Frankreichs gespielt hat, der Prinz Napoleon, der Schwiegersohn des Königs von Italien, der Sohn des ehemaligen Königs von Westphalen, Hieronymus Napoleon. Auch sein Vater hat hier bis zu seinem vor einigen Jahren erfolgten Tode gewohnt. Im Garten, unter den Säulengängen, in den Höfen, war Alles noch wie früher, in der Mitte das runde Wasserbecken mit den langen, umgitterten Blumenbeeten und der vierfachen Reihe von Ulmen, welche auf die mit Kies bestreuten Wege kurze, spärliche Schlagschatten werfen. Da steht das kleine Geschütz, welches um die Mittagsstunde der Sonnenstrahl vermittelst eines Brennglases abfeuert. Auch die kleinen Buden fehlen nicht, in denen die Tagesblätter für einige Centimes verliehen werden. Aber es ist Niemand da, der sie liest. Die Pariser Tagespresse ist langweilig geworden. Das System der Verwarnungen hat sie vollkommen todt gemacht. Auch die beiden berühmten Restaurants, „Vefour“ und die

„Trois-Frères-Provencaux“ sind noch an derselben Stelle. Und als ich nach der Passage Montesquieu gehe, um im Café Montesquieu ein Frühstück zu nehmen, da stand ebenfalls Alles auf demselben Fleck. Dort das Büffet mit den Orangen, Pfirsichen und Trauben, ganz wie vor 14 Jahren, und dort die kleinen weiß gedeckten Tische. Hinter dem Büffet sitzt derselbe Mann mit seiner dicken Frau, welche vor 14 Jahren hier saßen, und geben das Dessert aus; die Republik und das Kaiserthum sind in allen ihren Phasen an ihnen vorübergegangen, ohne ihr Haar grau zu färben, und wenn nicht ein hochaufgeschossenes junges Mädchen neben ihnen säße, welches damals als Kind von einigen Jahren in der Gallerie vor der Thüre des väterlichen Restaurants spielte, so hätte ich glauben können, zwischen damals und heute, zwischen der Februarrepublik und dem Kaiserthum, lägen nicht Jahre, sondern nur wenige Tage. Auch die Speisekarte sieht ganz wie früher aus, und die Potage à la vermicelle, die moules, die rognons sautées, die pommes de terre à la maitre d'hôtel scheinen sogar von dem nämlichen Koch zubereitet zu sein, der sie vor 14 Jahren zubereitete. Wahrhaftig, da ist ja noch derselbe Kellner mit seiner steifen würdevollen Haltung, der hier vor 14 Jahren servirte! „Wie lange serviren Sie denn schon in diesem Restaurant?“ fragte ich ihn. „Vierzig Jahre“, sagte er, „der Koch ist auch schon dreißig Jahre hier.“ Richtig, meine Zunge hatte mich nicht getäuscht. Derselbe Koch und derselbe Garçon! In mancher Beziehung gibt es kein conservativeres Volk, wie die Franzosen. Nur in ihrer politischen Entwickelung sind sie nicht conservativ. Alle 16 bis 18 Jahre wird mit dem herrschenden System einmal tabula rasa gemacht, die kleinen Zwischenrevolutionen nicht mit eingerechnet.

An der Südseite des Palais Royal hatte die Revolution, welche seit dem Kaiserthume über die Straßen und Häuser von Paris hereingebrochen ist, gründlich aufgeräumt. Das Straßengewirr, welches den Carousselplatz an dieser Seite umgab, war vollständig verschwunden, der Louvre mit den Tuilerien durch prächtige Neubauten verbunden. Der Plan Napoleons des Ersten war endlich durch seinen Neffen zu Ende geführt. Der lange, freie Platz zwischen dem Louvre und den Tuilerien, welcher an der Seite der Tuilerien der Carousselplatz heißt, war nun sowohl im Norden wie im Süden durch prächtige Gebäude abgeschlossen und bildete ein imposantes Ganze. Die Rue de Rivoli war bis zum Stadthause durchgeführt und verband nun mittelst der Straße, welche in die Vorstadt St. Antoine führt, den Bastille-Platz mit dem Place de la Concorde in den elysäischen Feldern. Um der Straße Raum zu verschaffen, haben zwischen dem Platze am Palais Royal und dem Platze am Stadthause nicht weniger wie 300 Häuser niedergerissen werden müssen! Die Rue de Rivoli verbindet die Barriere de l'Etoile, indem sie die Vorstadt St. Antoine in ihrer ganzen Länge durchschneidet. Sie halbirt auf diese Weise das ganze alte Paris, während die Boulevards und die Quais es von beiden Seiten umfassen. Für die strategischen Pläne des Kaiserthums ist die Straße von größter Wichtigkeit. Vermittelst derselben ist es möglich, die Revolution in der Mitte zu durchbrechen, während sie von den Boulevards und von den Quais von beiden Seiten gefaßt wird. Zugleich sind an ihrer wichtigsten Stelle ebenfalls zwei befestigte Kasernen errichtet. Sie nehmen das Stadthaus in die Mitte und sind mit demselben unterirdisch verbunden. Die eine ist für Infanterie, die andere für Cavallerie und Artillerie bestimmt. Das Pariser Stadthaus war immer der verkörperte Sitz der Revolutionen. In dem großen Saale desselben wurden die Bastillesieger gefeiert. Es war der Sitz des revolutionären Gemeinderaths. Auf dem Stadthause wurde das Julikönigthum gegründet, und an den Stufen des Stadthauses verkündete Louis Blanc die Republik. Louis Napoleon hat dem Stadthause seine revolutionäre Kraft und Bedeutung nehmen wollen; deshalb mußte dasselbe durch die Rue de Rivoli mit den Tuilerien verbunden und durch zwei befestigte Kasernen eingeschlossen werden. Es ist mir unbegreiflich, daß Louis Napoleon die Geschichte der französischen Revolutionen so schlecht studirt hat, um in befestigten Kasernen und in Straßenlinien, welche mit dem Geschütz bestrichen werden können, die Macht des Widerstandes zu suchen. Die Revolution siegt in den Straßen von Paris nicht dadurch, daß der Widerstand der Regierung gebrochen wird, sondern dadurch, daß der Widerstand aufhört. Wenn sich ein Regierungssystem in Frankreich abgenutzt hat, fällt es zusammen, weil es in sich selbst keine Stütze mehr findet. Mit grobem Geschütz und mit der gehörigen Anzahl Soldaten sind alle Barrikaden zu bezwingen. Wenn aber die Geschütze nicht mehr feuern, und die Gewehre sich in die Höhe richten, dann hört der Kampf von selbst auf und die Macht der Regierung bricht in sich selbst zusammen. Louis Philipp hat sich während seiner achtzehnjährigen Regierung ganz in derselben Weise auf die Revolution vorbereitet, wie heute Louis Napoleon. Nur um die Revolution in Paris niederwerfen zu können, wurde die Stadt mit Festungswerken umgeben. Sie kosteten nicht weniger als 140 Millionen Franken und bestehen außer der bastionirten Umwallung aus dreizehn vorgeschobenen Forts. Für die Niederwerfung der Revolution sind diese Forts weit wichtiger, wie alle befestigten Kasernen in der Stadt. Und als die Februartage über das Julikönigthum hereinbrachen, was haben die dreizehn Forts gethan, um das Julikönigthum zu stützen? Nicht das

Mindeste! Auch nicht eine einzige Kanone ist auf die Stadt abgefeuert, keine einzige Bombe in ihre verbarrikadirten Straßen hineingeworfen worden. Die Pläne, die Revolution mittelst der Straßenlinien auf den Boulevards und an den Quais in die Mitte zu nehmen, sind alt. Louis Philipp hat sie durch den General Sebastiani entwerfen lassen, und der General Bugeaud, der in keiner Beziehung einem Pelissier, einem St. Arnaud Etwas nachgab, war dazu auserſehen, sie auszuführen. Zu dem Ende waren vierzigtausend Mann in der Stadt einquartiert und siebenzigtausend Mann waren in der Umgegend so stationirt, daß sie binnen einer Stunde nach Paris geschafft werden konnten. Aber die Colonnen, welche aus dem Hauptquartiere in den Tuilerien 'auf die Boulevards geschickt wurden, um die Revolution in die Mitte zu nehmen, schlugen sich nicht. Da brach der ganze Plan zusammen, und nach wenigen Stunden zog die Revolution siegreich in die Tuilerien ein. Louis Napoleon hat den Plan Louis Philipps noch durch eine dritte Straßenlinie, welche jetzt die Vorstadt St. Antoine mit den Tuilerien verbindet, und durch den Bau einiger neuen befestigten Kasernen erweitert, das ist sein ganzes Kunststück. Dem Gelingen des Rechnenexempels fehlt nur das Facit, nämlich, daß die Faktoren, auf denen der ganze Aufbau desselben beruht, schließlich auch handeln.

Ich gehe wieder in den Tuileriengarten. Die Erinnerungen aus den Revolutionen der letzten siebenzig Jahre schweben über jeder Terrasse, über jedem Blumenbeete. Da ist der Durchgang nach dem Schloßhofe, aus dem Alibaud sein Pistol auf Louis Philipp abfeuerte, als er nach Neuilly fuhr; dort die nach dem Wasser gelegene Terrasse, wo einst der König von Rom spielte. Wo ist der König von Rom geblieben, dem sein Vater einst halb Europa als Erbe zu hinterlassen gedachte? Nach dem König von Rom spielte auf derselben Terrasse der Herzog von Bordeaux seine Kinderspiele. Wo ist er? Vergessen wohnt er weit von Frankreich in einem fast unbekannten österreichischen Dorfe. Auch der Enkel des Bürgerkönigs, der Graf von Paris, spielte auf dieser Terrasse. Der Großvater starb einsam in der Verbannung, der Vater kam auf der Straße nach Neuilly, durch einen Sprung aus dem Wagen ums Leben, und der Enkel hat nicht die mindeste Aussicht, in das Schloß seiner Väter zurückzukehren. Jetzt spielt auf derselben Terrasse der Sohn Napoleons des dritten. Verhängnißvolle Terrasse! Wer der Meinung ist, daß Paris zum Kirchhof wurde, der besuche die Terrasse du bord de l'eau. Und dort an dem Gitter, welches den für die Bewohner der Tuilerien reservirten Garten umschließt, dort steht ja die Marmorbildsäule des Spartacus! Er schaut nach den Fenstern des Schlosses, der Held, der die Sklavenketten brach und das stolze, übermüthige Rom in seinen Grundvesten erschütterte! Mit der einen Hand zerbricht er die Kette, mit der andern zieht er das Schwert. Die Statue des Spartacus hat auf dieser Stelle alle Revolutionen und alle Perioden der Reaction in der Geschichte der letzten hundert Jahre überdauert. Sie ist das verkörperte Sinnbild des revolutionären Frankreichs. Da sind noch die marmornen Halbrunde — die Carrés d'Atalante, welche nach Zeichnungen von Robespierre angelegt wurden. Bei den Blumenspielen der Jugend im Monat Germinal sollten auf ihnen die älteren Männer sitzen. Und dort betrete ich die Allee, durch welche Louis Philipp floh, um auf dem Revolutionsplatze in einem armseligen Fiakre Paris zu verlassen! Auch Ludwig der Sechszehnte floh vor den Stürmen des 10. August durch dieselbe Allee in die Reitschule, wo die legislative Versammlung tagte. Aus der Reitschule ging sein Weg in das Templegefängniß, und aus dem Temple auf den Revolutionsplatz.

Da breitet er sich ja vor mir aus, der weiteste und blutigste Platz der Welt! Welche europäische Stadt hätte einen ähnlichen Platz aufzuweisen, wie der Revolutionsplatz? Der Blick ruht auf den Säulen der Magdalenenkirche und dem Palais Bourbon, auf dem Triumphbogen und auf den Baumgruppen des Tuileriengartens zugleich, wenn man neben dem Obelisk von Luxor steht. Und welche blutbedeckte Stätte bedeckt das Piedestal des herrlichen Obelisk. Dort stand das Schaffot der Republik, unter dessen Beil während zweier Jahre 2800 Köpfe fielen! Zuerst das königliche Haupt Ludwig Capets. Es machte den Anfang. Der Platz hieß damals Place de la Revolution. Neben dem Schaffot erhob sich eine Riesenstatue der Freiheit. Am 17. Juli legte unter dasselbe Beil Charlotte Corday ihr schönes Haupt. Brissot mit den Girondisten stieg dann die Stufen des Schaffots hinauf. Sie starben wie die Helden, tapfer und todesmuthig. Der Gesang der Marseillaise ertönte von ihren sterbenden Lippen über den Platz. Nun fielen nach einander die Häupter der königlichen Familie, die Königin Marie Antoinette, Philipp Egalité, der die Revolution zu seinem Spielwerk zu machen gedachte, die fromme Prinzessin Elisabeth. Dann kam Hebert; ihm folgten die Orleanisten, Danton und Camille Desmoulins, nun Chaunette und Anacharsis Cloots. In den drei letzten Tagen des Juli traf das Fallbeil Robespierre und seinen Bruder, St. Just, Couthon, alle Mitglieder des Wohlfahrtsausschusses und 82 Mitglieder des Gemeinderaths. Chateaubriand hatte nicht Unrecht, als er den Plan, an Stelle des Schaffots einen großen Springbrunnen zu errichten, mit den Worten bekämpfte: „Alles Wasser in der Welt reiche nicht aus, um den Platz von dem hier vergossenen Blute zu reinigen!" Der Obelisk von Luxor trat an die Stelle des Springbrunnens, weil er ein Gegenstand ganz gleichgültiger Natur, ohne alle politischen Beziehungen war.

Aber man kann die Erinnerungen des Revolutionsplatzes nicht mit dem Stein des Obelisk von Luxor zudecken. Die Erinnerungen ringen sich unter den Quadern hervor und werden lebendig. Da steht neben dem Obelisk ein baumhoher Mann mit der Drehorgel. Er trägt eine Soldatenmütze auf dem Kopfe; der baumhohe Mann hat in Italien und in der Krimm gefochten. Rund um ihn stehen hunderte von Zuhörern, Arbeiter in der historischen Blouse, Bürger in ihren braunen Tuchröcken, Soldaten von allen Waffengattungen, Sergeants de ville mit dem Zweispitz und dem langen Degen. Der baumhohe Mann singt ein Lied. Mit dem den Franzosen eigenen Feuer und Begeisterung trägt er das Lied vor. Nun kommt der Refrain. Alle Umstehenden singen den Refrain. Ich will doch heran treten, um zu hören, was für ein Lied der Soldat aus den Feldzügen in Italien und Rußland singt? Ist es ein Lied zur Verherrlichung des Bonapartismus? O, nein! Ist es ein Lied, welches „la gloire“ preist, das Streben der „großen Nation?“ Auch nicht. Es ist ein Lied der Freiheit, was der baumhohe Soldat singt. Drei Soldaten kommen aus dem Feldzuge. Sie kehren zurück in ihr heimathliches Dorf. Den Bauern, welche ihnen entgegen kommen und sie grüßen, sagen sie: „Wir sind mit unsern Geschäften zu Ende, wir kehren zurück zum heimischen Heerde.“

„Sonnez trompettes!
Sonnez trompettes et clairons.“

Jeder von ihnen erzählt, wo er gestritten und was er gethan hat. —

„Moi, dit l'un deux: je viens d'Afrique en Crimée,
Suivant partout notre invincible armée,
Toujours chantant, — le coeur content;
Comme un autre j'ai, de ma crosse,
Ecrasé ma part du colosse,
Tandis que nos vieux compagnons
Enclouaient de leurs bayonnettes
Les obusiers et les canons."

Begeistert wiederholen alle Umstehenden, Bürger, Soldaten, Arbeiter und Polizisten den Refrain

„Sonnez trompettes!
Sonnez trompettes et clairons!" —

Der baumhohe Mann begann den zweiten Vers:

„Moi, reprend l'autre, orné d'un ruban rose,"
„Et rau, tan, plan" sang der Chor dazwischen.
„Des opprimés j'ai defendu la cause,
Toujours chantant, — le coeur content;
Des bords de l'Arno jusqu'au Tibre,
Nous avons fait un peuple libre
Sous le feu de nos mousquetons."

Mit noch weit größerer Begeisterung, als nach Beendigung des ersten Verses, sang der Chor:

„Sonnez trompettes,
Sonnez trompettes et clairons."

Jetzt mußte Mexico an die Reihe kommen. Ich war sehr neugierig, in welcher Weise der Sänger den unglückseligen Feldzug einkleiden, welches Relief er ihm geben würde. Die mexicanische Expedition hat sich, selbst nach dem Falle von Puebla, in Frankreich gar keiner Sympathieen zu erfreuen gehabt.

Der Sänger begann:

„Le plus petit, jeune homme à tête blonde
Dit: Je reviens de l'autre bout du monde,
Toujours chantant, — le coeur content.

Pas à pas, et de ville en ville,
Nous nous battions un contre mille,
La plus vieille de nations
A vu fuir devant nos aigrettes
Les innombrables escadrons."

Das Relief der mexicanischen Expedition war, wie ich erwartete, „la gloire," während „la liberté" den ersten beiden Versen als Relief gedient hatte! Aber, wie erstaunte ich, als Niemand von den Zuhörern den Refrain mitsang. Allgemeines Schweigen umgab den Sänger. Ganz allein sang er:

„Sonnez trompettes!
Sonnez trompettes et clairons."

Schon wollte ich fortgehen. Was konnte der letzte Vers enthalten? Der baumhohe Mann ergriff mich am Arm. „Bleiben Sie, mein Herr, bleiben Sie, rief er, hören Sie den letzten Vers; er wird Ihnen gewiß gefallen."

Ich blieb und hörte den letzten Vers. Er verherrlichte die sociale Idee der Arbeit.

„Braves enfants, dit l'homme à la charrue
Tout citoyen vous doit le bienvenue,
Toujour chantant, — le coeur content;
Mais vous avez bien mieux à faire
Assez de sang couvre la terre,
Venez feconder nos rillons:
Formez des brigades completes
De fermiers et de vignerons."

Nun sangen alle Umstehenden wieder im Chor:

„Sonnez trompettes,
Sonnez trompettes et clairons."

Auch ich sang den Refrain mit. Der sociale Gedanke der Arbeit, das im letzten Verse ausgesprochen wurde, hatte auch mich mit fortgerissen. Nirgends hatte ich in London ein ähnliches Lied gehört.

Auch auf der Seine-Insel, deren westliche Hälfte den Namen „la Cité“ führt, hat das Kaiserthum die Gestalt des alten Paris in einer Art und Weise verändert, daß ich Mühe hatte, manche Partien wiederzuerkennen. Drei alte historische Gebäude erheben sich dort über den modernen Häusermassen, der Justizpalast, die Conciergerie und die Polizeipräfectur. Der Justizpalast war der früheste Sitz der französischen Könige. Erst zur Zeit Heinrich des Zweiten, also in der Mitte des sechszehnten Jahrhunderts, wurde er vom Parlament eingenommen.

Die vier alten Thürme stammen noch aus damaliger Zeit. Die Flammen der großen Feuersbrünste im siebenzehnten und achtzehnten Jahrhundert, welche den alten Justizpalast verzehrten, haben diese mächtigen Steinmassen nicht zerstören können. Die alte Schloßcapelle, welche aus dem dreizehnten Jahrhundert stammt, ist das schönste gothische Gebäude in Paris. Dort werden die Reliquien aufbewahrt, welche der heilige Ludwig von dem Könige von Jerusalem für drei Millionen Franken kaufte, ein Stück der Dornenkrone, des Kreuzes und Mantels Christi. Noch älter, wie der Justizpalast, ist die Conciergerie. In der großen französischen Revolution hat dieselbe neuerdings eine historische Bedeutung erhalten. Viele von den bedeutenden Männern, deren Häupter auf dem Revolutionsplatz unter dem Beil der Guillotine fielen, brachten in dem Gefängnisse der Conciergerie ihre letzten Tage zu, bevor sie den Weg zum Schaffot antraten. Auch die Königin Marie Antoinette, „la veuve Capet“ bestieg im Hofe der Conciergerie den Karren, welcher sie zum Richtplatz führte. Aus dem Tempel wurde sie hierher gebracht. Ihr Kerker ist jetzt zur Sakristei der Kapelle umgewandelt. Die Gemälde, welche ihre Wände schmücken, stellen Begebenheiten aus den letzten Tagen der unglücklichen Fürstin dar. Noch heute dient die Conciergerie als Untersuchungsgefängniß für politische Gefangene. Das neueste unter den drei Gebäuden ist die Polizeipräfectur. Sie stammt aus den ersten Jahren des siebenzehnten Jahrhunderts, und war damals die Dienstwohnung des ersten Präsidenten des Parlaments. Ganz in der Nähe der Polizeipräfectur spiegeln sich in den gelben Fluthen der Seine die grauen Mauern der Morgue, wo die Leichen unbekannter Personen, welche in Paris gefunden werden, drei Tage lang zur Wiedererkennung für ihre Angehörigen aufbewahrt werden müssen. Eine Menge kleiner, finsterer Straßen und Gassen umringte ehemals diese drei Gebäude. Es war mühsam, sich zurecht zu finden. Sie waren der Schauplatz der meisten französischen Schauerromane. Jetzt sind alle diese Häuser und Gäßchen den Napoleonischen Bauplänen zum Opfer gefallen. Die strategischen Rücksichten des Kaiserthums haben bei diesen Neubauten nicht weniger zum Motiv gedient, als die Absicht, dem Pariser Proletariat Arbeit und Verdienst zu verschaffen. Der Socialismus des Kaiserthums ist ja über die Neubauten nicht hinausgegangen, und der eine Zweck mußte ja dem andern als Mittel dienen. Täglich wird noch heute in diesem Gewirr von Häusern und Gassen aufgeräumt. Der weite Platz vor dem Justizpalast, in dessen Gassen der berühmteste Roman Eugen Sue's spielt, war eine wilde Trümmerstätte gebrochener Mauern und wankender Häusergiebel. Aber noch weit mehr, wie auf dem rechten Ufer der Seine, war auf dem linken Ufer niedergerissen und wieder aufgebaut worden. Auf dem linken Seineufer sind bekanntlich die revolutionärsten Stadttheile von Paris gelegen. Dort war das Straßengewirr der Vorstädte St. Marceau, St. Jacques und St. Michel — das sogenannte Quartier Latin. Kein Quartier der Stadt eignete sich mit seinen unzähligen Winkeln und engen Nebengassen so vortrefflich zum Barrikadenbau, wie diese Vorstädte. Die Julirevolution und die Februarrevolution entwickelten sich zuerst auf dem linken Seineufer und wälzte ihre Wogen von dort über die Brücken hinüber in den an dem rechten Ufer belegenen Theil der Stadt. Studenten und Mitglieder der polytechnischen Schule standen an der Spitze der Arbeiterhaufen, welche die Revolution in die Höfe der Tuilerien und des Louvre trugen. Auf dieser Seite der Seine ist die ehrwürdige Sorbonne belegen, das alte Universitätsgebäude der Stadt Paris. Hier ist die Medicinschule; hier hat die juristische Facultät ihren Sitz. Hier erhebt sich die gewaltige und großartige Rotunde des Pantheon, welches der Convent zu einem Erinnerungstempel der Revolution umschuf, und mit goldnen Lettern auf seine Stirn schrieb: „Aux grands hommes la patrie reconnaissante." Die Bourbons entfernten nach der Restauration die revolutionäre Inschrift, aber die Julirevolution hat sie von Neuem unter die Kuppel des mächtigen Gebäudes geheftet, und bis heute hat sie ihre Stelle siegreich behauptet, obschon das Gebäude durch ein kaiserliches Decret wieder zur Kirche der heiligen Genofeva umgeschaffen ist. Die revolutionäre Idee ist nun einmal das Stigma der Stadt Paris, und das Stigma ist nicht zu verwischen, weder durch bourbonische und kaiserliche Decrete, noch durch neue Straßen und neue Plätze. Mit goldnen Buchstaben sind die Namen der „Julikämpfer" auf den Pfeilern der großen Rotunde angebracht. Das Kaiserthum hat sie momentan verdecken lassen, aber es wird ein Tag kommen, wo sie ebenso wieder da stehen werden, wie die Worte „Freiheit, Gleichheit, Brüderlichkeit," welche die Februarrepublik auf alle öffentlichen Gebäude schrieb, und welche das Kaiserthum für eine Zeitlang mit dem Pinsel des Tünchers bedeckt hat. Die Regierung, welche Paris seine revolutionäre Bedeutung nehmen wollte, müßte die Stadt von der Erde vertilgen. Da unten in den Gruftgewölben des Pantheon sieht man noch heute die Denkmale Voltaire's und Rousseau's. Sind sie etwa nicht die Männer der Revolution? War Voltaire nicht einer ihrer großen Vorkämpfer und war Jean Jacques nicht der erste Socialist? „Ici repose l'homme de la nature et de la verité," lautet die goldne Inschrift auf dem Sarcophage des großen Bürgers von Genf. Das Grabmal „des Mannes der Natur und der Wahrheit" in den Gruftgewölben der Kirche der heiligen Genofeva, welche Contraste!

Das Kaiserthum hat, wie schon erwähnt wurde, seine liebevolle Aufmerksamkeit besonders diesen auf dem linken Seineufer belegenen Stadttheilen zugewandt. Tausende von Häusern sind angekauft und niedergerissen worden, um Plätze und strategische Linien zu schaffen; vermittelst deren man mit Infanteriemassen und mit Geschütz in das Herz der Revolution dringen kann. Als Hauptoperationslinie muß auch auf dieser Seite der Seine der Boulevard Sebastopol dienen, der als eine breite, mächtige Straßenader bis zum Observatorium fortgesetzt ist. Auf der linken Seite beherrscht man, im Besitz des Boulevard Sebastopol, die aufrührerische Straße St. Martin, auf der rechten die Straße St. Jaques, der Sitz aller Revolutionen in Paris seit achtzig Jahren. Beide Straßen waren nun einmal nicht wegzuschaffen; aber, sie sind an vielen Seiten durch neugeschaffene Plätze durchbrochen worden, und ihre revolutionäre Kraft ist durch den Boulevard Sebastopol zu paralysiren. Der Boulevard Sebastopol soll die strategischen Zwecke der Rue Rivoli auf dem linken Seineufer erfüllen. Er führt deshalb auch bis zu der äußersten Grenze der Vorstadt.

Außerdem, daß die Straßen St. Jaques und St. Martin an manchen Stellen, besonders da, wo sie in die Vor=

städte eintreten, so verbreitert sind, daß ihre ehemalige Gestalt kaum wieder zu erkennen ist, sind eine Menge Querstraßen besonders auf der rechten Seite der Straße St. Jaques zu breiten und chaussirten Straßenlinien umgeschaffen worden. Das ganze Straßen- und Häusergewirr, welches ehemals das interessante Hotel de Cluny und die Medicinschule umgab, ist niedergerissen. Die revolutionäre Rue de la Harpe ist mit ihren Nebengäßchen gänzlich von der Erde verschwunden. Vergebens suchte ich alle die Winkel und Häuser, an welche sich aus meinem Aufenthalte in Paris während der Jahre 1848, 1849 und 1850 so manche Erinnerung knüpfte. Die schmale Rue de Sorbonne ist mit ihren hohen Hänsern, in deren Fenstern nur die Mittagssonne hineinleuchtete, zu einer breiten Straße umgeschaffen worden. Von Osten nach Westen sind an mehreren Stellen Boulevards und breite Straßen durch das Quartier Latin geführt worden, zu welchem Zwecke Hunderte von Häuser niedergerissen werden mußten. Den Platz Mouffetard, ein in den Pariser Revolutionen berühmter Sammelplatz, konnte ich kaum wiederfinden; so sehr hatte sich seine ganze Umgebung geändert. Am meisten hat noch die alte Straße St. Jaques von ihrem früheren Charakter beibehalten. Hohe düstere Häuser, welche mit ihren Giebeln fast zusammenstoßen. Und doch hatte ich Mühe, das Haus, wo ich mit meinem lieben Freunde Max Dortu, bevor er auf dem Kirchhofe von Wiehre erschossen wurde, mehrere Monate so glückliche Tage verlebt hatte, wieder zu finden, so hatte sich die Umgebung durch Vergrößerung des kleinen Platzes Maubert und durch andere, neu entstandene Plätze verändert. In der Anlegung aller neuen Boulevards, Straßen und Plätze war durchgehends die Absicht, durch dieselben das Quartier Latin und das Quartier St. Marceau militärisch zu beherrschen, gar nicht zu verkennen. Nicht der Grundsatz, diesen engen Quartieren Licht und Luft zu verschaffen war bei ihrer Anlage maßgebend, sondern einzig und allein der Plan, mit ihrer Hülfe die jedenfalls früher oder später zu erwartende Revolution niederzuwerfen. Auch das angrenzende Quartier St. Germain hat seine engen Straßen und hohen Häuserreihen, welche mit ihken Dächern fast zusammenstoßen. Um die Luft und das Licht des Quartiers St. Germain hat sich die Regierung noch nicht die mindeste Sorge gemacht. Auch nicht die geringste Veränderung konnte ich dort wahrnehmen. Die zwischen Hof und Garten belegenen Häuser der französischen Aristokratie sehen noch gerade so aus, wie vor vierzehn Jahren und die Chaussee von Mac Adam hatte hieher ihren Weg nicht gefunden. Das Kaiserthum weiß, daß die Legitimität in Paris nicht zu fürchten ist. Die weiße Lilienfahne Heinrich des Fünften weht nicht auf der Barrikade!

Alle neuen Boulevards und Straßenlinien haben den alten Geist nicht aus den Vorstädten St. Marceau und St. Jaques verbannen können. Er ist in die neuen Häuser mit eingezogen. In jedem Handwerker, Arbeiter und Studenten sprach er sich aus, mit dem ich in Berührung kam. In jedem Café, in jedem Restaurant, in der Closerie der Lila's und im Saale mit den tausend Säulen, wo die Arbeiter mit ihren Mädchen und Grisetten den Cancan tanzen, war er anwesend. Ich sprach von Polen, von Garibaldi. Welch' einen Enthusiasmus habe ich für das unglückliche Land gefunden, welches einen Heldenkampf für seine Nationalität und für seine Freiheit kämpfte, der an heroischen Thaten den Kämpfen des Alterthums würdig zur Seite steht! Aber der Himmel ist hoch und Frankreich ist weit. Polen kämpfte seinen Todeskampf, und weder Frankreich noch England kam ihm zu Hülfe. „Zu Hunderttausenden würden wir hingehen, und den Polen helfen," sagten mir die armen Arbeiter in Faubourg St. Marceau. Es ist unbegreiflich, daß sich der Bonapartismus in Frankreich nicht mit diesem Geiste verbindet, statt, wie es geschieht, sich mit dem Priesterthume und mit den reactionären Gewalten zu alliiren. Garibaldi's Name war in diesen Vorstädten so populär wie in Neapel und Sicilien. Er war für die Arbeiter und Studenten in Allem der untrügliche Held. Wie oft mußte ich in diesen Tagen hören: Wäre Garibaldi nach Polen gegangen, zu vielen Tausenden wären wir hingezogen! Garibaldi hatte momentan den Gedanken, zur vollständigen Heilung seiner Wunde ein Bad im südlichen Frankreich zu besuchen. Wäre es geschehen, so würden die großartigsten Demonstrationen unter den Arbeitern in allen französischen Städten stattgefunden haben. Zu Hunderttausenden wären sie hingegangen, um den großen Befreier Süditaliens zu sehen. Nirgends in der Welt hätte Garibaldi einen so enthusiastischen Empfang erwarten können, als gerade in Frankreich. Die Politik, welche die kaiserliche Regierung seit den letzten Jahren gegen Italien eingeschlagen hat, ist der größte Fehler gewesen, den sie beging. Sie ist dem Geiste der Pariser Bevölkerung vollkommen zuwider. Der Bonapartismus hat einen Tag gehabt, wo die Sympathieen sich für denselben in Begeisterung verwandelten. Es war der Tag, wo Louis Napoleon Paris verließ, um für Italien ins Feld zu ziehen, und die Oesterreicher auf den Schlachtfeldern von Magenta und Solferino aus der Lombardei herauszuschlagen. An diesem Tage herrschte eine wirkliche Begeisterung in Paris für Louis Napoleon, wie mir zuverlässige Augenzeugen vielfach versicherten. Der Jubel war unermeßlich. Sie jauchzten nicht dem Bonapartismus zu, sondern der Idee der Freiheit und der Nationalität der Völker, für welche derselbe an diesem Tage ins Feld zu ziehen schien. Aber seitdem ist es mit dem Bonapartismus in Frankreich täglich mehr abwärts gegangen. Alle Sympathieen sind verschwunden. Das Verlassen der polnischen Sache, für welche schon zu Louis Philipps Zeiten ein großes Interesse in allen Klassen der französischen Bevölkerung herrschte, und der unglückselige Feldzug nach Mexiko haben nur dazu gedient, diese Sympathieen noch mehr zu vernichten. Der Fall von Puebla hat selbst als Spekulation auf die französische Gloire seine Wirkung vollständig verfehlt. Sogar die Einnahme von Puebla war nicht mehr im Stande, den Widerwillen, den man von Anfang an gegen die mexikanische Expedition empfunden hat, auszutilgen.

Der 15. August brach an. Die officiellen Kanonenschüsse, welche die Feier des Napoleonstages verkündeten, weckten mich schon um 6 Uhr aus dem Schlafe. Bereits in der ganzen Woche waren Hunderte von Arbeitern im Tuileriengarten und in den elysäischen Feldern thätig gewesen, um die officielle Illumination, mit der jede französische Regierung ihre Festtage feiert, vorzubereiten. Flaggenstangen wurden in die Erde gepflanzt, Guirlanden gezogen, Transparente vorbereitet. Von Seiten der Bevölkerung fand nicht die mindeste Theilnahme statt. Es waren einzig und allein öffentliche Gebäude, an deren Fenstern und Thüren Vorbereitungen zur Illumination getroffen wurden. Und wieder ging ich um 7 Uhr Morgens aus, um Paris am Napoleonstage zu sehen. Ein sonderbarer Anblick verwirrte mich. Alle Häuser waren mit dreifarbigen Fahnen geschmückt, vor allen andern die Vorstädte, selbst der Faubourg St. Germain. Ich war erstaunt. Ich fuhr durch alle Quartiere. Ueberall der herrlichste Fahnenschmuck.

Sollten sich die Freunde geirrt haben, welche sagten, daß Paris gar keine Sympathien für den Bonapartismus habe? Aber nein, ich wurde im Laufe des Tages anders überzeugt. Die Fahnen galten der nationalen Feier des französischen Volkes, nicht dem Bonapartismus. Von Seiten der Regierung war Alles geschehen, um der Feier des Napoleonstages auf die Beine zu helfen, wie man zu sagen pflegt. Wie ich schon erwähnte, hatten alle Eisenbahnen, welche Paris mit den Departements verbinden, die Bevölkerung derselben zu Hunderttausenden zu enorm billigen Preisen nach Paris geführt. Während man beispielsweise für die zweite Fahrklasse der Eisenbahn sonst 42 Franken von Straßburg nach Paris zahlt, beförderten die für den Napoleonstag eingerichteten Extratrains die Reisenden für fünfzehn Franken von Straßburg nach hin und zurück. In einem ähnlichen Verhältniß waren die Preise auf sämmtlichen nach Paris führenden Eisenbahnen herabgesetzt. Eine natürliche Folge dieser Preisherabsetzung war, daß Paris von Fremden überfluthet wurde. Indeß der Enthusiasmus war für die billigen Fahrpreise nicht nach Paris zu tragen. Wäre das möglich gewesen, so würden alle Straßen von dem Rufe „Vive l'empereur!" wiederhallt haben. So aber war nicht die geringste Veränderung in der Stimmung der auf den Boulevards und in der Rivolistraße umherwogenden Volksmassen zu bemerken. Sie schienen keine andern Gedanken zu haben, als den, Paris und die officielle Illumination zu sehen. Der eigentliche Zweck, zu dem sie hergeführt waren, schien ihnen vollkommen gleichgültig zu sein. Die Pariser Bevölkerung zeigte nicht mehr Antheil. Die Regierung hatte ihrerseits alle die bekannten Mittel angewandt, um für die Feier des Tages Sympathien zu erwecken. Die Theater hatten Gratisvorstellungen angezeigt, vor der Barriere du Trône und bei dem Hotel der Invaliden waren Schaubühnen unter freiem Himmel errichtet, wo Spectakelstücke aufgeführt wurden, bei denen militärische Effectscenen die Hauptrolle spielten. Getreidevertheilungen fanden an mehreren Plätzen statt. Aber auch den Massen, welche sich vor den Theatern und auf den Plätzen drängten, wo die Geschenke ausgetheilt wurden, war die vollkommenste Gleichgültigkeit auf die Stirn geschrieben. Kein Ruf, kein Zeichen der Sympathie! Man hätte, wenn man die Hunderte sah, welche vor dem Theater Queue machten, um ein Billet zu erhalten, weit eher glauben können, daß sie ihre Parterre- und Gallerieplätze aus ihrer eigenen Tasche bezahlten, als daß sie für Rechnung der Regierung die Vorstellung besuchten. Die Plätze bei den Invaliden und vor der Barriere waren sogar schlecht besucht. Statt der Tausende, welche ich hier zu finden glaubte, sah ich kaum eben so viel Hunderte. Und die Hunderte, welche sich dort umhertrieben, schienen ihr Interesse weit mehr den Carroussels und den Würfelbuden zuzuwenden, als den militärischen Effectscenen, welche ihre Begeisterung für „la gloire de l'empire" wach rufen sollten. Vollkommene Gleichgültigkeit schien auch bei ihnen heute das Stichwort zu sein. Ich kann versichern, daß ich während des ganzen Tages auch nicht ein einziges Mal den Ruf „vive Napoleon", gehört habe, obschon ich die ganze Stadt durchstreifte, und mich gerade an den Orten aufhielt, wo ich ihn erwarten zu können glaubte. Mehrmals wandelte mich die Lust an, selbst „vive l'empereur!" zu rufen, um doch versichern zu können, den Ruf ein einziges Mal gehört zu haben. Aber, ich dachte an einen ähnlichen Vorfall, der mir vor einigen Jahren in Rom auf dem Corso passirte. Während eines vierwöchentlichen Aufenthalts hatte ich den welthistorischen Ruf: „Evviva Pio nono!" noch nicht einmal gehört. Selbst die Erscheinung des Papstes, wenn er im goldverzierten Staatswagen, von seinen Garden begleitet, in den Straßen der ewigen Stadt erschien, war nicht im Stande, auch nur ein einziges Mal die Bevölkerung zu einem Zeichen ihrer Sympathie für den einst gefeiertsten Mann Italiens zu veranlassen. Ueberall stumpfe Gleichgültigkeit, selbst in den Gruppen, welche zu Wagen und zu Fuß von der Passegiata auf dem Monte Pincio zurückkehrten und zu der vornehmen Gesellschaft Roms gehörten. Eines Abends war der Corso ganz besonders besucht. Die Spaziergänger drängten sich auf den schmalen Trottoirs an einander vorüber, und lange Wagenreihen nahmen den mittleren Raum der Straße ein. Wieder kitzelte mich der Gedanke, einmal auf dem Corso den welthistorischen Ruf zu hören. Da Niemand, selbst als der heilige Vater in seiner gewöhnlichen Pracht vorüberfuhr, mir den Gefallen erzeigen zu wollen schien, rief ich selbst: „Evviva Pio nono! Evviva!“ Die Umstehenden sahen mich mit lächelnden Mienen an. Es war ein Lächeln, als wenn man über die geistige Armseligkeit eines Menschen lächelt. Da rief ich zum zweitenmal, zum drittenmal. Jetzt veränderten sich die Mienen der Umstehenden. Sie nahmen einen drohenden und ernsten Ausdruck an. Wahrscheinlich hielt man mich für einen Agent provocateur. Ich hielt es für das Gescheiteste, eiligst mich in eine der Seitenstraßen zu verlieren. An dieß Experiment dachte ich, wie mich auf dem Boulevard du Temple am Napoleonstage eine ähnliche Lust anwandelte. Vielleicht hätte mich die Polizei selbst für einen Agent provocateur gehalten. Ich unterließ es, und so habe ich am 15. August darauf verzichten müssen, in Paris den Ruf „vive Napoleon!“ zu hören.

Und Abends? Der Tag hatte mehrmals mit Regen gedroht; aber gegen 7 Uhr wurde der Himmel heiter. Keine Wolke trübte sein reines Blau. Selbst der Himmel schien die Feier des Napoleonstages zu begünstigen. Es war während des Tages fürchterlich heiß gewesen; aber gegen

Abend erhob sich ein kühler, leichter Wind, der die Atmosphäre abkühlte. Der Abend war zu einer Illumination wie geschaffen. Aber der Illumination fehlte Alles, die Lichter, die Gasflammen, die erleuchteten Transparente, die Flammenguirlanden. Paris war gerade so hell und gerade so dunkel, wie an jedem andern Tage des Jahres. Die Gaslaternen brannten, wie gewöhnlich; die Läden und Magazine waren erleuchtet, wie immer; nur hie und da hatte der Besitzer eines Café, eines Restaurant oder eines Gasthofes einige Lämpchen über seine Thüre gestellt. Wer heute Abend nach Paris kam, bemerkte nicht die mindeste Veränderung, als daß die Straßen belebter waren, wie gewöhnlich. Alle Häuser sahen gerade so aus, wie immer. In den elysäischen Feldern, im Tuileriengarten, in der breiten Allee, welche am Eintrachtsplatz zum Triumphbogen führt, brannten natürlich Tausende von Gasflammen. Da gab es weithin leuchtende Transparente, da flammten Sterne und Sonnen zu vielen Hunderten, da verbanden bunte Flammenguirlanden Mast mit Mast, und Fahnenstange mit Fahnenstange. Da wurde gegen 9 Uhr ein Feuerwerk abgebrannt, welches ganz Paris momentan mit Flammenschein übergoß, da knatterten bunte Leuchtkugeln, da zischten die Racketen, da dröhnten die Kanonenschläge. Aber das Feuerwerk, die Racketen, die Leuchtkugeln, Flammenguirlanden, die bunten Fahnenstangen, die Triumphbogen, Alles war offiziell und von Bürgermeister und Rath der Stadt Paris bezahlt, und die Tausende von Gasflammen am Elisée brannten auf Kosten des kaiserlichen Hauses. Um 11 Uhr Abends ging ich nach Hause. Die Straße St. Honoré, die Straße Richelieu, die Boulevards, Alles war stockdunkel. Ich dachte an ein anderes Nationalfest, welches ich vor 16 Jahren in Paris sah; es war die Feier der Proclamirung der Constitution der Republik am 15. Mai. Auch damals ging ich um diese Zeit nach Hause.

Aber ich ging durch Straßen, deren Häuser von oben bis unten mit Lampions, mit Transparenten, mit Feuerguirlanden bedeckt waren, und Tausende riefen: „Vive la republique!“ Damals feierte das republikanische Paris die Republik; heute sprach Paris seine Sympathien für den Bonapartismus und für das Kaiserthum aus.

Zweites Kapitel.

Der Friedhof der Guillotinirten.

Der Revolutionsplatz und seine Erinnerungen. Die blutigen Tage und die Feste. Der Rundgang der Guillotine. Der rothe und der weiße Schrecken. Die Wahrheit in der Geschichte. Der Convent und seine Thaten. Der Magdalenenkirchhof. Das gemeinsame Grab der Guillotinirten. Die Sühnungscapelle. Die Schweizergräber. Marmorbilder und Erinnerungen. Die Todtenmesse am Tage der Hinrichtung der Königin Maria Antoinette.

Der „Place de la Concorde“ in Paris ist wohl einer der schönsten und interessantesten Plätze der Welt. Wenn man auf dem etwas erhöhten Plateau von Asphalt in seiner Mitte neben dem Obelisken von Luxor steht, so reicht der Blick auf der einen Seite bis zum Palast der Tuilerien, auf der anderen bis zum Triumphbogen Napoleons, während man rechts auf die säulengetragene Fronte des Hauses der legislativen Versammlung und links auch eine prachtvolle Kirche im griechischen Gewande, das Abbild des Parthenons, schaut. Und ist der Platz nicht interessant, über den seit achtzig Jahren alle Revolutionen, welche Frankreich erschütterten, in ihren blutigsten Phasen sowie in ihren Festen vorüberschritten? Der „Eintrachtsplatz“ wechselte so oft seinen Namen, wie diese Revolutionen und diese Feste in einem anderen Gewande auftreten. Zur Zeit der schändlichen Wirthschaft Ludwigs des Fünfzehnten führte er den Namen nach diesem „guten Könige“, dem der Gemeinderath der Stadt Paris eine Statue setzte, an dessen Piedestal die allegorischen Bilder der Weisheit, des Friedens, der Kraft und der Gerechtigkeit angebracht waren. Aber das Volk von Paris hing dem Könige, welcher mit Lorbeer gekröntem Haupte im römischen Gewande hoch zu Rosse saß, einen Strick mit einer blechernen

Büchse um den Leib, verband ihm die Augen, und befestigte an diesem Piedestal eine hölzerne Tafel, auf der die Worte standen: „N'oubliez pas le pauvre aveugle.“ Wenige Jahre später wurde auf dem Platze Ludwig des Fünfzehnten zur Feier des Einzugs der Königin Marie Antoinette jenes großartige Feuerwerk abgebrannt, bei dem allein das Bouquet 80,000 Franken kostete und bei dem über fünftausend Menschen den Tod fanden, die Verstümmelten nicht gerechnet, weil die Stadtbehörde, welche in dieser maßlosen Weise das Geld des hungernden Volkes vergeudete, den Garden keine Vergütung zur Aufrechthaltung der Ordnung bezahlen wollte. Die blutige Revolution, welche bald nachher aus dieser schändlichen Wirthschaft hervorging, stürzte die königliche Statue, auf dessen Fußgestell wenige Wochen früher die Worte zu lesen waren:

„O la belle statue, o le beau piedestal!
Les vertus sont à pied, et le vice à chéval,“

in Trümmer. Eine colossale Statue der Freiheit wurde an ihre Stelle gesetzt und der Platz Ludwigs des Fünfzehnten hieß nun „Place de la Revolution.“ Am 10. Aug. feierte der Revolutionsplatz ein neues Fest, die Abschaffung des Königthums; es war zugleich ein Einigungsfest aller Departements, an dem ihre Abgesandten mit einem Becher von Achat aus dem Brunnen der Wiedergeburt schöpften und mit einander das Wiedergeburtswasser tranken. Alle folgenden Feste, das Fest des höchsten Wesens, das Fest der Abschaffung der Sklaverei, das Fest der Tugend, das Fest der Ehegatten, das Fest der Greise wurden hier ebensowohl, wie auf dem Marsfelde und auf dem Bastilleplatze gefeiert. Im Jahre 1814 feierten die verbündeten Truppen auf dem Platze, der von nun an „Der Eintrachtsplatz“ getauft wurde, den Sturz Napoleons mit einer russischen Messe. Seitdem hat der Eintrachtsplatz wiederum die Geschicke Frankreichs in ihren verschiedensten Wandlungen vorüberziehen sehen. Nochmals hielt der „Kaiser“ während „der hundert Tage“ hier eine Revue, Karl der Zehnte, der letzte der Bourbonen, zog hier mit den Resten seiner Truppen vorüber, als das Volk von Paris den Louvre im Sturm genommen hatte, um weit von Frankreich einsam in der Verbannung zu sterben, und unter dem Todtengesange einiger armer Mönche in einer böhmischen Klosterkirche begraben zu werden; der „Bürgerkrieg“ bestieg wenige Schritte von dem Obelisken von Luxor, den ihm einst der Pascha von Aegypten geschenkt hatte, in den armseligen Fiaker, der ihn aus den Barrieren „des wild empörten Meeres Paris“ hinausführte; dann feierte hier die demokratische Republik des Februar alljährlich ihr Constitutionsfest — und heute schmückt der Gemeinderath von Paris die Brunnen, die Statuen und die Terrassen des ehemaligen Revolutionsplatzes alljährlich mit strahlenden Girandolen und Feuerguirlanden zur Feier des Napoleonstages, des Festes des Bonapartismus. Welches Fest oder welch' schreckenvolle Tage wird der Revolutionsplatz nach der Feier des Napoleonstages sehen? — —

Werden die blutigen Tage, von denen Chateaubriand sprach, als er den Plan, an der Stelle, wo das Schaffot König Ludwigs gestanden hatte, einen Springbrunnen zu errichten, bekämpfte, daß alles Wasser in der Welt nicht ausreiche, den Platz von dem hier vergossenen Blute zu reinigen, für den Revolutionsplatz wiederkehren? Wenn man die Rache und den Haß betrachtet, welche die Regierung des dritten Napoleon in Frankreich durch ihre Deportationen nach Afrika und Cayenne und durch ihre Menschenopfer jenseits des Weltmeeres anhäuft, so scheint dem fast so. Wo heute der Obelisk von Luxor steht, stand während der sogenannten Schreckenstage die Guillotine. Man hätte den Revolutionsplatz damals den „Platz der Guillotine“ taufen sollen. Die philantropische Erfindung des Doktor Guillotin siedelte in den ersten Tagen des Januar von dem Greveplatze nach dem Revolutionsplatze über. Hier blieb sie während der Schreckenstage, kam dann auf den St. Antonsplatz und nach der Barriere du Trône, von wo sie, Robespierre zu Ehren, wieder auf den Revolutionsplatz zurückgebracht wurde, bis im Juli 1795 ein Decret des Convents den Greveplatz wieder in seine alten Rechte einsetzte. Die Zahl der guillotinirten Opfer schlägt man während dieser zwei Jahre auf mehr wie 2800 an. Der König Ludwig machte den Anfang. Er bestieg muthig das Schaffot, wie fast alle Royalisten und Republikaner der damaligen Zeit. Man kann ja auch das Sterben lernen, und wer damals unter dem Fallbeile der Guillotine starb, starb eben für seine Ueberzeugung. Als der Henker dem Volke das blutige Haupt des Königs zeigte, erhob sich der tausendstimmige Ruf: „Vive la republique.“ Des Abends waren alle Schauspielhäuser voll, als wenn sich nichts ereignet hätte. Am 17. Juli fiel das schöne Haupt Charlotte Corday's, welche durch eine antike That das Vaterland zu retten glaubte. Dann bestiegen die Girondisten das blutige Gerüst, Brissot mit einundzwanzig Genossen. In ihnen waren alle Tugenden und alle Talente des republikanischen Frankreichs verkörpert; ihnen fehlte nur die Energie der That. Sie starben, wie man von ihnen erwarten konnte, muthig unter dem Gesange der Marseillaise. Auch der Kopf der Roland fiel in diesen Tagen — eine That, welche Robespierre nie verantworten kann. Die Revolution war aus dem Hause dieser geistreichen, heldenmüthigen und edlen Frau ausgegangen; sie war die erste Republikanerin in Frankreich gewesen. Robespierre hatte jene Zeit vergessen, wo er sie fragte: „Qu'est ce que donc la république?“ Am 16. Oktober wurde Marie Antoinette hingerichtet, bald darauf der Herzog von Orleans, der Vater des Bürgerkönigs. Er starb, wie er gelebt hatte, wie ein Roué. Auch eine Frau, welche durch ihre Maitressenwirthschaft viel zur Entwickelung der Revolution beigetragen hatte, wurde damals in hohem Alter von der Hand des Schicksals erreicht. Ich meine die Gräfin Dybarry. Die einst so übermüthige Courtisane hatte dem Fallbeile gegenüber allen Muth verloren. „Herr Henker," schluchzte sie, „lieber Herr Henker, nur noch einen Augenblick." Und als der Henker kein Mitleid hatte, kratzte, biß und schlug sie so um sich, daß drei Knechte zu thun hatten, sie nur auf dem Brette festzuhalten, bis ihr Kopf gefallen war. Am 24. Mai des folgenden Jahres wurde Hebert mit seinen Parteigenossen hingerichtet, dann die Orleanisten und die Anhänger Marats. Die Guillotine machte die Runde durch alle Parteien. Am 8. April starben auf dem Revolutionsplatze Danton, Camille Desmoulins und Herault de Sèchelles. Danton wollte seinen Freund Herault de Sèchelles nochmals umarmen, bevor er die Treppe zur Guillotine hinanstieg. Der Henker verweigerte ihm seinen Wunsch. Da rief Danton: „Kannst du grausamer sein, als der Tod? Du wirst es doch nicht verhindern, daß unsere Köpfe sich im nächsten Augenblicke im Korbe küssen." Acht Tage später kamen die Frauen Heberts und Camille Desmoulins, Chaumette und Anacharsis Cloots an die Reihe, und im folgenden Monat starb die arme Prinzessin Elisabeth. Am Tage, wo sie hingerichtet wurde, war es das schönste Frühlingswetter. Die Frauen, welche wie gewöhnlich, in großer Zahl Zuschauer der schrecklichen Scene waren, hatten fast alle Rosensträuße in den Händen. Die Athmosphäre rund um die Guillotine duftete von dem Geruche der Rosen. Welche Contraste! Dieses Blut und diese Rosen! Bald darauf nahmen die Hinrichtungen einen entgegengesetzten Charakter an. Die Royalisten, die Girondisten, alle Unentschiedenen und Halben waren vor der

Energie des Wohlfahrtsausschusses gefallen; jetzt trat das Schicksal an seine eigenen Mitglieder und an die Mitglieder des Gemeinderaths, welche seine hauptsächlichste Stütze gewesen waren, heran. Am 28. Juli 1794 starben unter dem Fallbeile der Guillotine Robespierre, sein Bruder, St. Just, Couthon und die anderen Mitglieder des Wohlfahrtsausschusses und am 29. Juli 70 Mitglieder des Gemeinderaths, denen am folgenden Tage zwölf andere Mitglieder derselben Körperschaft folgten.

„Den rothen Schrecken" nennen noch heute alle Geschichtsschreiber der europäischen Reaction jene beiden blutigen Jahre, deren Zeuge der Revolutionsplatz in ihren fürchterlichen Momenten war. Aber war „der weiße Schrecken," der vom 10. Thermidor bis zur Einsetzung des Directoriums, in den südlichen Provinzen Frankreichs wüthete, und dessen empörende Scheußlichkeiten Louis Blanc in seiner „Geschichte der französischen Revolution" schildert, etwa blasserer Natur? Stehen die Metzeleien der Muscadins nach dem Thermidor, stehen die Grausamkeiten der Royalisten in den Provinzen, steht die feige Hinterlist des Adels am 9. August etwa den Hinrichtungen auf dem Revolutionsplatze nach? Und fielen jene Opfer nicht **während** des Revolutionskampfes, während „der weiße Schrecken" nach dem Revolutionskampfe wüthete? Und ist von der Guillotine auf dem Revolutionsplatze bis zu den Hinrichtungen eines Haynau, eines Berg und eines Murawieff, bis zu den Deportationen Napoleons nach Lambessa und nach Cayenne etwa ein weiter Schritt? — Die Geschichte aber steht über den Partheien, und sie sagt, daß der Convent, während er ebensoviel Armeen wie Dinge schuf, mit denen er die auswärtigen Feinde Frankreichs niederwarf, für die Fortschritte, welche Frankreich damals auf der Bahn der Civilisation, der Wissenschaft und der freiheitlichen Entwicklung im Innern machte, weit mehr gethan hat, wie alle früheren und späteren französischen Regierungen zusammen genommen.

Die Ecole centrale, die Ecole polytechnique, die Nationalarchive, das Bureau des Longitüdes, das Musée National, das Conservatoire des Arts et Metiers, fast alle Spitäler und Krankenhäuser in Paris, die Ecole normale, die Naturaliencabinette des Jardin des Plantes, die neue Einrichtung des Institut de France, die Verbesserungen im Münzfuße, an Maaß und Gewicht, alle Fortschritte in der Waffenfabrikation, in der Hanfcultur, in der Seidenfabrikation sind Schöpfungen des Convents; der Convent ist ebenfalls der Schöpfer des Centralisationssystems, sowie des Code Napoleon — „der große Kaiser" hat dem fertigen Werk nur seinen Namen gegeben, ebenso wie die meisten der großen Verbesserungen, welche er in der Verwaltung Frankreichs vorgenommen hat, nur Fortsetzungen der Arbeiten des Convents waren. Diese große Seite ist in dem Wesen der Behörde, welche die permanente Guillotine schuf, noch nie von den Geschichtsschreibern gewürdigt worden *).

Trotzdem war die permanente Guillotine ein politischer Fehler, deren Entschuldigung in dem Fanatismus der Zeit, in den Revolten der Royalisten und in der Gefahr der äußeren Lage zu finden ist. Die Leichen der auf dem Revolutionsplatz Hingerichteten wurden sämmtlich auf dem ehemaligen Magdalenen-Kirchhofe begraben. Er lag an dem nördlichen Ende des „Rue de la Madeleine." Dort fanden die Führer der Gironde und des Berges, die Royalisten und die Mitglieder des Wohlfahrtsausschusses, die „Weißen", die „Blauen" und die „Rothen", König Ludwig und Robespierre, Charlotte Corday und die Prinzessin Elisabeth, Camille Desmoulins und St. Just, Hebert und der Herzog von Orleans, Marie Antoinette und Fouquier Tinville, Danton und die Roland — die Opfer und ihre

*) So Friedrich Szarvady. Paris 1852.

Richter eine gemeinsame Ruhestätte. Fünf und zwanzig Jahre hindurch war der Magdalenen-Kirchhof der Friedhof der Guillotinirten; sie schliefen dort nebeneinander in gemeinsamen Gräbern, Alle mit den Köpfen unter dem Arm. Einen so wunderbaren Friedhof hat Europa nicht zum zweitenmale aufzuweisen, oder es müßte etwa das unterirdische Gewölbe der St. Peterkapelle im Tower sein, wo die auf Towerhill und auf dem grünen Plan vor dem Beauchampthurm Hingerichteten ebenfalls mit ihren Köpfen unter dem Arm oder mit gebrochenem Genick, Mörder und Opfer nebeneinander schlafen.

Der Friedhof der Guillotinirten ist auch noch heute im „neuen Paris" zu sehen. Der Staub der Hingerichteten, die Stelle, wo sie schlafen, ihr gemeinsames Grab ist dasselbe geblieben. Nur drei von den Opfern des Revolutionsplatzes haben sich aus dem Kreise ihrer Todesgefährten getrennt, König Ludwig, Marie Antoinette und die Prinzessin Elisabeth. Ihr Staub wurde in die Gruft der Könige nach St. Denis gebracht. Als Ludwig der Achtzehnte, der vorletzte Bourbon in Frankreich, der in der Verbannung und in seinem wechselvollen Leben nichts gelernt und die ganze Vergangenheit vergessen hatte, wieder den vom Blute seines Bruders befleckten Thron bestieg, ließ er über dem Friedhofe der Guillotinirten in der Madeleinestraße eine Kapelle aufführen. Durch eine Vorhalle betritt man auf einem weiten, von epheuberankten Mauern eingefaßten Platze in einem auf einer Terrasse belegenen Hof, der an seinen vier Seiten von Arcadenreihen eingeschlossen ist. Die Mitte des Hofes nehmen von Epheu eingefaßte Rasenplätze ein; an den Langseiten desselben ruhen in sechszehn Gräbern die bei der Erstürmung der Tuilerien am 10. August gefallenen Schweizer. Jedes dieser großen Gräber bedeckt ein einfacher Grabstein. Der Vorhalle gegenüber erhebt sich die einfache, aber im großartigen Style erbaute Kapelle über dem eigentlichen Friedhofe der Guillotinirten. Sie hat die Form eines Kreuzes, von einer Kuppel überragt. Zu beiden Seiten des Kreuzes erblickt man zwei vortrefflich gearbeitete Marmorgruppen. Die Gruppe rechts stellt den König Ludwig dar, welcher mit ausgebreiteten Armen und mit emporgewandtem Antlitz in den Himmel einzugehen scheint. Hinter ihm steht ein schöner, lächelnder Engel mit aufgehobenem Finger. Die Gestalt des Königs hat der Bildhauer lächerlicherweise mit dem Königsmantel umhüllt; mich wundert, daß er ihm nicht auch die Krone auf den Kopf gesetzt hat, dessen Ausdruck übrigens ein Meisterwerk der Plastik ist. Das Jenseits kennt keine Königsmäntel und keine Kronen! Am Piedestal kann man auf einer Marmorplatte mit goldenen Buchstaben das Vermächtniß des Königs lesen, welches er am 25. December 1792 in dem jetzt auch von der Erde verschwundenen Tempelthurm schrieb. Die Gruppe links besteht ebenfalls aus zwei Figuren, die Königin Marie Antoinette, im Schmerz halb zusammengesunken, halb sich aufrichtend, mit beiden Armen ein weibliche Gestalt im religiösen Gewande umfassend, welche sie emporzuheben sucht. Die weibliche Gestalt stellt den Glauben dar; ihr mildes, ernstes Antlitz trägt die Züge der Prinzessin Elisabeth. Auch hier hat der Künstler weder den Königsmantel, noch die Krone vergessen; nur ist die Krone zur Erde gefallen. Auf dem Piedestal, auf dem die Gruppe sich erhebt, steht der rührende Brief geschrieben, den die Königin am Tage vor ihrer Hinrichtung an die Prinzessin Elisabeth schrieb, welche ihr nach einigen Monaten folgen sollte. Ein Basrelief über der Eingangspforte stellt die Ueberführung der königlichen Reste nach St. Denis dar; unter dem Dome sind die Hauptstücke der Masse, ebenfalls in Basreliefs angebracht. Der Altar ist einfach, ohne Bild. Weit interessanter, wie die Marmorbilder und die Basreliefs sind in dieser Kapelle auf dem Friedhofe der Guillotinirten aber die Wände. Sie sind ohne Schmuck, aber ihre Steine umschließen den Staub aller auf dem Revolutionsplatze Hingerichteten. „Du kannst nicht verhindern, daß unsere Köpfe sich im nächsten Augenblick in jenem Korbe küssen," sprach Danton zum Henker, ehe er die Stufen des Blutgerichtes hinanstieg. In dem Innern dieser Mauern küßt der Staub Robespierre's und St. Just's den Staub der Opfer der Guillotine, welche sie auf dem Revolutionsplatze für permanent erklärten. Die Asche Aller, welche das Fallbeil in seiner mehr wie zweijährigen Wirksamkeit auf dem Revolutionsplatze zum Tode führte, ist innerhalb dieser Quadern aufgehäuft. Sonderbares Verhängniß in der Geschichte!

Es war 9 Uhr Morgens, als ich die Kapelle auf dem Friedhofe der Guillotinirten besuchte. Es war Niemand da; die rothsammetnen Bänke und Stühle standen verlassen. Nur ein Priester stand im Meßgewand vor dem Altare, den Kelch in der Hand, neben ihm der Ministrant mit seinem Glöckchen. Er administrirte das heilige Geheimniß der Kirche. Er beugte drei Mal das Knie, er consecrirte den Kelch, er sprach das „Dominus vobiscum" und der Ministrant klingelte mit seinem Glöcklein. Dann ging er, den Kelch in der Hand, eine Seitentreppe hinab, welche durch die Mauern, in denen der Staub der auf dem Revolutionsplatze Guillotinirten begraben liegt, in eine kleine unterirdische Kapelle führt. Dort unten steht ein Sarkophag von Porphyr auf der Stelle, wo Ludwig und Marie Antoinette begraben lagen. Ich ging ihm nach; auch in der unterirdischen Kapelle war Niemand. An diesem Sarge las er im Innern dieses stillen Friedhofes der Guillotinirten die stille Todtenmesse zum zweiten Male. Es war am 16. Oktober, dem Jahrestag der Hinrichtung der Königin.

Drittes Kapitel.

Der Kerker der Deportirten und zum Tode Verurtheilten.

(La Roquette.)

Der Bastilleplatz. Straße de la Roquette, Platz der Hinrichtungen vor dem Kerker la Roquette. Der Gefängnißhof. Der Brigadier Orsini's. Der Hof der Deportirten. Die Strafen. Eine Parallele zwischen deutschen Zuchthäusern und den Kerkern der Deportirten. Die Prügelstrafe. Die Arbeiten der Deportirten. Der Hof der zum Tode Verurtheilten. Die Kerker der zum Tode Verurtheilten. Das Märthyrerthum Orsini's und Pierri's. Orsini's letzte Stunden.

Wenn man in Paris auf dem Bastillenplatz neben der Julisäule steht, so führt links von der breiten, jetzt auch macadamisirten Straßenader, welche die Vorstadt St. Antoine bis zur Barriere du Trône durchschneidet, eine ziemlich schmale Straße von unbedeutendem Aussehen nach Nordost. Es ist die Straße de la Roquette. Der ganze Charakter dieser Straße ist wesentlich verschieden von dem Charakter der andern Straßen, welche die in allen Revolutionen von Paris so berüchtigte Vorstadt durchschneiden. Sie ist einsamer, stiller und ruhiger; die Café's, Läden und Werkstätten verschwinden bereits von der Stelle, wo die Straße den neuen Boulevard „Prinz Eugen" durchkreuzt, dann wird das Aussehen derselben von Schritt zu Schritt sogar ärmlich und schmutzig. Die Asphalttrottoire hören auf, das Pflaster wird unregelmäßig, die hohen Häuser von Paris schrumpfen zu einstöckigen, kleinen Gebäuden zusammen. Noch wenige Minuten und das ganze, große, glänzende und geräuschvolle Paris ist verschwunden;

4*

man sieht sich plötzlich an die äußere Grenze der Vorstadt versetzt. Der Wechsel ist um so plötzlicher, da die Straße Roquette in ihrer ganzen Länge kaum eine Viertelstunde mißt. Jenseits des Boulevard „Prinz Eugen" wird der Charakter der Straße plötzlich traurig. Grabsteine, Steinkreuze, Todtenkränze, Bilder, welche den Tod und das Grab darstellen, Cypressensträuße, Epheu und Immortellenkränze bilden die Staffage der Erdgeschosse der ärmlichen Häuser; der Fremde, der die Straße zum ersten Male durchwandert, kann nicht mehr in Zweifel sein — die Straße de la Roquette muß zu einem Friedhof führen. Und so ist es auch. Sie führt gerade zu der berühmten Begräbnißstätte der Stadt Paris, dem Friedhof „Père Lachaise."

Aber sie führt noch an einer andern Begräbnißstätte vorüber.

Zwanzig Schritte vor dem vergitterten Eingangsthor, immer noch an der linken Seite der Straße de la Roquette bemerkt der Vorübergehende im Pflaster fünf größere Steine von heller Farbe. Sie bilden ein großes Quadrat, der fünfte Stein liegt in der Mitte, wo die beiden Diagonalen des Quadrats sich schneiden. Diese fast unscheinbaren Steine bezeichnen den fürchterlichsten Platz in Paris. Sie sind die Verkörperung schrecklicher Erinnerungen. Die Erinnerungen triefen von Blut, Schmerz und Thränen. Wir stehen, mit einem Worte, hier auf dem Platze, wo bei jeder Hinrichtung in Paris die Guillotine aufgerichtet wird. Nachdem dieses fürchterliche Instrument bald auf dem Greveplatze, bald auf dem Revolutionsplatze, welcher heute der Eintrachtsplatz heißt, seine Stelle gefunden, hat es in diesem Jahrhundert hier sein bleibendes Standquartier genommen. Der zum Tode Verurtheilte bringt seine letzte Nacht auf der Erde entweder in den im hinteren Hofe des Gefängnisses befindlichen Zellen für die Hinzurichtenden, in welche ich den Leser sogleich führen werde, zu, oder er wird aus dem anderen Gefängniß, in dem er bis dahin detinirt war, wenige Minuten vor seiner Hinrichtung in den vorderen Hof des „Prison de la Roquette" geführt, wo ihn der Henker in Empfang nimmt.

Ich zog die Klingel an dem vergitterten Eisenthor, welches auf die Straße de la Roquette hinausführt. Das Thor und der kleine Hof, in den ich von außen hinein blickte, schauten so finster aus. Und draußen lachte die Erde im Blumenschmuck und Sonnenschein. Es war ein strahlender Octobertag. Dann öffnete sich das finstere Thor, Turcos in arabischem Burnus und buntem Turban empfingen mich und führten mich zu dem Greffier. Ich zeigte ihnen meine von dem Polizeipräfecten an alle Gefängnißdirectoren im Departement der Seine lautende Vollmacht vor, mich überall umherzuführen, und mich in allen ihren Diensten und Functionen so genau und so weit zu unterrichten, wie es ihre Pflichten irgend gestatteten. Der Befehl des Polizeipräfecten öffnete mir das Gefängniß de la Roquette, welches sehr schwer zugänglich ist. Der Greffier klingelte. Es erschien ein Beamter des Gefängnisses. Ich bat mir als Führer einen von den Brigadiers aus, welche bei Felix Orsini, dem großen italienischen Patrioten, die letzte Nacht, bevor er das schöne Haupt unter das Brett der Guillotine legte, gewacht hatten. Der Greffier sagte mir die Erfüllung meines Wunsches zu. Der Brigadier erschien. „Haben Sie bei Orsini die Nacht vor seinem Tode gewacht?" fragte ich ihn.

„Ja wohl, mein Herr", sagte der Brigadier, ich habe sowohl bei Orsini, wie bei Pierri und auch bei Rudio die Nacht die Wache gehabt. Wie Sie wissen, brachten sie einundzwanzig Tage in la Roquette zu.

Wir gingen. Der erste, kleine Hof schloß mit einem großen, mehrstöckigen Gebäude ab. Es diente zu Beam=

tenwohnungen, zum Aufenthalt für die Wachen — und zum Aufenthalt des Henkers, welcher hier das Opfer der Guillotine in Empfang nimmt. Heute füllten ihn die afrikanischen Soldaten in ihren malerischen Trachten. Ein zweites, mit eisernen Stäben vergittertes Thor führte in das Hauptgebäude des Gefängnisses von la Roquette. Es dient zum Aufenthalte und zu den Arbeitssälen der Bagnosträflinge und der Deportirten. Nach einigen Schritten standen wir in seiner Mitte. Die vier Seiten des dreistöckigen Gebäudes bilden einen großen inneren Hof. Ein Brunnen mit beständig fließendem Wasser bildete das Centrum desselben. Der weite Hof dient den Sträflingen als Aufenthaltsort und Spaziergang für die Freistunden, welche selbst in diesem Gefängniß der schwersten Verbrecher zwei Stunden täglich ausmachen.

Da la Roquette durchschnittlich 800—900 Sträflinge enthält, welche ihre Abführung in die Bagnos oder nach den Deportationsorten erwarten, lösen sich dieselben für die Freistunden abtheilungsweise nach den einzelnen Sectionen ab. Auch zu der Stunde, wo ich den Hof besuchte, waren viele von ihnen in demselben anwesend. Sie gingen und sprachen mit einander, wo und wie sie wollten. Der berüchtigte Gänsemarsch, der in deutschen Zuchthäusern eingeführt ist, um den Gefangenen die einzige Erholungsstunde des Tages zu einer Stunde der Langeweile und der Ermüdung zu machen, und den ich auch in einigen englischen Gefängnissen gefunden habe, kannte das Gefängniß la Roquette nicht. „Welche Strafen wenden Sie denn gegen die Gefangenen an, welche sich widersetzen?“ fragte ich meinen Begleiter, als wir zwischen den plaudernden und umhergehenden Gruppen der Bagnosträflinge hindurch gingen.

„Entziehung der Freistunden, der warmen Kost, auch nöthigenfalls Entziehen des Bettes und Einsperrung in eine dunkle Zelle“, antwortete er.

„Nicht die Prügelstrafe?“ erwiderte ich.

Der Mann blieb stehen und blickte mich verwundert an, „Prügel“, sagte er, „Prügel, Sie meinen doch Prügel mit dem Stock oder mit der Peitsche?“

„Allerdings, diese meine ich.“

Der Brigadier schwieg einen Moment. Dann fuhr er auf, „Herr“, rief er, „in Frankreich prügelt man keinen Menschen, auch keinen Bagnosträfling. Prügelt man denn in ihrem Vaterlande Menschen? Sie sind wohl aus Rußland, wo man die Knute gebraucht?“

„— Nein, ich bin nicht aus Rußland, wo man die Menschen mit der Knute züchtigt, ich bin aus Deutschland.“

Der Brigadier sah mich noch erstaunter an. Es schien ihm unerklärlich, daß es noch ein Land in Europa außer Rußland gebe, wo man Menschen mit dem Stocke oder mit der Peitsche züchtige. Endlich erholte er sich von seinem Erstaunen. „Sagen Sie“, wiederholte er, „ist es wahr, daß man in deutschen Gefängnissen prügelt?“

„Allerdings“, wiederholte ich nochmals, „mit einer so fürchterlichen Sache scherzt man nicht. In allen deutschen Zuchthäusern wird die Prügelstrafe massenweise dictirt und ausgeführt. Es ist schändlich, menschenunwürdig, aber es ist so.“ —

„Prügelt man denn auch Frauen und Mädchen in deutschen Gefängnissen“, fragte er weiter. Auf seinem Gesichte zeigte sich ein Ausdruck, als wenn er bestimmt ein „Nein“ erwarte.

„Allerdings“, sagte ich, „man prügelt auch Frauen und Mädchen in deutschen Gefängnissen, man legt sie zu dem Zwecke auf einen Bock, den man „Fuchs“ nennt, und auf dem ihre Arme und Beine mit ledernen Riemen festgeschnallt werden. Die einzige Rücksicht, die man bei dieser Brutalität auf ihr Geschlecht nimmt, ist, daß man ihnen dabei leinene Hosen anzieht." —

Da gerieth der würdige Brigadier in Wuth. Die Zornröthe der verletzten und mit Füßen getretenen Menschenwürde trat ihm auf Stirn und Wangen. „Schändlich", rief er, „schändlich, sehen Sie, da sind wir doch weit civilisirter, wie Ihr Deutschen, wenn wir auch nicht soviel wissen!" —

Ich gab dem Manne seine Behauptung vollkommen zu. Er hatte ja Recht. Ich wollte, diese deutschen Gefängnißverwalter, welche die Prügelstrafe an den Unglücklichen, die sich in ihrer Gewalt befinden, massenhaft, oft für die geringsten Vergehen, vollstrecken lassen, hätten den Zorn auf dem Antlitz dieses einfachen französischen Soldaten im Gefängniß von la Roquette gesehen — vielleicht wäre die Röthe der Schaam auch auf ihren gleichgültigen, fahlen Kerkermeistergesichtern noch einmal aufgeflammt. Ich habe diese Entrüstung jetzt in Frankreich überall gefunden, wenn ich mit den Leuten von den Knutenhieben in Polen sprach, bei den egoistisch, dummen Bauern der Auvergne, bei dem gemeinen Soldaten der Jägerregimenter in den Ardennen, und in den Salons der anwesenden Aristokratie, bei dem Arbeiter in seiner blauen Blouse auf dem Boulevard du Temple und in Faubourg St. Antoine. Es war die heilige Entrüstung über die in dem unglücklichen Polen geschändete Menschheit. Das alte Europa nehme sich in Acht! Frankreich ist nicht todt, der Tag seiner Auferstehung für die Freiheit und Nationalität des Volkes ist nahe! — Nun betraten wir die Arbeitssäle der Sträflinge, welche die Räume des dreistöckigen Gebäudes einnehmen. Sie waren hoch, reinlich und luftig, enthielten aber sonst nichts Bemerkenswerthes, als die Verbrecher, welche hier ihren Fähigkeiten oder dem Handwerke, was sie früher betrieben hatten, gemäß beschäftigt wurden. Hier arbeiteten Schuster, Schneider, Lederzubereiter, Pantoffelmacher, Schmiede, Schlosser, Tischler in den hierzu eingerichteten Werkstätten bis zu dem Tage, wo sie in der Deportation über das Meer an die Reihe kommen. Aber in diesen grauen wollenen Jacken und Hosen steckte das gefährlichste Gesindel Frankreichs. Jeder von ihnen war wenigstens ein vielfach bestrafter Dieb. Wie mancher hatte unter der Anklage des Mordes, der Fälschung und des Straßenraubes gestanden! Der Brigadier erzählte mir, als wir durch die verschiedenen Werkstätten gingen, indem er auch hie und da auf einzelne Galgenphysiognomien aufmerksam machte, eine lange Reihe haarsträubender Geschichten, in denen Diebstahl, Giftmischerei, Nothzucht und Mord die Hauptrolle übernommen hatten. Ich sah junge Sträflinge von achtzehn Jahren mit sanften, jungendlichen Gesichtszügen, welche ihre Hände bereits mit den schändlichsten Verbrechen befleckt hatten, und alte Männer mit weißen Haaren, auf deren Gesichtern die Galeere tiefe Furchen gezogen; ich sah ausgemergelte Gestalten, Augen voll Bosheit und niederträchtiger Tücke, und Stirnen, auf denen die Gemeinheit ihren Wohnsitz aufgeschlagen hatte. Aber wozu diese lange Gallerie von Laster und Verbrechen schildern; es wurde mir oft unheimlich zu Muthe, wenn ich im Vorübergehen ihre Kleider streifte, und noch heute in der Erinnerung, während ich schreibe, überläuft mich ein Gefühl des Ekels und des Widerwillens. Aber selbst diese Kerle wurden nicht geprügelt, sie wurden in ihrer Verpflegung sogar wie die Menschen behandelt, wenn sie auch von Menschen oft nur die Gestalt behalten hatten. Sie arbeiteten nur von Morgens acht Uhr bis Abends acht Uhr, und diese zwölfstündige Arbeitszeit umschloß noch zwei Freistunden. Sie erhielten zu ihrer Nahrung nicht diese ekelhafte Gemüsesuppe, welche man in deutschen Zuchthäusern austheilt, sondern gut und reinlich zubereitete Speisen, wenn sie auch nur zweimal die Woche, am Donnerstag und Sonntag Fleisch bekamen. Morgens und Abends, zum Frühstück und zum Mittagessen, erhielt Jeder ein kleines Glas Wein. Die Freistunden und die Stunden von Abends acht Uhr an gehörten ihnen. Sie konnten mit dieser Zeit machen, was sie wollten. Sie konnten arbeiten oder spazieren gehen oder lesen. Zu diesem Zwecke enthielt la Roquette eine nicht unbedeutende Bibliothek, aus welcher sich jeder Sträfling wöchentlich ein Buch entnehmen konnte. Ich ließ mir die Bibliothek zeigen, welcher ein Sträfling als Bibliothekar vorstand. Die Bücher, welche ich aus den Fächern zog, waren belletristischen, historischen oder wissenschaftlichen Inhalts, ich fand manche Reisebeschreibung, manches naturwissenschaftliche Buch; religiöse oder kirchliche Schriften habe ich wenige gefunden. Abends war es den Sträflingen gestattet, bis zehn Uhr in ihren Schlafstuben zu lesen. Jeder hatte eine eigene Zelle zum Schlafen. In langen Gallerien zogen sich diese Zellen neben einander an der äußeren Seite des Gefängnisses herum. Jede Zelle hatte die Aussicht auf die Hofmauer, welche, wie ich schon erwähnte, das Gefängniß der Bagnosträflinge und der zum Tode Verurtheilten in einem ungeheuren Quadrate umschloß. Es fiel mir auf, als ich mit meinem Brigadier diese langen Gänge durchschritt, und mir einige Zellen öffnen ließ, daß die Eisengitter nicht dicht an den Fenstern, sondern in einer Entfernung von vielleicht einem Fuß vor den Öffnungen angebracht waren. Als ich den Kopf hinaussteckte, fand ich, daß es möglich war, mit dem Gefangenen, der sich in der danebenliegenden Zelle befand, wenn derselbe ebenfalls den Kopf aus dem Fenster steckte, eine Unterhaltung anzuknüpfen. Ich äußerte mich hierüber zu meinem Begleiter, und er erwiderte mir:

„Das ist richtig; es geschieht dies auch allabendlich von 9½ Uhr bis zehn Uhr. Diese halbe Stunde vor dem Schlafengehen ist den Unglücklichen zu einer Unterhaltung gestattet. Wenn die Uhr des Gefängnisses zehn Uhr schlägt, rufen die, wie Sie bemerken, unten an der Mauer aufgestellten Schildwachen, die Lichter auszulöschen. Dann ist die Unterhaltung zu Ende.“ —

Was sagen deutsche Zuchthausverwalter zu einer solchen, die Individualität des Menschen berücksichtigenden Maßregel im Pariser Gefängniß der Bagnosträflinge, sie, in deren Gefängnissen die Schildwachen den Befehl erhalten, nach dem Kopfe des Gefangenen zu schießen, der sich an den Fenstern zeigt? Diese Behauptung ist weder eine Uebertreibung noch eine Fabel. Als ich mich in einer politischen Untersuchung im Berliner Stadtvogteigefängnisse befand, hat eine Schildwache einen Schuß auf das Fenster meiner Zelle abgefeuert, indem ich den Kopf hinaussteckte, um in den Hof zu sehen.

Das Mittelgebäude des großen Hofes hat einen zweiten Durchgang. Der Durchgang führt in einen kleinen Hof. Ein Springbrunnen steht in der Mitte desselben, von einigen Rasenplätzen und Bäumen umgeben. Der Hof ist mit zweistöckigen Gebäuden eingefaßt. Es ist hier still und einsam. Der Contrast ist um so auffallender, wenn man aus dem Geräusch und Gewirr des großen Hofes mit seinen ihn umgebenden Werkstätten hier eintritt. Auch ich empfand diesen Contrast, als ich mit meinem Begleiter eintrat; ich hörte nichts, als das Rauschen des in ein weites steinernes Becken zurückfließenden Wasserstrahls. „Wozu dient dieser Hof?“ fragte ich den Brigadier.

„Es ist der Hof der zum Tode Verurtheilten,“ erwiderte er. Ich schauderte einen Augenblick. „Der Hof der zum Tode Verurtheilten,“ wiederholte ich nochmals. „Hier sahen Orsini und Pierri zum letzten Male den blauen Himmel und die grüne Erde.

Ich weiß nicht mehr, ob ich diesen Gedanken nur dachte, oder ob ich ihn mit Worten aussprach. „Sie fragten nach Orsini und Pierri," sagte mein Begleiter, „hier ist der Hof, wo sie einen Theil des Tages zubrachten."

Schweigend ging ich durch die Gänge des kleinen Gärtchens. Die Mittagssonne blickte so golden aus dem azurblauen Himmel herein, der Rasen war von seltener Frische. Rings um Alles still. Nur das Wasser rauschte in Millionen silbernen Tropfen über den Stein.

„Ich werde Ihnen nun die Gefängnisse der zum Tode Verurtheilten zeigen," sagte der Brigadier.

Er schloß eine starke mit Eisen beschlagene Thüre auf, welche aus dem Gebäude in den Hof führte. Wir traten durch dieselbe auf einen Gang, welcher im Innern des Hauses den Hof von drei Seiten umgab. Auf den Gang öffneten sich eine Menge Zimmer, welche zur Apotheke, zum Sectionszimmer, zur Todtenkammer, zu einem Consultationszimmer für die Aerzte und zu andern administrativen Zwecken des Gefängnisses dienten. Der Brigadier schloß zwei Zimmer auf, welche nebeneinander lagen, und deren eisenbeschlagene und mit großen Riegeln und Schlössern verriegelten Thüren auf den Gang führten. Ich trat ein. Ich befand mich im Gefängniß Orsini's und Pierri's während ihrer ein und zwanzig tägigen Haft im „Prison de la Roquette."

Die Zimmer waren nicht unfreundlich. Sie waren groß und hoch. Das Zimmer Orsini's hatte eine fast quadratförmige Gestalt. Das Zimmer Pierri's war um die Breite des Ganges länger. Die Wände hatten einen gelben, okerfarbigen Anstrich, das von Außen mit starken Eisenstangen vergitterte Fenster, war ziemlich groß und befand sich in der obern Hälfte der Wand. In der Ecke jedes

Zimmers stand eine eiserne Bettstelle, in der Mitte ein kleiner, weißer Porcellanofen. Außer einigen Rohrstühlen waren keine Möbel im Zimmer. Der Fußboden war gedielt. In ihren Aeußern hatten beide Zimmer nichts, was an ihren schrecklichen Zweck erinnerte.

„Die Zimmer auf diesem Gange und im zweiten Stock dienen den zum Tode Verurtheilten zum Aufenthalt, bis sie zur Hinrichtung vor das Gefängniß hinausgeführt werden," sagte der Brigadier. „Augenblicklich ist Niemand in la Roquette, der zum Tode verurtheilt wäre. Die Zimmer werden möblirt, wenn sie bezogen werden. Dort links wohnte Pierri, hier rechts Orsini. Sie sehen, beide Zimmer trennt nur eine Wand. Rudio befand sich im obern Stocke." —

— „Hatten Sie häufig die Nachtwache bei Orsini und Pierri, Brigadier?" fragte ich.

„Mehrere Male. Sie wissen, beide brachten ein und zwanzig Tage hier zu. Bei Orsini wachte ich die Nacht vor seinem Tode."

„Wird bei allen zum Tode Verurtheilten die Nächte vor ihrem Tode gewacht, Brigadier?"

„Bei Allen; Sie sehen dort die zwei Stühle, dem Bette gegenüber. Auf dem einen sitzt der Gefängnißbeamte, auf dem andern ein Soldat, das Auge auf das Bett des Verurtheilten gerichtet." —

„Waren Orsini und Pierri heiter und ruhig während der Zeit, wo sie hier detinirt waren?"

„Bis zum letzten Augenblick waren sie heiter und sogar fröhlich. Wenn sie von dem Attentat sprachen, bedauerten sie nur, daß es nicht gelungen sei. P i e r r i sang zuweilen in seinem Zimmer die Marseillaise oder den „Chant des Girondins." Dann saß er oft Stunden lang da auf dem Mauervorsprung an der Thüre und schaute zum Fenster hinauf in den Himmel, oder er unterhielt sich mit der

Wache, oder er klopfte einmal an die Wand, und rief „Orsini," der in ähnlicher Weise antwortete.

Sie hielten sich auch mehrere Stunden des Tages in dem kleinen Gärtchen auf dem Hofe auf, von wo wir eingetreten sind, natürlich nach einander. Sie sahen sich erst wieder am Morgen ihrer Hinrichtung hier auf dem Gange, als sie aus dem Zimmer traten. „Eh bien," rief Orsini, „wo ist denn Rudio?"

Pierri lachte. „Ich habe es mir gedacht, daß wir beide den Gang allein machen würden," erwiderte er.

„Und Orsini's letzte Stunden, Brigadier?" Schlief er ruhig in der letzten Nacht?" —

„Ganz ruhig, sechs Stunden. Ich habe nicht bemerkt, daß er erwachte. Nach neun Uhr stand er auf. Er frühstückte und war ganz heiter. Nochmals sprach er von dem Attentat, und bedauerte nochmals, daß es nicht gelungen sei. Dann kam der Priester. Orsini's Haltung blieb ganz dieselbe, fest, ruhig und heiter. Hier auf dieser Stelle sah er Pierri wieder, wie ich Ihnen schon sagte. Sie begrüßten sich beide in herzlichster Weise. Wenn es Ihnen beliebt, so gehen wir nun. Sie haben Alles gesehen. Ich werde Sie nun den Weg führen, den beide zum Tode gingen. Oder, wollen Sie erst noch Rudio's Zimmer sehen? Sie wissen, er wurde auf Verwendung seiner Frau begnadigt, nach Cayenne deportirt, und ist von dort entkommen."

„Ich weiß, Rudio's Zimmer interessirt mich nicht. Gehen wir, Brigadier." Der Gefängnißbeamte verschloß die Zimmer Orsini's und Pierri's von Neuem. Am Ende des Ganges stiegen wir eine kleine hölzerne Treppe hinauf. Wir befanden uns im obern Stock des Gebäudes. An demselben schloß sich der lange Gang, an dessen beiden Seiten die Schlafzellen der Sträflinge liegen, und der wieder zum andern Hofe des Gefängnisses führt.

„Hier gingen sie beide zum Tode," sagte mein Begleiter, als wir in dem Gang dahin schritten, Pierri ging voran, Orsini drei Schritte hinter ihm, der Priester neben Orsini. Auf dem ganzen Wege sang Pierri mit lauter, tönender Stimme den Gesang der Girondisten. Orsini sang nicht; er wiederholte nur zuweilen die Worte „du calme." Beide sahen stolz und fröhlich, möchte ich sagen, aus."

Ich sah auf dem Gesichte meines Begleiters ganz deutlich die Empfindung, welche die Erinnerung noch heute in ihm wach rief. Er schwieg einen Moment.

„Weiter, Brigadier," sagte ich, „weiter."

„Nun draußen im kleinen Hofe wurden beide dem Henker übergeben. Der Henker wartet immer im vordern Hof, er kommt nur in den Hof der zum Tode Verurtheilten, wenn der Verurtheilte sich weigert, zu gehen und sich widersetzt."

„Hat Orsini den bekannten Brief an Napoleon geschrieben?" fragte ich im Weitergehen.

„Das kann ich nicht wissen," sagte mein Begleiter. „Der Director des Gefängnisses hielt sich oft längere Zeit bei den drei Gefangenen auf."

Wir waren während dem wieder in dem vordern Hofe von la Roquette angekommen. „Es war ein grauer Wintermorgen," erzählte der Brigadier, bevor ich ihn verabschiedete, „vor sechs Uhr. Da draußen war die ganze Vorstadt auf den Beinen. So weit man sehen konnte, erblickte man Kopf an Kopf. Man hörte lautes Weinen und Schluchzen unter der Menge, als Orsini und Pierri das Schaffot betraten. Pierri sang noch den Refrain des Girondistenliedes, als er die Stufen des Schaffots hinaufstieg, „Mourir pour la patrie „mourir pour la patrie!" Vive la France, vive l'Italie!" rief Orsini, als er von dem Schaffot die Menge überblickte, bevor er das Haupt auf das Brett legte."

Ich stand wieder allein vor dem schrecklichen Thore von la Roquette, auf der Stelle, wo das Schaffott aufgestellt wurde. Vor dem Auge meiner Seele erschien das edle, geistvolle Antlitz Felix Orsini's, wie ich es in einem vortrefflichen Bilde bei meinem Freunde Karl Blind in London sah. Und als ich die Straße la Roquette aufwärts nach dem Bastilleplatz ging, sang ich unwillkürlich mit halblauter Stimme den Gesang der Girondisten, das Revolutionslied des alten Paris. Da war der Platz, wo das Volk von Paris einst die Bastille stürmte, da waren auch alle die Straßen, welche in die aufrührerische Vorstadt St. Antoin führen. Jeder Stein weiß hier von den Revolutionen zu erzählen, welche seit siebenzig Jahren meist immer von diesem denkwürdigen Platze ausgingen und das Banner der freiheitlichen und nationalen Entwicklung in Europa von Neuem entrollten. Wird der Gesang der Girondisten bald wieder auf dem Bastilleplatze ertönen?

Es ist an der Zeit. —

Viertes Kapitel.

Das Haus zum heiligen Lazarus.

Prostituirte Mädchen zur Zeit Ludwig XIV. und XV. Wie es in der Salpetriere ehemals aussah. Die Behandlung der Prostituirten in Bicêtre. Das Depot in der Polizeipräfectur. Das frühere Depot in der Rue St. Martin. Das Haus zum heiligen Lazarus, ein Gefängniß, ein Besserungshaus und ein Hospital. Die verschiedenen Sectionen. Die Schwestern von Maria und Josef. Besserungsmethoden, Erziehungsarten und ihre Resultate im Hause zum heiligen Lazarus.

Höchst interessant sind die Mittheilungen, welche ein Pariser Arzt in einem vortrefflichen Werke *) über die Behandlung der Prostituirten Seitens der Polizei und der Sanitätsbehörde im vorigen Jahrhundert gemacht hat. Vor der Zeit Ludwigs XIV. wurden die Prostituirten, wenn sie sich Unordnungen oder Vergehen zu Schulden kommen ließen, durch einander mit andern Weibern, welche zu Gefängnißstrafen verurtheilt waren, ins Gefängniß geworfen, „in schreckliche Höhlen, wahre Gräber, wo der Tod fast unvermeidlich war, und von denen wir uns heute kaum noch eine Vorstellung machen können.“ Als Ludwig XIV. die „Salpetrière“ erbauen ließ, wurde ein Flügel dieses großartigen Gebäudes zur Detention der Freudenmädchen bestimmt. Man muß sich nur nicht die Vorstellung von der damaligen Salpetrière machen, welche dies großartige Zufluchtshaus der Armen und der Elenden heute auf den Besucher macht. Ein großer Theil der

*) La prostitution dans la ville de Paris par A. J. B. Parent Duchatelet. Paris 1857.

Mädchen wurde dort in Folge eines „Lettre de cachet“ eingesperrt. Sie blieben in Folge dieses „Lettre de cachet“ dort drei, sechs, neun Jahre, manche sogar mehr wie fünfzehn und zwanzig Jahre. Die Betten waren immer für sechs Personen bestimmt; da sie aber nur für vier Personen Raum hatten, so schliefen zwei auf der bloßen Erde, bis im Bette Platz wurde. Die vorletzte kam dann in das Bett, die andere schlief auf der Erde weiter. Von Stroh, von Kopfkissen, von Matratzen war für die, welche auf der Erde schliefen, gar keine Rede. Im Winter gab man ihnen nur eine Decke, in welche sie sich einhüllen konnten. Die Säle, in welchen diese Betten standen, hatten nur eine Höhe von 5 Fuß. Die Fenster waren in großen Zwischenräumen angebracht und auf der einen Seite offen, hatten aber auch nur eine Breite von 2 Fuß, wodurch die Luftventilation sehr schwierig, wenn nicht gar unmöglich wurde. Außerdem waren die Säle so eng, daß, wenn zwei Personen auf der Erde lagen, es kaum möglich war, hindurch zu gehen. Wie der Geruch in diesen Räumen war, bedarf wohl keiner Erwähnung. Die Verpflegung war höchst mittelmäßig. Daß man den Mädchen die Haare abschnitt, erklärt mein Gewährsmann für eine Unwahrheit.

In der Salpetrière blieben die Prostituirten bis zu den blutigen Septembertagen 1793, wo ihren Platz politische Gefangene einnahmen. Eine derartige Behandlung menschlicher Wesen, welche nicht einmal ein Verbrechen begangen hatten, in der damaligen Zeit, kann uns gar nicht verwundern, wenn wir erfahren, wie die Behandlung der Kranken war. Noch im Jahre 1700 wurden sie, falls sie im Hotel Dieu Aufnahme gefunden hatten, bei ihrer Aufnahme und Entlassung geprügelt. Erst im Jahre 1775 wurde ihnen Seitens der Sanitätsbehörde überhaupt eine Aufmerksamkeit gewidmet; indeß, was war das für eine Aufmerksamkeit. Die in der Salpetrière angestellten Aerzte waren autorisirt, die Unglücklichen erst dann zu untersuchen, wenn sich die Zeichen ihrer Krankheit auf dem Gesichte zeigten. Ihre ärztliche Behandlung fand heimlicher Weise in einer abgelegenen Kammer des Gefängnisses statt. Weit schrecklicher aber war ihr Schicksal, wenn sie nach Bicêtre gebracht wurden. Cullerier sagt*): „Die Armen, welche nach Bicêtre gebracht wurden, waren durch lasterhaftes Leben, schlechte Nahrung und durch eine Krankheit, welche man hatte fürchterliche Fortschritte machen lassen, vollständig heruntergekommen. Sie starben in großer Zahl schon während ihrer Behandlung. Im Jahre 1720 entzog man ihnen den größeren Theil des Fleisches, welches die Verwaltung ihnen bewilligt hatte; statt Fleisch gab man ihnen Käse und Butter. Man vertheilte unter ihnen dieselbe Fleischsuppe, welche man den Armen gab, die nicht krank waren, und diese erhielten nur 1 Pfd. Fleisch während der ganzen Woche. Im Jahre 1730 befanden sich in Bicêtre 400 Syphilitische. Sie bewohnten ein enges, wenig gelüftetes, schmutziges Lokal, welchem an mehreren Stellen der Einsturz drohte. Die Kranken befanden sich dort in einem höchst traurigen Zustande. Diejenigen, welche ihre ärztliche Behandlung erwarteten, waren mit Geschwüren bedeckt; die andern, welche geheilt waren, waren kraftlos und ausgemergelt, und erlangten nur langsam ihre Kräfte wieder. Bäder, deren Anwendung bei derartiger Krankheit so heilsam und förderlich ist, waren in diesem Hause ganz unbekannte Dinge. Q. Mareschal, erster Chirurg Ludwig XV., erstattete in damaliger Zeit dem Könige folgenden schrecklichen Bericht über den Zustand von Bicêtre: „Ich habe syphilitische Kranke gesehen, welche soeben geheilt waren. Sie waren ziemlich gut hergestellt, aber mit ihrer Gesundheit sah es schwach aus. Ich habe aber auch

*) Notes historiques sur les hôpitaux établis à Paris etc.

solche Kranke gesehen, welche sich noch nicht in ärztlicher Behandlung befanden, und ich gerieth in Schreck über den Zustand, in dem sie sich befanden. Der Zeitraum, den sie zu warten verpflichtet sind, bis die Reihe der Heilung an sie kommt, ist ein weit schlimmeres Uebel, wie dasjenige, was sie nach Bicêtre geführt hat. Es würde weit besser sein, diese Kranke in eine Scheune oder in einen Stall auf Stroh zu legen, um sie in der Scheune oder in dem Stalle ärztlich zu behandeln, als sie in dem gefährlichen Zustande zu belassen, in dem sie sich befinden." Aber selbst der mächtige Name Mareschall's war nicht im Stande, dauernde Verbesserungen in diese schrecklichen Verhältnisse einzuführen. Im Jahre 1784 besichtigte Herr v. Breteuil, damaliger Minister des Innern, Bicêtre und die Salpetrière, und „er war entrüstet über den schrecklichen Zustand, in dem sich die Kranken in Bicêtre befanden." Noch im Jahre 1787 war es trotz alledem ebenso. Die Schilderung Cullerier's über diese uns so nahe liegende Zeit ist Entsetzen erregend. Nach einer genauen Beschreibung der Säle, Betten und Fenster drückt er sich folgendermaßen aus: „Die Zahl der Kranken, welche in diesen Sälen aufgehäuft sind, ist kaum glaublich. Man würde versucht sein, zu glauben, daß es gar nicht möglich sei, in dieser entsetzlichen Luft zu existiren, wenn die Thatsache nicht doch die Möglichkeit herausstellte. In den Räumen, worin sich die Kranken befinden, welche ihrer ärztlichen Behandlung entgegensehen, schläft die eine Hälfte derselben von 8 Uhr Abends bis 1 Uhr Mitternacht; die andere Hälfte schläft von 1 Uhr Mitternacht bis 7 Uhr Morgens. Es ist nämlich immer nur ein Bett für 8 Kranke vorhanden. Auf die Weise blieb den Kranken nur die Möglichkeit, die eine Hälfte der Nacht im Bette zuzubringen, während sie die andere Hälfte der Nacht wachen mußten. Die Räumlichkeiten selbst waren dunkel und mit allen Arten der Unreinlichkeit ausgestattet. Die Fensterkreuze waren vernagelt, so daß es unmöglich war, die Fenster zu öffnen, um Luft hineinzulassen. Man hatte die Fenster deshalb zugenagelt, weil sie, falls man sie geöffnet hätte, zusammengebrochen wären. Das waren keine Krankensäle, das waren Verbrecherzellen. Den Fußboden sah man gar nicht mehr, so war er mit Schmutz bedeckt. Die Strohsäcke waren mit Stroh gefüllt, welches man seit mehreren Jahren nicht mehr erneuert hatte. Vorhänge und Bettdecken bestanden aus Lappen und Lumpen, und das Bettzeug war mit den Auswürfen und dem Eiter aus den Geschwüren der Kranken beschmutzt; die Bettsäcke hatten keine Ueberzüge, und der Kopf der Kranken ruhte auf einem Kissen, welches den Schmutz mehrerer Jahre in sich trug."

„Da man nur 100 Personen, 50 Männer und 50 Frauen, auf ein Mal zur Behandlung zuließ, und da eine neue Behandlung nur alle zwei Monate begann, so blieben 200 bis 250 Kranke, unter denen sich alle diejenigen befanden, welche weder Geld noch Protection hatten, vollkommen ihrem Schicksale überlassen, und erwarteten während sechs Monaten, 9 Monaten, eines ganzen Jahres auf den Moment, wo man sie in ärztliche Behandlung nehmen würde. Man kann sich selbst sagen, welche Fortschritte die Krankheit während eines so langen Zeitraums machte. Krebsschaden, das Hospitalfieber traten hinzu; ein großer Theil der Kranken starb, bevor sie nur in ärztliche Behandlung genommen waren. Konnte es etwa anders sein? Die Unglücklichen gingen ja ohne alle Pflege und ärztliche Hülfe zu Grunde; denn dies konnte in diesem schrecklichen Hause nur mit Geld aufgewogen werden."

„Die Verpflegung war für Alle ein und dieselbe. Keine nährende Fleischsuppe für diejenigen, deren Kräfte erschöpft, keine leichte Gemüse für die Kranken, deren Verdauungsorgane geschwächt waren; diejenigen, welche ihre ärztliche Behandlung erwarteten, hatten als einzige Nahrungsmittel nur hartes Brod, Käse, ranzige Butter und sehr selten Fleisch. Die für die Verpflegung angestellten Beamten nahmen den Kranken mit Gewalt die Nahrungsmittel weg, welche ihnen zukamen und begingen die schreiendsten und scandalösesten Mißbräuche, ohne sich im Mindesten zu geniren, als wenn sie ein gesetzmäßiges Recht darauf hätten."

„Alle Aerzte in Bicêtre," erzählt der Chirurg Lallement, der in seiner Jugend in Bicêtre beschäftigt gewesen war, „bereicherten sich in sehr kurzer Zeit, denn da sie das Recht hatten, in einem Saal zuzulassen, und aus demselben zu entfernen, wen sie wollten, so wurden diejenigen, welche Geld besaßen, sofort allen andern vorgezogen. Man kannte ganz allgemein die Mittel und Wege, welche man einzuschlagen hatte. Es genügte, sich an den Bedienten eines der dort beschäftigten Aerzte zu wenden, und ihm 3 Goldstücke zum Betrage von 72 Franken einzuhändigen."

Noch weit schrecklicher lautet der Bericht eines später in der Salpetrière angestellten Aufsichtsbeamten, der in seiner Jugend als Schreiber in Bicêtre beschäftigt gewesen war.

„Die für die Frauen bestimmte Abtheilung," sagt er, „hieß der Saal der Barmherzigkeit; ohne Unterschied nahm man dort Alles durch einander auf, Ammen, verheirathete Frauen, junge Mädchen, Prostituirte, welche aus der Stadt oder aus der Salpetrière kamen. Alles, was in der Salpetrière die Schmerzen nicht mehr ertragen konnte, wurde nach Bicêtre gebracht; aber dort erfolgte die Zulassung sehr selten sofort. Man schrieb die Kranken ein, und nun mußten sie mit ihrer Aufnahme so lange warten, bis die Reihe an sie kam. Das Recht, ihre Zulassung zu verlangen, hatten sie erst nach Ablauf eines ganzen Jahres. Aber es kam auch vor, daß 18 Monate, 2 Jahre und eine gar noch längere Zeit verlief, bis ihnen die erste ärztliche Hülfe geleistet wurde; indessen bevorzugte man doch gewöhnlich die Ammen, für welche der Polizeipräfect eine gewisse Summe bezahlte, und auch diejenigen, welche auf einer Bahre herbeigetragen wurden, wegen der Schwere ihrer Krankheit."

„Auf dieselbe Weise wurden die Kranken auch auf Bahren aus Bicêtre nach dem Hotel Dieu gebracht, wenn sie in Bicêtre gefährlich erkrankt waren. Die Straße, welche aus Bicêtre nach dem Hotel Dieu führte, war immer mit Bahren bedeckt. Es war oft ein scheußlicher Anblick. Unter dem Vorwande, von den Vorübergehenden Hülfe und Almosen für die Kranken zu erbitten, deckten die Träger die Wunden der Kranken auf, und setzten sie so bei jedem Schritte den Blicken der Vorübergehenden aus."

„Alle Säle waren sehr niedrig und mit Betten bedeckt, von denen jedes immer für 8 Kranke dienen mußte. Der Geruch war, weil man die Zimmer nicht lüften konnte, wie man sich denn wohl denken kann, ganz entsetzlich."

Die Behandlung jedes Kranken war ganz dieselbe und dauerte 6 Wochen, nicht kürzer und nicht länger. War die Zeit um, und die Kranken auch nicht geheilt, so mußten sie Bicêtre jedenfalls verlassen, und hatten keinen Anspruch, noch weiter dort zu bleiben."

„Wenn die Zahl derjenigen, welche auf ärztliche Behandlung warteten, zu groß wurde, oder wenn ihre Klagen zu laut wurden, so bewilligte man ihnen ausnahmsweise 10, 12 oder 15 Tage ärztliche Behandlung; aber nach Ablauf dieser 10, 12 oder 15 Tage wurden sie ohne alles Erbarmen wieder zurückgeschickt, um andere aufzunehmen, welche man ebenso behandelte. Nach 8 oder 10 Monaten kam dann an diese Kranken wiederum die Reihe; aber man berechnete ihnen bei ihrer neuen Behandlungszeit ganz genau die Tage, welche sie schon früher im Saale der Barmherzigkeit gewesen waren."

Der Platz des Chirurgen in Bicêtre war ein sehr gesuchter; denn außer den Privilegien, welche die Stelle an sich hatte, war dieselbe eine fortdauernde Quelle aller möglichen Einkünfte, ganz abgesehen von den 3 Louisd'or, welche jeder Kranke bezahlen mußte, welcher schleunig ärztlich behandelt werden wollte."

Genug über den schrecklichen Zustand der Gefängnisse und Hospitäler der damaligen Zeit. Es war ein großes Glück, daß ein so rechtschaffener, humaner und unterrichteter Arzt — einer der bedeutendsten Aerzte der damaligen Zeit, die Stelle als erster Chirurg in Bicêtre erhielt. Dieser Mann war Michael Cullerier, aus dessen Schriften ich die obige Schilderung entnommen habe. Mit ihm beginnt eine ganz neue Aera für die an der Syphilis Erkrankten in Paris. Trotz alledem erschien den Mitgliedern der Nationalversammlung, welche im Jahre 1792 Bicêtre besichtigten, das Schicksal der dort Erkrankten und Detinirten so entsetzlich, daß man sie sofort sämmtlich in das neue Hospital der Capuciner in der Vorstadt Saint-Jacques brachte.

Wenn man die heutigen Gefängnisse in Paris durchwandert, so kann man sich Zustände, wie die oben beschriebenen, gar nicht als möglich denken. Ich habe sämmtliche Gefängnisse ohne Ausnahme und die bedeutendsten Hospitäler, Besserungshäuser und Krankenhäuser gesehen; aber nirgends habe ich auch nur eine Erinnerung an ähnliche Zustände gefunden. Heutigen Tages werden in Paris alle Freudenmädchen, welche aus irgend einem Grunde von einem Polizeibeamten verhaftet werden, nach der Polizeipräfectur gebracht, wie überhaupt alle von der Polizei verhafteten Personen. Dort befindet sich Tag und Nacht ein Beamter, welcher Jedermann sofort über Grund und Veranlassung seiner Verhaftung zu Protocoll vernimmt. Sodann werden die Gefangenen nach einem Orte geführt, welcher in den Gebäuden der Polizeipräfectur das „Depot" genannt wird. Das „Depot" ist, wie der Name auch schon anzeigt, ein nur vorübergehender Aufenthaltsort. Im Laufe der nächsten 24 Stunden, gewöhnlich schon am Tage ihrer Verhaftung, erfolgt die richterliche Vernehmung, deren weitere Folge Freilassung oder Versetzung in den Anklagezustand ist. Für die prostituirten Mädchen ist ein besonderer Polizeicommissarius angestellt, der seinen Rapport dem Polizeipräfecten vorzulegen hat, welcher das betreffende Mädchen entweder in Freiheit setzt, oder sie, falls sie sich eines Vergehens oder Verbrechens schuldig gemacht hat, nach dem für sie bestimmten Gefängniß bringen läßt. Ist sie krank, so geht ihr Weg in eine Heilanstalt. Theils als Gefängniß, theils als Heilanstalt, sowie als Besserungshaus dient das in großartiger Weise angelegte Haus zum heiligen Lazarus in der Vorstadt Saint-Denis. Ich werde meinen Besuch in diesem Hause sofort schildern, nachdem ich noch einige Worte über das Depot auf der Polizeipräfectur gesagt habe, welches ich ebenfalls sah.

Im vergangenen Jahrhundert befand sich das Depot für die prostituirten Mädchen, falls sie mit der Polizei in Conflicte geriethen, in einem Winkel der Rue Saint-Martin, nach der es ebenfalls den Namen führte. Der Aufenthalt dort war entsetzlich. Es war ein miserables Haus mit nur wenigen, nichts weniger als geräumigen Zimmern. Mobilien waren gar nicht vorhanden. Die Mädchen waren gezwungen, auf dem nackten Boden zu schlafen. Betten gab es nicht. Von Zeit zu Zeit warf man frisches Stroh zum Lager auf die Erde. Die Nahrung bestand, wie in den anderen Gefängnissen, aus grobem Brod; Suppe wurde, wenn es einmal Suppe gab, als Delicatesse angesehen. Die Mädchen erhielten sie von ihren Angehörigen oder aus barmherzigen Stiftungen; im Gefängniß selbst gab es keine Küche.

Während der Revolution kümmerte sich Niemand um die Prostitution, von Maßregeln zu ihrer Unterdrückung war keine Rede. Natürlich gab es also auch weder Depot, noch Gefängniß. Das Depot auf der Polizeipräfectur wurde im Jahre 1798 eingerichtet, befand sich aber bis zum Jahre 1828 auch in einem nichts weniger wie vortrefflichen Zustand. Parent Duchatelet, der dasselbe mehrmals besuchte, entwirft von demselben ein nicht sehr schmeichelhaftes Bild. „In diesem allgemeinen Depot", sagte er, „dessen widrigen Anblick ich niemals vergessen werde, nahm man kaum Rücksicht auf den Unterschied der Geschlechter. Die der Prostitution angehörenden Mädchen befanden sich durcheinander mit Weibern, Mädchen und Dirnen von allen Altersklassen, schuldigen oder nicht, tugendhaften oder lasterhaften, wie sie eben verhaftet worden waren, in denselben Räumen. Ein solcher Zustand der Dinge konnte in einer regelrechten Regierung unmöglich weiter geduldet werden; man muß nur darüber erstaunen, daß er überhaupt so lange dauern konnte, wie er gedauert hat." Im Jahre 1828 wurde deshalb auf der Polizeipräfectur ein neues Depot eingerichtet. Es sind dies dieselben Räumlichkeiten in dem Gebäude der Polizeipräfectur, welche noch heute zu demselben Zwecke dienen, und welche mir auf meinen Wunsch und auf einen deshalb ergangenen Befehl des Polizeipräfecten gezeigt wurden. Der Beamte führte mich in einen weiten Saal, dem nur eine bedeutendere Höhe zu wünschen gewesen wäre. Fenster befanden sich an beiden Seiten des Saales, so daß über die Luftventilation nicht zu klagen war. Rund um den ganzen Saal zog sich eine lange Bank. Feldbetten und Strohsäcke, welche Abends zum Schlafen niedergelassen wurden, waren an den Wänden aufgerichtet. Das ganze

Ensemble des Saales machte den Eindruck einer großen Reinlichkeit und Ordnung. Auf der Bank saßen die Mädchen, welche im Laufe des Tages eingebracht waren. Manche von ihnen waren gut gekleidet, manche in sehr derangirter Toilette. Ueber das Gewerbe, welches sie trieben, ließ das Aeußere bei keiner von ihnen den geringsten Zweifel. Sie lachten oder ergingen sich in Redensarten, welche nicht wiederzugeben sind. Es war gegen 5 Uhr im Monat October, ich hatte mich bei Besichtigung der übrigen Räumlichkeiten der Polizeipräfectur zu lange aufgehalten; die eintretende Dunkelheit verstärkte nur den düstern Eindruck aus dieser Scenerie des liederlichen Paris; ich verließ den Saal nach wenigen Minuten.

Uebrigens dauert der Aufenthalt in diesem „Depot" der Freudenmädchen der Pariser Polizeipräfectur nie lange, einige Stunden, einen halben Tag, eine halbe oder höchstens eine ganze Nacht. Für eine so kurze Zeit ist er vollkommen erträglich, um so mehr, da es den Verhafteten freisteht, sich an Speisen und Eßwaaren, wenn sie es bezahlen, von Außen Alles kommen zu lassen, was sie wünschen. Das in allen französischen Gefängnissen geltende Princip, daß innerhalb der nun einmal durch die Verhaftung gezogenen Grenzen die individuelle Freiheit so wenig wie möglich beschränkt werden soll, ist auch hier maßgebend. Den Saal können die Mädchen vor ihrer Freilassung oder bis sie anderswo untergebracht sind, nicht verlassen. Da die Gebäude der Präfectur sehr beschränkt sind, gibt es in denselben wenig Höfe, wie der mich umherführende Beamte bedauernd sagte. Aber in dem Saale selbst können sie essen, trinken und machen, was sie wollen. Nöthigenfalls gibt man ihnen, falls sie selbst keine Mittel haben, Brod und Suppe. Wasser können sie erhalten, so viel sie wollen. Im Winter wird der Saal durch einen großen Ofen erwärmt. — Im ehemaligen Depot der

Straße Saint-Martin war es anders. Dort mußten sie auf ihre Freilassung oft Wochen oder Monate warten; denn der Polizeipräfect widmete ihnen im Saal des Chatelet monatlich nur einen einzigen Tag. Bis dieser Tag herankam, mußten sie warten. Wurden sie nun von dort in's Gefängniß geführt, so wurde eine Anzahl Soldaten commandirt, sie dorthin zu führen. Jedes Mädchen wurde von einem Soldaten an den Arm genommen, und nun ging der Zug vorwärts, mitten über die Boulevards, Quais und Straßen nach der Richtung hin, wo das Gefängniß sich befand; am hellen Tage mitten durch die Spaziergänger und Volksmassen, welche sich auf den Straßen bewegten, hindurch. Welche Scandale bei der Gelegenheit vorfielen, kann man sich selbst sagen. Ein solcher Zug zog natürlich die Aufmerksamkeit aller Vorübergehenden auf sich, und eine große Menge von Straßenjungen und müßiger Subjecte, welche nichts Besseres zu thun hatten, folgten unter einem fürchterlichen Lärm. Die Mädchen betrugen sich entsetzlich frech, lachten den Vorübergehenden in's Gesicht, und erlaubten sich alle erdenklichen Frechheiten mit den Soldaten. Die Soldaten ließen die Mädchen, welche sie begünstigten, auch häufig laufen, oder sie wurden ihnen von ihren Zuhaltern an der nächsten, besten Straßenecke vom Arm gerissen und verschwanden dann in dem ersten ihnen bekannten Hause. Seit dem Jahre 1816 ist das auch anders geworden. Die Mädchen wurden in einem ganz verschlossenen Wagen von einem Ort zum andern gebracht, vom Depot in's Gefängniß oder wohin ihr Weg nun ging. In ebenderselben Weise wurden sie aus dem Hospital oder aus dem Gefängniß wieder nach der Polizeipräfectur zurückgeführt, damit ihre Gesundheit nochmals constatirt wurde, und um anzugeben, was sie nun beginnen und wo sie ihre weitere Wohnung nehmen wollten.

Ich werde nun das Haus zum heiligen Lazarus schildern. Es ist im großartigen Maßstabe eingerichtet und dient sowohl als Hospital wie als Gefängniß und als Besserungshaus für die prostituirten Mädchen. Es liegt in der Vorstadt Saint-Denis, und steht unter der Oberaufsicht des Polizeipräfecten. Die Durchschnittszahl seiner Bewohnerinnen beträgt nicht weniger als 1300 bis 1500. Es besteht aus einer ganzen Reihe von Gebäuden, welche durch einzelne Höfe mit einander verbunden sind. Diese Gebäude zerfallen in drei große Abtheilungen. Die eine Abtheilung ist für diejenigen Mädchen bestimmt, welche eine Strafe abzumachen haben. Die Mädchen benennen diese Strafe mit einem ihnen eigenen Ausdruck. Sie sagen: „Ich habe 8 Tage, 14 Tage, 6 Wochen Polizei abgemacht." Eine zweite Abtheilung ist für die Kranken, welche aus dem Depot der Polizeipräfectur hierher kommen, um geheilt zu werden, bestimmt. Eine dritte Abtheilung nimmt die jungen Mädchen auf, welche in Folge der Anwendung der §§ 66 und 67 des Code pénal oder auf Wunsch ihrer Eltern hieherkommen, um gebessert zu werden. Auf den Antrag der Eltern Seitens des Präsidenten des Gerichtshofes, in dessen Bezirke sie wohnen, wird eine solche Einschließung auf eine gewisse Dauer verfügt. Ihre Einschließung in Saint-Lazare ist gar nicht zu verantworten. Der Zweck ist freilich anzuerkennen und nur zu loben; aber der Ort ihrer Einschließung ist sehr übel gewählt. Zur nähern Charakterisirung und Erläuterung dieser Meinung werde ich zwei Aerzte aus Saint-Lazare sprechen lassen. „Diese jungen Mädchen", sagt einer von ihnen*), „deren geistiger Zustand ein ebenso großes Interesse dem Arzte, wie dem Moralisten einflößt, sind zum größten Theil unglückliche kleine Geschöpfe, welche

*) S. Rossignol. Aperçu medical sur la maison de Saint-Lazare.

man in dem zarten Alter von sieben bis acht Jahren nach Saint-Lazare bringt, um ihre Kindheit gegen die Angriffe der Corruption und der Prostitution in Schutz zu nehmen. Der Zweck, den die Behörden dabei im Auge haben, kann selbstverständlich nur gelobt werden; denn die armen, kleinen Mädchen werden niederträchtigen Eltern weggenommen, welche sie zu einem schändlichen und lasterhaften Leben erziehen würden, oder sie gehören schwachen Eltern an, welche unfähig sind, sich mit ihrer Erziehung zu befassen. In allen Fällen finden sie im Hause des heiligen Lazarus Schutz, Erziehung und Aufnahme, und erhalten bis zu ihrem 16., 18. oder 20. Jahre einen Vormund, der für ihre weitere Existenz Sorge trägt." Dieß zur Rechtfertigung des Zweckes, zu dem die Kinder hierher gebracht werden. Jetzt aber über das Unpassende ihrer Einschließung an diesem Orte. In seinem Rapport über das Specialbudget der Gefängnisse für das Jahr 1854 spricht der Berichterstatter sich in folgender Weise aus:

„In Saint-Lazare sind durch einander alle Laster der Seele und alle Krankheiten des Körpers untergebracht, aber trotz der factischen Trennung, welche freilich zwischen den verschiedenen Abtheilungen besteht, muß sich das Herz doch betrüben, wenn es daran denkt, daß junge Mädchen von 12 bis 18 Jahren, deren einziger Fehler meistentheils der Leichtsinn und die Eitelkeit ist, unter derselben Thüre hindurchgehen und dieselbe Luft einathmen mit Freudenmädchen, deren Corruption oft nicht mehr zu heilen ist, und welche an ansteckenden Krankheiten leiden."

„Ich will mit dieser Bemerkung durchaus nicht den würdigen Schwestern von „Maria und Joseph" einen Vorwurf machen, deren Sorge und Bewachung dieses Häuflein unglücklicher Geschöpfe anvertraut ist. Sie sind Tag und Nacht in der Arbeit, in ihren Ermahnungen, in ihrem Unterricht, in ihrer Erziehung unverdrossen, immer hoffend, immer wirkend. Zu jeder Jahreszeit stehen sie um 4½ Uhr Morgens auf, um ihre religiösen Uebungen vorzunehmen, und um 6 Uhr hören sie die Messe. Als einzige Zerstreuung haben sie alle Tage einen Spaziergang im Garten des Hauses, im Sommer Abends, im Frühjahr, Herbst und Winter nach dem Dejeuner. Ihre ganze übrige Zeit ist der Ueberwachung der Arbeitszimmer, der Wohnzimmer und der Beschäftigung und Erziehung der Mädchen oder der Sorge für die Kranken gewidmet. Die menschliche Kraft würde zur Erfüllung einer so heldenmüthigen Aufgabe nicht ausreichen. Gott allein gibt diesen heiligen Frauen die Kraft, welche mit ruhiger Stirn und mit heiterem Auge hier walten. Die Luft des Lasters, in der sie leben, kann sie nicht beschmutzen, ihr reiner Athem würde diese schwüle Luft nur reinigen können."

Die jungen Mädchen, welche diese Abtheilung des Hauses des heiligen Lazarus bilden, haben freilich besondere Arbeitszimmer, Wohnzimmer und Schlafzimmer, welche ganz getrennt von den Zimmern der übrigen Bewohnerinnen des Hauses liegen; aber der Berichterstatter, dessen Meinung ich so eben citirte, hat Recht, sie sind in Saint-Lazare durchaus nicht an ihrem Platze, ebenso wenig, wie die Knaben, welche zu ihrer Besserung nach dem Zellengefängniß der jungen Verbrecher gebracht werden, in dieser Strafanstalt. Sonst gibt man sich in Saint-Lazare mit der moralischen Besserung der jungen Mädchen viele Mühe. Um eine moralische Ansteckung in ihnen zu verhüten, müssen sie Nachts in getrennten Zellen schlafen, und während des Zusammenseins am Tage in den gemeinschaftlichen Arbeitssälen ist das Stillschweigen unter ihnen eine nothwendige Bedingung. Während ihres Aufenthalts erlernen sie den Zweig irgend einer Industrie oder irgend eines Geschäfts, zu dem sie Beruf oder Anlage haben, und werden darin so vollständig ausgebildet, daß sie fähig sind, bei ihrer Entlassung für ihre Lebensexistenz Sorge zu tragen. Nachmittags sowohl wie Morgens können sie eine Stunde, also zusammen zwei Stunden in einem der in Gärten verwandelten Höfe des Hauses zubringen, daß dies derselbe Hof ist, den auch die zu einer Strafe verurtheilten Mädchen, wenn auch zu verschiedenen Stunden benutzen, ist wiederum ein Fehler, welcher aus dem schon von dem Berichterstatter des Gefängnißbudgets gerügten Umstande, daß die Kinder und jungen Mädchen überhaupt nach Saint-Lazare gebracht werden, hervorgeht und leider unvermeidlich ist. Sehr unangenehm berührte mich auch, daß die jungen Mädchen dieselbe Kleidung trugen, wie diejenigen, welche sich hier zu ihrer Bestrafung aufhielten, wenn auch die Kleidung selbst nichts für das Auge Verletzendes hatte.

Der Beamte, welcher mir Seitens der Verwaltung des Hauses bei meinem Besuch als Begleiter zugegeben war, führte mich durch alle Räume desselben. Ich fand sie überall hoch, luftig, mit größter Sauberkeit gehalten, wohlgelüftet. Das Aeußere der Arbeitszimmer sowohl wie der Schlafzimmer ließ nichts zu wünschen übrig. In den untern Räumen des Hauses liegen die Arbeitszimmer, in den obern die Schlafzimmer. Die Mädchen, welche nicht beim Unterricht beschäftigt waren oder gerade nicht ihre Freistunde hatten, waren in den Arbeitszimmern bei weiblichen Handarbeiten. Schweigend saßen sie nebeneinander, auf die Worte einer Ordensschwester lauschend, welche ihnen vorlas. Die weißen Tücher, welche sie um Hals und Schultern trugen, gaben den braunen Kleidern ein freundliches Aussehen. Die Mädchen befinden sich während des ganzen Tages unter der Aufsicht der Ordensschwestern, welche auch diese ihre schwerste Aufgabe mit einer bewunderungswürdigen Ruhe und Heiterkeit vollziehen. „Seien Sie versichert,“ sagte mein Begleiter, „es ist oft mit den

Mädchen sehr schwer umzugehen. Sie widersetzen sich, sie kratzen und beißen." Ich kann nicht sagen, daß sich die Mädchen, während ich durch die Säle ging, frech oder unanständig benahmen. Scenen, wie ich sie häufig in Berlin im Correctionshause des Magistrats am Alexander-Platz gesehen habe, fiel auch nicht eine einzige vor.

Wenn die Mädchen aus dem Depot der Polizeipräfectur hierher gebracht werden, so führt man sie hier die erste Nacht in einen besonderen Saal. Am andern Morgen werden sie vom Arzte untersucht, ob sie gesund sind, und sodann entweder in die Krankensäle zu ihrer Heilung oder in die Arbeitssäle geführt, nachdem sie ein Bad genommen und die Kleidung des Hauses angelegt haben. Dieselbe besteht in einem blauen Kleide mit schwarzen Streifen und in einem weißen Tuche, welches Hals und Schultern bedeckt, und auf dem Rücken sowie über der Brust mit Stecknadeln angesteckt wird.

In den Arbeitsräumen werden die Mädchen ungefähr zehn Stunden des Tages beschäftigt. Zwei Stunden können sie in dem mit Bäumen bepflanzten Hofe zubringen, Morgens eine Stunde und eine andere des Abends. Man geht hier nicht von dem in deutschen Straf- und Besserungshäusern angewandten Systeme aus, daß die im Hause angefertigten Arbeiten die Kosten der Verwaltung tragen müssen. Im Gegentheil, die Hälfte des Reinertrages ihrer Arbeiten gehört den Mädchen. Der Betrag wird ihnen jedesmal am Ende der Woche ausgezahlt. Bei der Arbeit wird immer von einer Ordensschwester oder von einem Mädchen, an welchen die Reihe ist, vorgelesen. Die Schlafzimmer sind insofern gemeinschaftlich, als gewöhnlich vier Betten in demselben Raum stehen. Gespeist wird ebenfalls gemeinschaftlich in denselben Sälen zweimal des Tages, wie es in Frankreich Sitte ist.

Es soll nun auch nicht verschwiegen werden, daß das Besserungssystem, welches in Saint-Lazare versucht wird, gerade keine Resultate in großem Maaßstabe hervorgebracht hat. „Fast die Hälfte der Mädchen, welche hier sind,“ sagte mein Begleiter, „sind zum fünfzehnten, zwanzigsten, dreißigsten, ja zum vierzigsten Male an diesem Orte. Indessen wird diese Bemerkung in allen Besserungshäusern, wo sich prostituirte Mädchen befinden, gemacht, aber deshalb kann man doch das System nicht aufgeben. „Und wenn nur fünf von hundert sich bessern,“ sagte mir die würdige Vorsteherin des Magdalenenstiftes in Berlin, eines Besserungshauses für gefallene Mädchen, „so werden doch diese fünf wenigstens gerettet.“ Sie sprach mit diesen Worten die Richtigkeit des Princips aus. Aber so ist es immer auch in Saint-Lazare gewesen. Das ist aber das Unglück, daß die Mädchen in ihrer Moralität so verkommen sind, daß sie immer wieder in ihren alten Lebenswandel zurückfallen. Mir liegt, während ich schreibe, ein Bericht einer Commission aus dem Jahre 1816 vor. Er lautet: „Das Verzeichniß der Mädchen, welche entlassen werden, enthält häufig die Namen von Mädchen, welche zum zwanzigsten, fünfundzwanzigsten, achtundzwanzigsten Male verhaftet gewesen sind. Es ist sehr betrübend, bemerken zu müssen, daß ein Mädchen von dreißig Jahren zweiunddreißig Mal verhaftet gewesen ist; und ein solches Beispiel steht leider nicht einzig in seiner Art da . . . Gewisse Mädchen leben so zu sagen fast nur im Gefängnisse. Eine Haft von vier, fünf Monaten ist fast nur ein Tag für diese Unglücklichen. Ihre Corruption ist bis zu einem solchen Grade gediehen, daß die Haft für sie keine Strafe mehr ist. Die Commission sieht sich deshalb genöthigt, den Vorschlag zu machen, alle Mädchen, welche zum zwanzigsten oder zum einundzwanzigsten Male verhaftet werden, auf ein Jahr lang in einem gewöhnlichen Gefängniß zu detiniren."

Der Vorschlag wurde angenommen, und das Ministerium beschloß, daß jedes Mädchen, welches zum sechszehnten Male verhaftet wäre, auf ein ganzes Jahr ins Gefängniß solle. Aber die Ausführung dieses Beschlusses machte auf die Mädchen nicht den geringsten Eindruck. Die Furcht vor einer so langen Einsperrung hat die Zahl der rückfälligen Mädchen nicht vermindert. Der Beschluß wurde wieder aufgehoben. Parent-Duchatelet schlug nun in seinem berühmten Werke über die Prostitution von Paris eine Reihe strengerer Maßregeln vor, welche auch in Saint-Lazare eingeführt sind, aber auch, wie mir mein Begleiter erzählte, nicht viel bessere Früchte getragen haben. „Ich würde," sagte er, „eine gemeinsame, gleichmäßige Behandlung einführen. Ich würde die Verpflegung für alle gemeinschaftlich machen und jede Verbesserung der Mahlzeiten von draußen her untersagen. Das Geld, was den Mädchen von draußen übersandt wird, muß freilich angenommen werden, aber man muß jede Verwendung desselben während der Dauer der Haft verbieten und es ihnen erst bei ihrer Entlassung einhändigen. Ebenso sollte es mit den Briefen sein. Nur Briefe von Familiengliedern sollten ihnen eingehändigt werden; die übrigen Briefe sollte man ihnen erst bei ihrer Entlassung einhändigen. Ich würde allgemeines Stillschweigen einführen, den Mädchen eine gemeinsame, grobe Kleidung geben, jede besondere Haartracht untersagen, überhaupt etwas militärisches Regiment zur gemeinsamen Regel machen. „Gott bewahre mich aber," fügte er dann hinzu, „daß ich für Einführung der körperlichen Züchtigung sprechen würde, besonders niemals beim weiblichen Geschlecht. In einem Besserungshause werde ich immer für Anwendung der gelindesten Maßregeln sein; aber man könnte doch diesen Mädchen für den Fall, daß sie rückfällig würden, eine heilsame Furcht einflößen.“

Nun, alles das ist im Hause zum heiligen Lazarus geschehen. Aber die neue Einrichtung hat auch nicht viel bessere Resultate hervorgebracht. Die mittlere Dauer der Haft, welche dort vollstreckt wird, beträgt ungefähr drei Wochen.

Mein Begleiter führte mich zum Schluß meines Besuches in die Krankensäle der Anstalt. Die Reinlichkeit, die Sauberkeit und die Luftventilation ließen ebenfalls nichts zu wünschen übrig. Die Krankensäle nahmen ein Gebäude für sich ein; es waren nicht weniger wie sechszehn große Räume, jeder Raum zu zwanzig Betten. Die Durchschnittszahl der Kranken betrug etwas über dreihundert. Die Kranken waren in besondere Categorien eingetheilt. Die nicht eingeschriebenen jungen Mädchen bildeten eine Categorie für sich, und waren außer aller und jeder Berührung mit den Prostituirten. Diejenigen von den letzteren, welche den Wunsch zu erkennen gegeben hatten, wenn sie das Haus verließen, in ihre Familien zurückzukehren, wurden ebenfalls in besonderen Sälen abgesondert behandelt. Acht Schwestern vom Orden von Maria und Joseph beschäftigten sich auch hier mit der Behandlung und mit der Pflege der Kranken. Nach ihrer Heilung werden die Mädchen nach dem Depot der Polizeipräfectur zurückgebracht, dort noch einmal einer ärztlichen Besichtigung unterworfen, und sodann entlassen — — um leider ihren durch den Aufenthalt im Hause des heiligen Lazarus unterbrochenen Lebenswandel wieder aufzunehmen, und bald wieder dahin zurückzukehren. Die Prostitution ist nun einmal ein sociales Uebel.

Fünftes Kapitel.

Das Haus der Invaliden.

Die Messe im Dom der Invaliden. „La gloire" und ihre Streiter. Ein „guter" Priester. Ein Gang durch das Haus der Invaliden. Die Schlachtenbilder in den Speisesälen. Der Garten der Invaliden. Die Bilder unterworfener Völker und die Kanonen. Ein Streiter Italiens. Die neue Kirche und die Kaisergruft. Das Christenthum als Folie der Gloire.

Es war an einem Montage um Mittag im Hause der Invaliden. Die Uhr auf dem Dome schlug zwölf. Ich trat aus dem Ehrenhofe in die alte Kirche, deren Portal sich auf der Südseite desselben öffnete. Weihrauchduft und Orgelklang tönte und strömte mir entgegen. Alle Plätze in der den französischen Schlachtenerinnerungen der letzten Jahrhunderte geweihten Kirche waren besetzt. Kaum fand ich noch einen Platz im Gange des Mittelschiffes. In den Falten der bunten Fahnen, welche den oberen Theil des Mittelschiffes schmückten, wie bunte Seidentapeten, flüsterte der Nordwind, dessen frischer Hauch durch das hohe Portal in die Kirche wehte; sie erzählten sich von den blutigen Schlachten und Gefechten aus den afrikanischen Kriegen, von dem Sande der Wüste, von Abdelkader und von den Gräuelthaten Pelissiers, dem „Ausräucherer" des Araberstammes, der für Freiheit und Unabhängigkeit kämpfte. Und dort die gelbe Fahne rechts, die Fahne mit dem Doppeladler? Es ist eine russische Fahne; sie repräsentirt das bezwungene Sebastopol. Die weiße Fahne, welche sie von der anderen Seite anblickt, hat auf dem Malakofthurme geweht. Die Fahnen, welche heute das Mittelschiff des

Doms der Invaliden schmücken, repräsentiren aber nur die „Gloire" des neuen Frankreichs, afrikanische, italienische, russische „Gloire"; die Fahnen, welche der Kaiser Napoleon aus seinen Siegeszügen durch das ganze Europa mit nach Paris brachte, sind nicht mehr vorhanden. Die „Gloire" war damals glänzender im Dome der Invaliden repräsentirt, wie heute. Fünfzehnhundert Fahnen aus Deutschland, Rußland, Spanien, Inkalien und Aegypten erzählten von mehr wie zwanzigjährigen Erfolgen französischer Waffen auf allen Schlachtfeldern Europa's. Jedenfalls hatten die zwanzigjährigen Siege das ganze alte Europa in Trümmer geschlagen, tausendjährige feudale Institutionen, Throne und Mißbräuche zerstört, und die Civilisation des neunzehnten Jahrhunderts mit Flammenzeichen und blutiger Schrift auf die Stirn der Vergangenheit geschrieben. Abends am 30. März 1814, als die Dämmerung bereits angebrochen war, glühten die Säulenreihen des Ehrenhofes im Widerschein rother Flammen; die Flammen verzehrten alle Erinnerungen aus den zwanzigjährigen Siegeszügen der Republik und des Kaiserthums. Auch der Degen Friedrichs des Großen, den Napoleon vom Grabe des Königs in Potsdam mitgenommen hatte, fand sein Ende in diesen Flammen. Am andern Tage zogen die verbündeten Truppen in Paris ein.

Die Strahlen der Octobersonne funkelten auf den kupfernen und marmornen Gedächtnißtafeln und Denkmälern, welche die Pfeiler schmücken, auf denen die Bogen des Mittelschiffes ruhen. Dort erhebt sich das Denkmal des Herzogs von Corregliano, ihm gegenüber das Denkmal des Herzogs von Reggio, des Marschalls Oudinot, beide mit Medaillonbildern geschmückt; da steht das Denkmal Jourdans; daneben hängen die Gedächtnißtafeln des Grafen von Lobau und des Herzogs von Coigny; dort auf den beiden Kupfertafeln, welche im Mittagssonnenschein funkeln, als wären sie von Gold, sind die Namen aller jener berühmten und berüchtigten Marschälle und Offiziere verzeichnet, deren Leichen in den unterirdischen Gewölben der Kirche begraben sind. Oder ist der Marschall St. Arnaud, der blutbefleckte Arm des Staatsstreiches, auf dessen Wink betrunkene Soldate unschuldige Menschen zu Tausenden auf den Boulevards mordeten, etwa nicht berüchtigt? Kein Historiker wird die Verwegenheit haben, den blutbedeckten Mörder berühmt zu nennen, und die Almaschlacht ist nicht im Stande, mit ihrem Ruhmesmantel die Schandthaten auf dem Boulevard Montmartre zu verhüllen.

Dann draußen Hörnerschall und Trommelwirbel. Vier riesengroße Invaliden, jeder einen silbergeschmückten Stab in der Hand, breite, gelbe Bandeliere über den Schultern, traten ein, um den Raum im Mittelschiff leer zu machen, und sich dann zu beiden Seiten aufzustellen. Nun beginnt der Einmarsch der Invaliden, welche der Messe beiwohnen wollten. Voran der Gouverneur der Invaliden und die Oberoffiziere, alle in der Gallauniform, alle mit ihren Orden und Decorationen geschmückt, alle mit dem gezogenen Säbel in der Hand; dann folgen die Invaliden rottenweise, alle den Säbel in der Hand, von ihren Offizieren geführt. Zu Hunderten schritten sie an mir vorüber, oft mit hölzernem Beine, mit einem Arme, den Aermel des Uniformoberrocks auf der Brust eingeknöpft, Narben auf den alten, durchfurchten Gesichtern, meistens alte Männer mit grauem Haar und verwitterten Zügen, aber alle hoch aufgerichtet, ebenso, wie sie vor dreißig oder vierzig Jahren zur Parade aufmarschirten. Zur Aufnahme in das Invalidenhaus gehören erhebliche Wunden oder wenigstens dreißigjährige Dienstzeit. Musik und Trommelwirbel voran. Dann stellten sie sich im Mittelschiffe der Kirche vom Altar bis zum Portal in zwei Reihen auf, jede Reihe zu zwei Gliedern. Noch einmal Trommelwirbel, dann Orgelklang und der Gesang des ministrirenden Priesters vor dem Altar. Die Messe beginnt. Dominus vobiscum, tönte es vom Altar herüber und der Ministrant klingelte mit seinem Glöcklein, und die sanften Töne der Orgel vermischten sich mit dem eintönigen Gesange des Priesters. Und als er die Hostie erhob, wirbelten die Trommeln und die Musik fiel ein mit den rauschenden Tönen eines Marsches, und die alten Krieger grüßten die Hostie mit dem Präsentiren ihrer Säbel. Das war die Messe im berühmten Dome der Invaliden. Ich wohnte ihr zum ersten Male bei. Während meines früheren zweijährigen Aufenthaltes in Paris nach der Februarrevolution ließen mir die stürmischen Tage der jungen Republik zu einer Messe bei den Invaliden keine Zeit; jetzt war Paris langweilig und uninteressant geworden; die Napoleonische Regierung, welche so viele wunderbare Contraste aufzuweisen hat, hat auch bewiesen, daß die interessanteste und amüsanteste Stadt der Erde langweilig werden kann.

Ich war wohl der letzte, der den Dom der Invaliden verließ, in der Betrachtung der einzelnen Denkmäler und Gedenktafeln versunken. Der Trommelwirbel, der Orgelklang und die rauschenden Töne des Marsches, mit denen die Invaliden die Kirche verlassen hatten, waren lange verklungen. Auch draußen im Ehrenhofe unter den Säulengängen war es still und leer. Nur ein Priester in seiner langen, schwarzen Soutane ging dort langsam auf und ab spazieren, ein Buch in der Hand. Als ich an ihm vorüberging, redete er mich in englischer Sprache an. Ich erwiederte ihm, daß ich die englische Sprache nur sehr unvollkommen spräche und es vorziehen würde, mit ihm mich in französischer Sprache zu unterhalten. Mit französischer Liebenswürdigkeit erwiederte er mir, daß er mich für einen Engländer gehalten habe, seine eigene Sprache ihm natürlicherweise auch angenehmer sei, und daß ich wahrscheinlich das Haus der Invaliden besichtigen wolle. Wenn es mir angenehm wäre, würde er mich begleiten, er sei in der Messe gewesen und wolle mit dem nächsten Bahnzuge nach Versailles fahren. Es blieben ihm also noch fast anderthalb Stunden, welche er auf diese Weise am besten verwenden könne.

Ich nahm das Anerbieten des Priesters recht gerne an. Es ist oft langweilig, allein Gebäude und Schlösser zu besehen. Es fiel mir auf, daß der Priester so fertig und fast ohne Accent englisch sprach, eine in Frankreich selten vorkommende Erscheinung. Ich fragte ihn nach dem Grunde. „O", erwiederte er mir lächelnd, „ich war fast zwanzig Jahre in Sendung meiner Oberen in Amerika, da muß ich freilich wohl englisch verstehen. Den übrigen Theil meines Lebens brachte ich in Italien zu, in Frankreich verbrachte ich nur meine Kindheit. Ich spreche das Polnische eben so gut."

Der Mann wurde mir immer interessanter. Er hatte fast alle bedeutende Persönlichkeiten Italiens aus den letzten zehn Jahren kennen gelernt. Sein Urtheil war fein und gewandt und enthielt sich aller übertriebenen ultramontanen Anschauungen. Nur Cavour und Garibaldi konnten vor seinen Augen durchaus keine Gnade finden, er konnte ihnen den Sturz der weltlichen Macht des Papstes und den Sturz des Bourbonischen Königthums in Süditalien nicht verzeihen. Wir gingen durch die großen Speisesäle der Invaliden, welche zu ebener Erde liegen. Die Tische wurden für das Diner, welches um drei Uhr statt hatte, gedeckt und die zinnernen Teller aufgesetzt. Daß die Invaliden auf Silber speisen, ist eine der vielen Uebertreibungen, welche die Reisenden von ihrem Aufenthalte in Paris mitzubringen pflegen. Ich sah nur zinnerne Teller und Schüsseln, nur an der Offiziertafel ist Silbergeschirr in Gebrauch — ein Geschenk der Kaiserin Marie Louise. Auch die

Tischtücher zeichnen sich gerade nicht durch „blendende Weiße“ aus, von der Reisende berichten. Die Speisesäle hatten unleugbar einen etwas kasernenhaften Anstrich. Die Verpflegung ist übrigens gut, wie mir ein Invalide erzählte, der mit dem Decken der Tische beschäftigt war. Täglich wird zweimal gespeist; die erste Mahlzeit, welche Vormittags stattfindet, ist reichlicher, wie die zweite, welche um 4 Uhr oder 5 Uhr aufgetragen wird; Morgens gibt es Suppe, Gemüse und Fleisch, Nachmittags gibt es eine leichtere Speise, wahrscheinlich, um den Magen der alten Leute, die Verdauung während der Nacht leichter zu machen. Dazu erhält Jeder täglich eine Flasche guten Wein, den er sich bei seinen Mahlzeiten eintheilen kann. Aber die „Gloire“ sehen die Invaliden auch bei Tische täglich vor Augen. Alle Wände waren mit allegorischen Bildern geschmückt, welche sich meistens auf den König Ludwig des Vierzehnten in den Niederlanden bezogen; der Offizierspeisesaal enthielt große Schlacht- und Belagerungsbilder aus dem nämlichen Kriege. Der Priester lächelte, als ich einige Bilder näher betrachtete, „es war eine blutige und schreckliche Zeit,“ sagte er im Vorübergehen, „wie viel Blut ist der „Gloire“ Frankreichs zum Opfer geflossen, wann wird die Zeit sein, wo keine Kriege mehr geführt werden? Und hier müssen die Menschenmorde in großem Maßstabe, deren Triebfeder Eitelkeit und Herrschsucht, niemals die Durchführung großer culturhistorischer Principien waren, dazu dienen, die Phantasie mit der „Gloire“ zu erhitzen!

Verwundert sah ich meinen Begleiter an. Er sprach wie ein wahrer Priester. „Aber kämpft die Kirche denn nicht auch mit dem Schwert? fragte ich ihn unwillkürlich.

„Aber glauben Sie, daß ich es billige? Die Kirche darf nur mit dem Glauben und mit der Liebe kämpfen.

Unwillkürlich mich an die Worte erinnernd, welche er vor wenigen Minuten über Garibaldi geäußert hatte, erwiderte ich ihm: „Aber Sie sprechen ja mit den Worten Garibaldi's!"

Da sah mich der Priester erstaunt an: „Sagte Garibaldi wirklich so?" fragte er, „haben Sie das selbst von ihm gehört?"

Gewiß, oft sogar; ich kenne den General recht gut, ich war bei ihm, wie er die Bourbonen aus Neapel verjagte.

„Waren Sie auch bei ihm, wie er gegen Rom zog, oder früher, wie er für die römische Republik focht?

Ich sah in den Augen des Priesters, der gute Eindruck, den meine Worte über die Aeußerungen Garibaldi's in Betreff der römischen Kirche auf ihn gemacht hatte, war wieder verloren gegangen. Er dachte bei dem Namen „Garibaldi's" nur an die Zertrümmerung des Papstthums. Ich nahm meinen Begleiter an den Arm und zog ihn in den Garten, der den Palast der Invaliden von dem staubigen Boulevard trennt, und sagte lächelnd: Nein, mein Vater, zufällig war ich nicht da; aber brechen wir das Gespräch ab und gehen wir in den Garten."

Wir traten in den großen, mit Rasen, Bäumen und Blumen bedeckten Vorhof des Palastes. Außerhalb des Gitters ist er nach drei Seiten hin von einem ziemlich tiefen, gemauerten, trockenen Graben umgeben. An beiden Seiten wird er von Wachthäusern geschlossen, in denen sich die Thorwache befindet. Die Vorderseite des Palastes sieht von hier höchst stattlich aus. Sie hat drei Stockwerke und eine Länge von 600 Fuß. Die Mansardendächer sind in Form von Steintrophäen, Rüstungen mit Mantel und Helm, hergerichtet. Neben dem Eingange steht das Reiterbild Ludwig des Vierzehnten mit einer lateinischen Inschrift, welche sagt: Ludwig der Große errichtete mit königlicher Freigebigkeit für seine Soldaten auf alle Zeiten sorgend, dies Gebäude." Der despotische, jedes Hauchs von Freiheit entbehrende Charakter jener Zeit, wo der Adel und der König von Frankreich um ihre Vorrechte und Privilegien kämpften, trat in der Façade des Palastes ganz deutlich hervor. An den Flügeln waren eherne Gruppen aufgestellt. Sie stellten in allegorischen Figuren vier überwundene Völker dar.

Der Priester machte mich zuerst auf die Gruppen aufmerksam. „Sehen Sie", sagte er mit Lächeln, „trotz der Napoleonischen Zeit sind wir doch in Frankreich viel weiter. Wer würde jetzt in Frankreich wagen, als Sinnbilder der Gedanken überwundene Völker in Erz zu verewigen?"

Dann betrachteten wir die Geschütze, welche man vorzugsweise die Kanonen der Invaliden nennt. Es waren achtzehn an der Zahl. Alle wichtigen Ereignisse werden durch ihren ehernen Mund der guten Stadt Paris, wie die Könige sie einst nannten, bevor sie aus der guten Stadt Paris die Stadt der Revolution wurde, verkündet.

Den Fall von Sebastopol, die Schlacht bei Magenta, die Schlacht bei Solferino haben sie mit ihrem Donner den Parisern angezeigt. Auch die Republik haben sie proclamirt, dann das Kaiserthum; aber, mein Begleiter hatte Recht, selbst das Kaiserthum muß den großen Prinzipien des Jahrhunderts dienen. Es ist jene Kraft, die „stets das Böse will und doch das Gute schafft." Die Freiheit Italiens erblühte aus den blutgedrängten Schlachtfeldern vou Solferino und Magenta und der Fall Sebastopols hat der russischen Autokratie in Europa einen nie zu verwindenden Stoß gegeben.

Da standen die vier Kanonen und die beiden Mörser aus Sebastopol; dort zwei Vierundzwanzigpfünder, welche in der Breschbatterie von Constantine gestanden hatten, daneben österreichische und preußische Geschütze, ein holländischer Vierundzwanzigpfünder, aus der Citadelle von Antwerpen mitgenommen, und ein Mörser aus Algier. Links an der andern Seite des breiten Weges, welcher vom Eingangsthor am Gitter nach der Hauptpforte des Palastes führt, standen als Gegenstücke zu denen an der andern Seite, vier preußische Geschütze, russische Kanonen und Mörser, ein venetianisches Geschütz, ein Mörser aus Algier und eine wundervoll gearbeitete lange belgische Feldschlange mit gewundenen Hohlkehlen und allegorischen Statuetten geziert.

Der übrige Theil des Vorhofes war mit Blumenbeeten, Rasenplätzen, beschnittenen Taxushecken und Ziersträuchern bedeckt, Blumen, Rasen und Hecken umschlossen eine Menge kleiner, zierlicher Gärtchen, welche sich die Invaliden eingerichtet hatten, überall sah man das Standbild Napoleons des Ersten in Gyps in den verschiedensten Stellungen abgebildet unter Blumen und Blättern. Auf den Bänken der in den mit Kies bedeckten Gänge, zwischen den Beeten saßen oder spazierten die alten Soldaten, ihre matten Glieder im Sonnenschein wärmend, aus kurzen Pfeifen rauchend, die Brust mit dem Kreuz der Ehrenlegion und mit den Medaillen an die Feldzüge decorirt, denen sie ihre Narben und Wunden verdankten. Der Garten mit seinen Blumen und zierlichen Beeten und mit den mitten unter den Blumen aufgestellten tödtlichen Geschossen bot ein sonderbares Bild von Anmuth und schrecklichen Erinnerungen an blutbedeckte Schlachtfelder und den Schrecken des Krieges, deren Zeugen die zerschossenen Arme und Beine jener alten Kämpfer für den französischen Ruhm waren, welche hier ihre letzten Tage verlebten. Ein junger Mann, dem beide Beine abgeschossen waren, die Brust mit dem Ehrenlegionskreuze und mit zwei Denkmünzen geschmückt, wurde auf einem kleinen Wagen vorübergefahren. „Wo traf Sie diese Kugel, mein Tapferer?" fragte ihn der Priester im Vorüberfahren.

„Bei Solferino, mein Vater", erwiderte er, „ich kämpfte für die Freiheit Italiens."

„Sie sehen", sagte ich lächelnd zu meinem Begleiter, „der Gedanke tröstet ihn. Es ist der Gedanke, für den Garibaldi focht." Der Priester erwiderte nichts.

„Nos amis, qui loin de bataille
Succombent dans l'obscurité,
Vouont du moins nos funerailles
A la France à la liberté." — —

hörten wir den Streiter Italiens singen, als er zwischen den Blumen und Akazienbäumen verschwand.

„Kommen Sie", sagte der Priester, „ich werde Ihnen nun in der neuen Kirche die Kaisergruft zeigen, sie ist eine Verherrlichung des Bonapartismus, dessen Anhänger ich nicht bin."

Wir betraten durch das Eingangsthor des Vorhofes wieder den Boulevard und gingen draußen an dem Gitter entlang nach der Nordseite des Palastes. Noch sind die beiden Theile der Kirche, welche die überall in Paris sichtbare Kuppel des Domes bedeckt, nicht mit einander verbunden, wenn dies geschehen ist, wird die neue Kirche das Chor, die alte Kirche, in der ich vor einer Stunde die Messe hörte, das Schiff bilden. „Sie sind kein Anhänger des Bonapartismus?" fragte ich, wie wir draußen am Gitter entlang gingen.

„Nein," erwiderte der Priester, „ich bin Republikaner."

„Sind Sie auch Socialist?"

„Ich bin Socialist, der Socialismus repräsentirt in seiner Idee den wahren Inhalt des Christenthums."

Mich wunderte diese Antwort gar nicht. Ich habe diese Mischung von socialistischen, republikanischen und ultramontanen Grundsätzen häufig im französischen Priesterstande gefunden.

„Nun," sagte ich lachend, „mein Vater, wir haben ja schließlich denselben politischen Glauben. Dazu Ihre Ansichten über den Krieg; Garibaldi würde Sie unter die „guten Priester" zählen".

Mein Begleiter war gerade im Begriff, mich um die Garibaldische Definition der „guten Priester" zu ersuchen, als wir auf der Nordseite des Palastes den Vorhof des neuen Domes der Invaliden betraten.

Die äußeren Verhältnisse der neuen Kirche waren großartig und prächtig. Auf breiten Marmorstufen stiegen wir hinan zu dem Portal. Der Anblick war überraschend. Nach oben der Blick frei hin bis auf die offene Kuppel, über welche sich eine zweite geschlossene Kuppel in der Höhe von hundert und fünfzig Fuß wölbt. Gerade unter der Kuppel öffnet sich die Kaisergruft, eine runde, nach oben offene Crypta, zwanzig Fuß tief, vierzig Fuß breit im Durchmesser. Die Wände der Crypta von polirten Granitplatten, an den Seiten Marmorreliefs, zwischen den Marmorreliefs Siegesgöttinen und 60 eroberte Fahnen, welche in 10 Trophäen aufgestellt waren; auf dem Boden der Crypta Schlachtennamen, die Buchstaben von Mosaik gebildet. Es waren die Namen der blutigsten und glänzendsten Schlachten des Kaisers. Rivoli, las ich, Moscova, Wagram, Friedland, Austerlitz, Jena, Marengo, die Pyramiden. Den übrigen Theil des Bodens der Crypta bedeckt ein ebenfalls aus Mosaik gebildeter Lorbeerkranz. Aus dem Lorbeerkranz steigt ein 14 Fuß hoher Sarkophag von rothbraunem Granit auf. Der Block, aus dem der Sarkophag gearbeitet ist, kam weit her, von den Ufern des Orange-Stroms. Er wog nicht weniger, als 1350 Centner. In diesem Sarkophag ruhen die Gebeine des großen Kaisers. Die Gruft, der Sarkophag, die Siegesgöttinnen, die Trophäen und die weißen Marmorwände des Domes waren mit blauem Licht übergossen, welches durch das blaue Glasdach der offenen Kuppel einströmte. Die Octobersonne warf goldene Reflexe in die blauen Farbentöne. Der ganze Raum erschien mir wie in die blaue Luft des Südens und in goldenes Licht getaucht.

Der Eingang in die Gruft ist hinter dem Hochaltare. Ueber der Pforte sind in goldenen Buchstaben die bekannten Worte aus dem Testamente des Kaisers geschrieben: „Je désire, que mes cendres reposent sur les bords de la Seine, au milieu de ce peuple français, que j'ai tant aimé". Rechts und links der Pforte stehen zwei Sarkophage und zwei überlebensgroße Figuren in Erz in Karyatidenform; die Sarkophage umschließen die Gebeine Durocs und Bertrands, welche der Kaiser bekanntlich unter seinen Marschällen und Generalen am meisten liebte.

Das ist die Kaisergruft im Dome der Invaliden. Wir waren beide ganz allein in der Kirche, der Priester und ich. Schweigend betrachteten wir das wunderbare Grabmal des Verbannten von Sanct Helena, der nicht nur von den Kanonen und Bajonetten von ganz Europa, sondern vorzüglich von der Bourgeoisie Frankreichs besiegt wurde, weil er der freiheitlichen Entwickelung des französischen Volkes entgegentrat, und alle Quellen des Landes für seinen Egoismus und seinen Ehrgeiz ausbeutete. So ist bis jetzt jeder Herrscher in Frankreich gefallen, der der politischen und socialen Entwickelung dieses großen, lebenskräftigen Volkes entgegengetreten ist. So wird auch Napoleon III. fallen — wenn seine Stunde geschlagen hat, trotz des macadamisirten Pflasters der Stadt Paris und trotz der befestigten Casernen auf den Boulevards und auf dem Greveplatze und trotz der ausgebrochenen Straßenlinien.

Der Priester stand am Rande der Crypta, wie es schien, in tiefes Nachdenken versunken. Da schlug die Uhr auf dem Dom der Invaliden zwei. „Zwei Uhr“, sagte der Priester, „um dreiviertel drei fährt der Zug nach Versailles; ich muß Sie jetzt verlassen, leben Sie wohl“ — — —

„Ich werde Sie zum Bahnhof begleiten“, unterbrach ich ihn, „kommen Sie, ich mache dann noch einen Spaziergang nach dem Friedhof Montparnasse, um das Grab der Schwester Rosalie Rendu zu besuchen. Der Friedhof ist nur wenige Schritte vom Bahnhofe entfernt.“

Wir gingen den breiten Boulevard abwärts am „Hause der Blinden“ vorüber nach dem Bahnhofe. Eine Compagnie Gardesoldaten kam uns entgegen, stattliche große Leute, größer und kräftiger, wie man sie sonst in den Linienregimentern findet; auf die Compagnie Infanterie folgte eine Schwadron Cuirassiere, in funkelnden Uniformen, auf prächtigen Pferden.

„Welche Millionen diese Armee alle Jahre verschlingt,“ sagte der Priester seufzend, „und wofür? Wenn man doch diese Millionen für die Volksbildung in den Departements, für Schulen und Unterricht verwenden wollte. Sie haben keinen Begriff, wie traurig es dort aussieht. Aber Alles für die Armee, für den Krieg und für die Gloire. Dort drüben im Dome der Invaliden muß das Christenthum noch der Gloire als Folie dienen; was hat der große Stifter der christlichen Religion, der die Versöhnung und das Verzeihen selbst gegenüber den Feinden predigte, mit blutigen Schlachten und mit wilden Kriegen zu thun.“

Wir waren am Bahnhofe von Versailles angekommen. Der Zug stand schon zur Abfahrt bereit. Mit herzlichem Händedruck nahm ich von dem mir in kurzer Zeit liebgewonnenen Manne Abschied. „Und wenn ich Garibaldi wiedersehe,“ sagte ich lächelnd, „werde ich ihm auch von dem „guten Priester“ erzählen, der ihn trotz alledem haßt.“

„Und welche Priester nennt denn Garibaldi „gute Priester“, Sie erwähnten den Ausdruck schon einmal?“

Da setzte sich der Zug in Bewegung. Das Geräusch der davon rollenden Wagen bedeckte meine Antwort. Der „gute Priester“ winkte nochmals aus der Ferne mir seinen Abschiedsgruß. Dann ging ich nach dem Friedhofe Montparnasse, um das Grab der frommen Schwester Rosalie Rendu zu besuchen. Sie hatte sich im Krimfeldzuge durch ihre aufopfernde Pflege der Verwundeten so ausgezeichnet, daß sie das Kreuz der Ehrenlegion erhielt. Der Grabhügel und das auf demselben sich erhebende Kreuz war ganz mit frischen Blumen und Immortellenkränzen bedeckt.

Sechstes Kapitel.

Les prison des jeunes détenus.

Die Anwendung der Isolirhaft in Frankreich und England. Hartnäckigkeit und Unfähigkeit deutscher Verwaltungsbehörden. La prison des jeunes détenus. Seine Einrichtung, seine Zellen, seine Höfe. Der Besuchsthurm. Die gefangenen Kinder. Ihre Arbeiten und ihre Behandlungsweise. Lehrstunden. Ein Kerkerknecht. Der brave Greffier.

In Frankreich und England ist die Zeit der Anwendung des Isolirsystems entweder schon vorüber, oder man hat, wo dasselbe noch angewendet wird, doch eingesehen, daß die Isolirhaft nur auf eine ganz kurze Zeit und nur zu dem Zwecke angewendet werden darf, um den Charakter des Verbrechers und die Art und Weise, wie in seiner moralischen Besserung vorgegangen werden muß, kennen zu lernen. Weder in la Roquette, noch in Mazas, welches ebenfalls ein Detentionshaus für Untersuchungsgefangene und für Sträflinge bis zu ihrer Abführung geworden ist, noch in St. Pelagie oder den Madelonettes, noch in St. Lazare, weder in der Conciergerie, noch in dem Depot der Polizeipräfectur fand ich bei der Behandlung und Besserung der Gefangenen die Isolirhaft mit ihrer Einsamkeit und mit ihrem Schweigen — und in London wurde dieselbe, wenn das System auch noch in manchen Gefängnissen zur Geltung kommt, wenigstens in sehr beschränkter und nur ihrem Zwecke entsprechender Weise angewendet. Als Strafe ist die Isolirhaft eine entsetzliche Grausamkeit, als Besserung kann sie große Dienste leisten, wenn ihre Tendenz nur darauf hinausgeht, die weitere moralische Ansteckung unter den Verbrechern zu hindern oder ihren Charakter und ihre geistigen Fähigkeiten zu studiren, um zu erfahren, welche Mittel und Wege einzuschlagen seien, um sie gebessert der menschlichen Gesellschaft zurückgeben zu können. Von dieser einzig und allein richtigen Seite sieht man die Isolirhaft in England an. Die Einsamkeit derselben wird im englischen Strafsystem nur angewandt, um den Charakter des Verbrechers kennen zu lernen, das Schweigen nur, um die schädlichen Einflüsse der Gefangenen unter sich zu verhindern. Deßhalb ist die Zeit der Anwendung der Isolirhaft in allen englischen Gefängnissen eine sehr geringe; sehr selten geht diese Zeit über 3 Monate hinaus. Nur ein Gefängniß habe ich in London gesehen, wo die Isolirthaft bis zu 9 Monaten vollstreckt werden darf und kann. „Aber," sagte mir der Gefängnißwärter, „uns ist kein einziger Fall bekannt, wo es geschehen ist, sehr selten wenden wir die Isolirhaft länger wie vier bis fünf Monate an." Und dies Gefängniß, wo die Isolirhaft auf eine so lange Zeit vollstreckt werden kann, ist das Besserungshaus für die gefährlichste Klasse der Londoner Sträflinge, das Zuchthaus in Milbank, wo sich nur solche Verbrecher befinden, welche zu sehr bedeutenden Strafen oder zur Deportation verurtheilt sind. Das Schweigen des Isolirsystems wird in allen englischen Strafanstalten und Besserungshäusern angewendet, wird aber nirgends durch die Einsamkeit der Einzelzelle geschärft. Alle Sträflinge arbeiten in denselben gemeinsamen Räumen, nur während der Nacht werden sie, jeder in seine eigene Zelle, eingeschlossen. Die Verschärfung der Isolirhaft, wie sie in deutschen Gefängnissen und Zuchthäusern vorkommt, wie beispielsweise die fächerartig gebauten Spazierhöfe, die braune Wollkappe, welche über das Gesicht beim Verlassen der Zelle gezogen wird, habe ich in keinem englischen Gefängnisse gefunden. Es ist mir unbegreiflich, daß man in Deutschland in manchen Zuchthäusern das Zellensystem noch in seiner früher in Amerika gebräuchlichen Art anwendet. Und es gibt in Deutschland Zuchthäuser, wo dies geschieht, wo das Schweigen und die Einsamkeit der Isolirzelle bei einem Gefangenen während der ganzen Dauer seiner Haft angewendet wird, selbst wenn diese Haft auf viele Jahre ausgesprochen ist, wo die braunen, über das Gesicht gezogenen Wollkappen noch in der Mode sind, wo man die Unglücklichen zum Spazierengehen in fächerförmig gebaute Höfe führt, in denen keiner den Andern sieht, und in denen die halbe Stunde der Bewegung, welche dem Gefangenen während des Tages gelassen ist, ihm zur Folter wird, wo sogar die Schulstuben und Kirchen nach diesem in Amerika, England und Frankreich längst verbrauchten System erbaut sind. Unter den in dieser Weise eingerichteten Zellengefängnissen, steht das Zellengefängniß bei Berlin oben an; die Einsamkeit der Isolirzelle ist dort mit dem strengsten Schweigen während der ganzen Dauer der Haft verbunden, welche sich auf 10, 16 und 20 Jahre ausdehnen kann, weil in diesem entsetzlichen Gefängniß Sträflinge bis auf die Dauer einer solchen Strafzeit inhaftirt sind. Es übertrifft nach dieser Seite hin das Männerzuchthaus in Bruchsal, wo die Anwendung der Isolirhaft wenigstens 6 Jahre nicht übersteigen darf und wo das Jahr der Isolirhaft, wenn ich in der Zeit nicht irre, einer zweijährigen gewöhnlichen Haft gleichgerechnet wird. Dort wird auch noch der in englischen und französischen Zuchthäusern längst abgeschaffte Apparat, die über das Gesicht gezogene Wollkappe und die fächerförmigen Spazierhöfe, angewandt. Es ist wirklich fast unbegreiflich, wie man in der Anwendung von Strafsystemen in Deutschland noch so weit zurück sein kann, und wie alle Angriffe und Darlegungen in der Presse die Verwaltungsbehörden nicht vermögen können, einem System zu entsagen, dessen Ausschweifungen und Uebertreibungen man im Westen und Jenseits des Oceans längst eingesehen und von dem man nur die bessere Seite behalten hat. Es handelt sich hier ja nicht um politische Prinzipien, sondern einzig und allein um Grundsätze der Humanität und um Zweckmäßigkeitsmaßregeln. Denn daß die Besserung des Gefangenen und nicht die Rache und die Abschreckung Zweck der Strafe sein soll, das hat man doch auch in der Theorie des deutschen Strafrechts längst eingesehen. Aber auch diese Worte werden vor den Ohren der deutschen Verwaltungsbeamten, welche über die Einrichtung deutscher Zuchthäuser zu gebieten haben, wieder wirkungslos verhallen, wie Alles, was ich schon hierüber geschrieben habe — nun denn, so habe ich wenigstens wieder meine Pflicht gethan.

Als ich alle Gefängnisse in Paris nach einander besucht und ihre Einrichtung studirt hatte, war ich um so erstaunter, in Paris noch ein Gefängniß zu finden, wo mir die Isolirhaft in ihrer ganzen, schroffen Strenge und Härte entgegentrat. Es war das Gefängniß der jugendlichen Verbrecher, „la prison des jeunes détenus“, — wie es in der amtlichen Sprache heißt; dasselbe liegt in der Straße de la Roquette, dem Gefängniß der Deportirten und der zum Tode Verurtheilten gerade gegenüber. Schon seine äußere Gestalt machte mir wenig Hoffnung, in seinen Räumen das System der Milde und der Besserung zu finden, welches in allen Gefängnissen in Paris bei der Behandlung der Gefangenen maßgebend ist. Aber auch Mazas ist ja nach dem System der Isolirhaft gebaut und auch in den Zellen von Mazas fand ich die Isolirhaft nur in dem Maße angewendet, wie sie bei Untersuchungsgefangenen um Verdunkelungen der strafrechtlichen Wahrheit zu verhindern, gebräuchlich ist. Vier hohe Mauern umgaben den ganzen Raum, auf dem das Gefängniß erbaut ist, und über denselben ragten die Giebel eines großen, fächerartig aufgeführten Gebäudes empor. Der innere Hof, den ich durch das gefängnißartige Eingangsthor betrat, hatte ein nichts weniger, wie düsteres Aussehen. Das Quergebäude, welches seine Breitseite einnahm, hatte einen fast bürgerlichen Anstrich. Aber es war das Haus, in dem sich die Büreaus und die Registraturen befanden, und wo die Beamten des Gefängnisses wohnten. Das Gefängniß erhob sich hinter diesem Hause. Als der Greffier das Papier geprüft hatte, welches mich zur Besichtigung des Gefängnisses ermächtigte, übergab er mich einen von den Aufsehern mit dem Auftrage, mich in allen Räumen desselben umherzuführen, mir die Einzelzellen zu zeigen, und mich in der Behandlungsweise der Gefangenen genau zu unterrichten. Der Aufseher war ein Mann in den Fünfzigern, der bereits viele Jahre seinem traurigen Posten vorstehen mochte. Seine Züge trugen den Stempel jener Gleichgültigkeit und Herzenshärte, welche die Folge einer so langen traurigen Beschäftigung sein müssen. Das Gefängniß gehört nicht zu den neuern Pariser Gefängnissen. Es ist schon unter der Regierung Carl X. erbaut worden.

Wir traten nun eine Wanderung an, welche ich zu den traurigsten rechne, die ich in Paris in den Wohnstätten der Verbrecher und Elenden gemacht habe. Es war die moralische Verkommenheit in der frühesten Jugend, welche in den verschiedensten Bildern an mir vorüber zog. Das Gefängniß der jugendlichen Verbrecher in Paris nimmt nur Knaben und Jünglinge auf, welche das 20. Jahr noch nicht erreicht haben und nicht unter 6 Jahre alt sind. Entweder das Verbrechen führt sie hinein, oder der Wille ihrer Eltern oder Vormünder, welche hoffen, von einer kürzern oder längern Haft ihre Besserung zu erzielen. Die Bestimmungen des Code pénal geben in Frankreich dem Vater oder dem Vormunde das Recht, ein Kind auf einige Zeit in ein Besserungshaus zu bringen, wenn dasselbe sich der Erziehung und dem Willen seiner Eltern durchaus nicht fügen will. Es ist zu einer solchen Maßregel nur der Beschluß des Tribunalspräsidenten nothwendig, in dessen Gerichtsbezirk die Eltern des Kindes domicilirt sind. Für die jungen Mädchen dient als solches Besserungshaus St. Lazare, für Knaben la prison des jeunes détenus. Länger wie bis zum 20. Jahre bleibt Niemand im Gefängniß der jungen Verbrecher. Der Knabe, welcher auf Veranlassung seiner Eltern hieher gebracht ist, geht dann in das elterliche Haus zurück. Der Verbrecher, dessen Urtheil auf eine längere Zeit lautet, wird in das Centralzuchthaus des Departements gebracht. Ich sah auf meiner Wanderung durch die 6 Flügel des Gefängnisses Knaben in allen Altersstufen, Kinder von 7, 8, 9 Jahren und junge Burschen von 14 bis 20. In dem Hause befanden sich an dem Tage, wo ich es besuchte, nicht weniger als 860 Knaben und Jünglinge. Das ganze Haus war durchgehends nach dem Zellensystem eingerichtet. Sämmtliche 6 Flügel vereinigten sich sternförmig in einem Thurme, welcher für die Besuche der Eltern, Freunde oder Verwandte sehr sinnreich eingerichtet war, so daß ein Beamter, welcher in der Mitte dieses Thurmes auf einem erhöhten Aussichtspunkte stand, sämmtliche Besuche, sowie die Kinder, welche die Besuche empfingen, auf einmal übersehen und beaufsichtigen konnte. Die Kinder und die Personen, welche sie besuchten, waren von einander durch einen mehrere Schuh breiten Raum getrennt, den sie nicht überschreiten konnten, da er von beiden Seiten von zwei einander gegenüberstehenden Barrieren eingehegt war. Sich gegenseitig die Hand zu reichen, war eben so wenig, wie irgend eine andere Berührung möglich. Es ist eine raffinirte Grausamkeit, in solcher Weise dem Unglücklichen, der sich fortwährend in einsamer Haft befindet, selbst die Momente des Besuchs eines Freundes oder Verwandten zu verderben. In der Einsamkeit und in dem Schweigen der Isolirzelle bildet ein solcher Besuch einen lichten und erregenden Moment, nach dem der Gefangene sich lange sehnt, und dessen Erinnerung ihm wochenlang theuer bleibt, wie ein Gedenkblatt der Liebe und Freundschaft. Und hat eine solche Maßregel einen Zweck? Gar keinen; denn Niemand wird behaupten wollen, daß in den wenigen Minuten, welcher ein solcher Besuch dauert, das Gemüth des Verbrechers demoralisirt werden kann. Mein Begleiter war anderer Meinung, er that sich auf die sinnreiche Einrichtung seines Besuchsthurmes ordentlich etwas zu Gute; er sagte mir, daß es in Paris keinen ähnlichen Thurm gebe und ich mußte mich durchaus auf die Tribüne des Aufsehers stellen, um diese sinnreiche Einrichtung auch selbst mit einem umfassenden Blick zu überschauen. Er machte mich dabei darauf aufmerksam, daß ich mich auf dem Punkte, auf dem ich stand, gerade in der Mitte des Gefängnisses befinde. Vergebens suchte ich ihn von der raffinirten Grausamkeit und der nutzlosen Härte zu überzeugen. Er blieb bei seiner Meinung. Sein Herz war in seiner langen Kerkermeisterlaufbahn hart wie ein Stein geworden und sein Kopf hatte wohl nie über das, was er in dieser Zeit im Gefängnisse gesehen, nachgedacht. Er war zur Maschine geworden. Verdrießlich fuhr ich ihn, als meine Gründe ihn nicht überzeugen konnten, an: „Waren Sie je im Gefängniß? Gewiß nicht; sonst würden Sie die Qual einer langen einsamen Haft kennen!" —

Da sah der Mann mich erstaunt an: „Ich im Gefängniß", rief er: „niemals; denn ich habe niemals ein Verbrechen begangen!"

„Aber Sie können auch durch ein sogenanntes politisches Verbrechen in's Gefängniß kommen!"

„Herr," sagte er, „ich bin ein guter Unterthan und befolge die Gesetze, welche die Regierung vorschreibt"! —

Da hatte ich die Erklärung, weßhalb meinem Begleiter sein Gefängniß so gefiel. Er war aus einem denkenden und fühlenden Menschen eben eine Maschine geworden. Wozu weiter mit ihm reden! Eine Maschine hört und antwortet nicht.

„Reden wir nicht mehr davon", fuhr ich ihn an, „führen Sie mich weiter umher."

Die sechs Flügel des Gefängnisses hingen mit dem Thurme durch sechs fliegende Brücken zusammen, oder eigentlich durch achtzehn; denn jeder Flügel hatte drei Stockwerke und jedes Stockwerk war mit dem Thurme durch eine ähnliche Brücke verbunden. Jeder Flügel bestand aus einer Anzahl kleiner Zellen von der Länge von sechs und der Breite von drei Fuß, welche zu beiden Seiten des Gebäudes lagen und durch einen zwischen ihnen durchlaufenden Gang getrennt waren. Jede Zelle war das Gefängniß eines Knaben, wo er sich außer den Freistunden, welche er ebenfalls allein in einem von den Höfen, welche die Flügel des Gebäudes von einander scheiden, zubringen durfte, Tag und Nacht aufhielt. In diesem traurigen, einsamen Gefängnisse arbeitete er, las, schrieb, lernte, aß, trank und schlief er, zu fortwährendem Schweigen verurtheilt. Die einzige Unterbrechung, welche in diesem raffinirten Systeme des Schweigens und der Einsamkeit eintrat, bestand in den Unterrichtsstunden, welche ihm Seitens eines Lehrers ebenfalls ertheilt wurden und in den wenigen Worten, welche der Wärter mit ihnen wechselte, der ihnen das Frühstück oder Mittagessen brachte. Für den Knaben, welcher ein Handwerk im Gefängniß erlernte, trat in dessen schweigende Existenz noch die Unterbrechung hinzu, welche die Erlernung oder die Ausübung des Handwerks nothwendig machte. Der Leser sieht, es war das Zellensystem in seiner schärfsten Anwendung. Sogar die Abwechslung und die Unterbrechung, welche ein gemeinsamer Schulunterricht bringt, fehlte in diesem entsetzlichen Gefängniß, in diesem steinernen Grabe der Einsamkeit und des Schweigens.

Das Zellengefängniß für junge Verbrecher soll als Besserungs- und Durchgangshaus für andere Gefängnisse oder für die Freilassung dienen. In seiner jetzigen Gestalt würde es seinen Zweck nicht einmal erhalten können. wenn seine Bewohner erwachsene Leute wären. Es handelt sich nicht allein darum, die moralische Ansteckung unter den Gefangenen zu verhindern, sondern auch durch Zuspruch, Unterricht, Thätigkeit und liebevolle Behandlung ihre Seele wieder aufzurichten und sie aus dem Sumpf moralischer Verkommenheit zu einem andern Leben emporzuheben. Der erste Zweck wird allerdings hier erreicht. Ein Kind kann Jahre lang in seiner Zelle zubringen, ohne das Kind, welches sich in der benachbarten Zelle befindet, jemals zu erblicken, geschweige denn mit ihm ein Wort zu wechseln. Selbst in den Spielstunden und in den Unterrichtsstunden ist hier keine Annäherung möglich, weil auch diese Stunden nicht gemeinschaftlich, sondern einsam zugebracht werden. Ich sah aus dem Fenster eines Ganges auf den Hof. Er bildete eine Sandfläche ohne allen Blumen- oder Blätterschmuck. Die grauen Mauern auf dem grauen Sande gaben ein entsetzliches Bild, in welches einzig und allein die Sonnenstrahlen und die langen Mauerschatten einige Abwechslung brachten. Auf der grauen Sandfläche spielte ein zehnjähriges Kind ganz allein mit einem Reifen, den es mittelst eines Stockes im Kreise umherjagte. Der sich drehende Reif und das laufende Kind bildeten das einzige, sich bewegende Element in dieser wüsten Oede. Dann schien das Kind vom Laufen ermüdet; Reif und Stock lagen im Sande, das Kind lehnte an der Mauer, sein Auge blickte im Hofe umher und suchte vergebens eine Beschäftigung, welche es nirgends fand. Traurig schlich es umher, um nach einiger Zeit den Reif wieder aufzunehmen und sein trauriges Spiel von Neuem zu beginnen. Muß, in dieser Weise zugebracht, die Spielstunde nicht zu einer Stunde der Qual und Langeweile werden? Die Einsamkeit des Erwachsenen belebt die Bilder der Erinnerung aus dem vergangenen Leben; die Einsamkeit des Kindes wird zur geistlosen Träumerei, welche die Kraft der Seele abstumpft und ihre geistigen Schwingen lähmt. Schließlich verliert das Kind die Lust sich zu bewegen, da es nicht weiß, worauf es die Bewegung richten soll und so geht selbst der Nutzen, den die körperliche Bewegung für die Glieder haben könnte, verloren. Das gesellige Zusammensein ist ein für das geistige Leben des Kindes aber durchaus nothwendiges Element. Die Kinder, welche ich entweder mit einer Handarbeit oder mit Schreiben und Lesen beschäftigt, in den Zellen sah, schienen alle geistige Frische eingebüßt zu haben. Theilnahmlos und gleichgültig antworteten sie auf meine Fragen. Auch ihre Gesichtsfarbe entbehrte der körperlichen Frische der Jugend. Wie vermag die Seele sittlich, groß, rein und edel zu werden in dieser düstern Einsamkeit, und ist das Gesicht nicht der Spiegel der Seele? Unbegreiflich, daß sich die Gedanken eines Menschen, der die Seele eines andern Menschen bessern und sittlich veredeln will, zu einer solchen Behandlungsweise moralisch verderbter Kinder verirren können. Nur der Geist eines „Kindes aus dem Rauhen Hause“ kann auf derartige Abwege gerathen oder das Gemüth eines Kerkermeisters, welcher in seinem langjährigen Berufe hart und empfindungslos geworden ist, wie die Steine seiner Gefängnißmauern. Nochmals klopfte ich bei dem Herzen meines Begleiters an. Er gab keine Antwort. Er fand alle Einrichtung seines entsetzlichen Gefängnisses vortrefflich, wie er die zellenartige Einrichtung des Besuchthurmes vortrefflich gefunden hatte. Mit einem Gefühle innerer Zufriedenheit beschrieb er mir die Methode des Unterrichts, wie die einzelnen Gänge in verschiedene Abtheilungen gesondert und jede Abtheilung seinen besonderen Lehrer und seinen besonderen Aufseher habe, wie selbst die Erholungsstunden der Knaben so künstlich vertheilt seien, daß niemals ein Knabe mit den anderen in den Spazierstunden und Spielstunden zusammentreffen könne. Allen meinen Einwendungen begegnete er mit der stereotypen Redeweise, daß die Härte und Abgeschlossenheit in der Behandlung für so verdorbene und verbrecherische Jungen gerade am Platze sei, um ihren störrischen Sinn zu beugen und auf andere Wege zu bringen. Ich ließ mir noch einige Zellen öffnen. Ueberall den in gleicher Weise ausgestatteten Raum, ein Tisch, ein Stuhl, das Waschgeschirr, Bücher, Schreibmaterial, Handwerksgeräthe. Die Matratzen an der Wand hin aufgeschlagen, die vergitterten Fenster in der obern Hälfte der Wände, dieselben freudlosen und gleichgültigen Gesichter — Knaben in allen Altersklassen. Traurig über alles, was ich gesehen, verlangte ich zu dem Greffier zurückgeführt zu werden.

„Nun, wie hat es Ihnen bei uns gefallen?“ fragte mich der Greffier, als ich wieder in seinem Zimmer stand, „sind Sie zufrieden?“

„Zufrieden?“ wiederholte ich entrüstet, „ist das Ihr Scherz oder Ernst? Wie kann ich mit einem solchen Systeme zufrieden sein? Ich finde das Behandlungssystem in Ihrem Gefängnisse miserabel und für die Zwecke, welche Sie erreichen wollen, vollständig unpraktisch.“

Da fuhr der Mann von seinem Stuhle auf: „Miserabel und vollständig unpraktisch?“ rief er, „da haben Sie Recht, ich bin vollständig mit Ihnen einverstanden. Das System ist gar nicht zu verantworten.“

„Aber weshalb ändern Sie es denn nicht?“ fragte ich ganz erstaunt über diese Antwort.

„Das will ich Ihnen sagen,“ rief der Greffier mit echt französischer Lebhaftigkeit. Es war vor uns, vor der jetzigen Direction, ein Director hier, ein harter, unpraktischer Mann, dem die Theorie des amerikanischen Systems zu Kopfe gestiegen war; dieser Mann hat die Einrichtungen, welche Sie leider heute noch vorgefunden haben, eingeführt. Wir geben uns jetzt alle mögliche Mühe, die uns vorgesetzte Behörde von der Nothwendigkeit der Abschaffung des jetzigen Systems zu überzeugen. Man hat im Ministerium noch keine Zeit gehabt, sich darum zu bekümmern. Aber es soll und wird ein Ende haben, seien Sie dessen versichert. Verdüstert im Gemüth, mit hartem Herzen, zuweilen geschwächt am Geist und Körper, verlassen die Knaben das Gefängniß. Sie finden auch kein zweites Gefängniß in Paris, wie das unsere. Aber es wird und soll damit ein Ende haben.“

Herzlich drückte ich dem wackeren Manne die Hand, als ich ihn verließ. Möchten seine Worte von allen Zuchthausverwaltern gehört — und beherzigt werden, welche in deutschen Zuchthäusern längst abgethane Theorien amerikanischer Isolirsysteme mit zäher Consequenz zur Geltung zu bringen suchen! Aber mein Wunsch wird leider nicht in Erfüllung gehen.

Siebentes Kapitel.

Les Madelonettes.

Les Madelonettes als Revolutionsgefängniß zur Zeit Robespierres. Die Gefangenen, ihr Leben und ihre Behandlung im Gefängnisse. Die Soldschreiber der europäischen Reaction. Die Wahrheit in der Geschichte. Lamartine. Louis Blanc. Der „rothe“ und der „weiße“ Schrecken. Parallelen zwischen dem Revolutionsgefängniß les Madelonettes und den Gefängnissen der europäischen Reaction. Les Madelonettes in seiner heutigen Gestalt. Corridore, Höfe und Zellen. Arbeitsräume. Die „Pistole“. Die Gefangenen und ihre Behandlung. Das Gefängniß Bérangers.

Bei meiner letzten Anwesenheit in Paris fand ich eines Tages, im Quartier Latin umherschlendernd, bei einem der Antiquare, welche auf dem Platze der Medicinschule ihr Bücherlager unter freiem Himmel aufgeschlagen haben, ein sehr interessantes kleines Buch. Es führte den Titel „Tableau des prisons de Paris sur le règne de Robespierre“ und war bei dem Bürger Michel rue Haute Feuilles 36, kurz nach dem Sturze Robespierre's erschienen, wie aus der Vorrede hervorging, da auf dem Titel auch die Jahreszahl der Veröffentlichung fehlte. Das Buch enthält ein höchst interessantes Capitel über das Gefängniß „les Madelonettes“ zur damaligen Zeit, dem ich die nun folgenden Mittheilungen entnehme, indem ich hinzufüge, daß „les Madelonettes“ das berüchtigste Gefängniß der damaligen schrecklichen Zeit war.

Die zahlreichen Verhaftungen in den ersten Tagen des Monats September 1793 hatten plötzlich die Madelonettes mit Gefangenen überfüllt. Im Anfang dieses Monats zählten die Madelonettes nur wenig Gefangene; diejenigen, welche man „les paillés“ zu nennen pflegte, waren im dritten Stocke einquartirt; sie bestanden aus den Anfertigern falscher Assignate, aus Dieben und Fälschern. Sie hatten kurz vorher einen Fluchtversuch gemacht, man brachte sie deßhalb aus dem dritten Stocke in das Erdgeschoß, wo man sie besser überwachen und neue Fluchtversuche verhindern konnte.

Die ersten Verdächtigen, welche nach den Madelonettes geführt wurden, waren Bürger aus den verschiedenen Sectionen des Berges und der Märkte, fünfundzwanzig an der Zahl aus jeder Section.

Sie wurden in dem dritten Stock einquartirt, wo bis dahin „les paillés“ gefangen gehalten worden waren. Die Zimmer hatten nur eine Breite von fünf Fuß im Quadrat und eine Höhe von neun Fuß, gingen auf den hintern Hof hinaus, und hatten sämmtlich zwei Fenster mit kleinen Scheiben und starken Eisengittern. In jedem Zimmer befanden sich zwölf Krippen, immer zu drei zusammengerückt, jede war $1\frac{1}{2}$ Fuß breit und 6 Fuß lang, und war mit einem ganz von Würmern zerfressenen Strohlager bedeckt.

Der Concierge des Hauses, Bertrand mit Namen, war ein genauer, aber gefühlvoller Mann. Während der hundert Tage, wo ich im Gefängniß blieb, hat sich sein Charakter niemals verleugnet. Auf jede Art und Weise, wie es ihm nur möglich war, hat er das Schicksal der Gefangenen, welche zu den „Verdächtigen“ gehörten, erleichtert. Die Einrichtung der Krippen verschwand auf seine Fürsorge, und die nothwendigen Gegenstände, welche der Gefangene brauchte, wurden denselben durch seine Hand zugestellt.

Die erste Nacht, wo wir eingebracht wurden, mußten wir freilich auf dem Stroh schlafen; aber am folgenden Morgen erhielten wir bereits Matratzen und einige Tage später wurden unsere Zimmer mit kleinen, recht bequemen Mobilien eingerichtet. Die Stellen der „Krippen“ nahmen Bettstellen von Holz ein.

Die ersten Tage unserer Gefangenschaft konnte man in Wahrheit das goldene Jahrhundert nennen. Freilich waren wir alle niedergeschlagen über den Verlust unserer Freiheit, aber, da wir uns selbst keine Vorwürfe zu machen hatten, so ertrugen wir diesen Verlust unserer Freiheit mit der Festigkeit, welche den wahren Republikaner charakterisirt, der sich den Gesetzen zu unterwerfen weiß. Ach, wir sahen die Tage des Schmerzes und der Verzweiflung, welche unserer warteten, noch nicht vorher. Noch mordete man uns nicht, die Schlächtereien waren noch nicht permanent geworden .... Aber, ich will dem Lauf der Dinge nicht vorgreifen.

Wir hatten damals die Erlaubniß, unsere Frauen und unsere Verwandten und unsere Freunde zu sehen. Sie kamen täglich, uns tröstend und uns Hoffnung zusprechend. Auf unserem Corridor waren mehrere Künstler vom Theater français einquartirt, Boulainvilliers, Decrosne, General Lanoun, Flerieux, der frühere Marineminister; sie waren einige Tage vor uns verhaftet und bewohnten zu zweien ein Zimmer von acht Quadratfuß. Das Haus war eigentlich nur auf 200 Gefangene berechnet; jetzt waren in demselben 270—280 Gefangene eingeschlossen. Man schlief auf den Corridors.

Die Corridors hatten eine Länge von ungefähr 50 Fuß. An dem einen Ende derselben befanden sich die Abtritte, welche einen so unangenehmen Geruch im Hause verbreiteten, daß es unmöglich war, auf den Corridors sich aufzuhalten und umherzugehen; man konnte nicht einmal seine Thüren offen halten, wenn man nicht ohnmächtig werden wollte von dem Gestank. Am andern Ende des Corridors war ein kleines Fenster angebracht, welches freilich dem Corridor Luft zuführte, aber bei weitem nicht in dem genügenden Maaße, um den mephitischen Geruch der Abtritte zu neutralisiren. So war es kein Wunder, daß bald eine epidemische Krankheit unter uns ausbrach, welche manches Opfer gefordert haben würde, wenn der rechtschaffene Dupontet, der Arzt in einer von den Sectionen, nicht unermüdlich um uns besorgt gewesen wäre. Dupontet ließ alle Thüren und Fenster zu einer bestimmten Stunde des Tages auf eine gewisse Zeit öffnen; er ließ Essig verbrennen und schrieb uns mehrmals des Tages körperliche Uebungen vor. Nun wurden alle Tage Märsche und militärische Uebungen vorgenommen, bei denen General Lanoun oder der Schauspieler S. Prix vom Theater français den Befehl führte. Angrand d'Alleray nahm, obschon er bereits ein achtziger war, regelmäßig an diesen Uebungen Theil, er hielt sich so grade, wie der jüngste Mann.

Abends erschien er bei körperlichen Uebungen immer mit einem Lichte in der Hand. Auch Decrosne fehlte niemals. Indeß, trotz aller dieser Vorsichtsmaßregeln brachen die kleinen Blattern im Gefängnisse aus. Sabrou, früher Oberst der Cavallerie, fiel ihnen zum Opfer. Trotz aller seiner Sorgen und Nachtwachen war Dupontet nicht im Stande ihn zu retten. Lecamus de Laguibourgere, früher Mitglied des Parlaments von Paris, wurde von ihm angesteckt, aber er war so glücklich, mit dem Leben davon zu kommen. Glücklich .... Nach wenigen Tagen wurde er hingerichtet.

Jedesmal, wenn ein Verwaltungsbeamter in das Gefängniß kam, theilten wir ihm unsere Klagen mit, jedoch ohne allen Erfolg. Er versprach so obenhin eine Abhülfe, ohne daß dieselbe jemals erfolgte. Wir verlangten einen

Hof, um in demselben in frischer Luft umhergehen zu können, und erboten uns, die Mehrausgabe, die durch die Vermehrung der Wache, nöthig werden sollte, aus eigenen Mitteln zu decken, aber auch diese Bitten wurden mit Stillschweigen übergangen, und als man uns endlich einen Hof öffnete, war die Jahreszeit bereits so rauh geworden, daß wir denselben nicht mehr benutzen konnten. Ueberhaupt hatte keiner von den Verwaltungsbeamten, welche das Gefängniß besichtigten, ein Ohr für unsere Leiden. Sobald einer von ihnen erschien, war er von den Gefangenen umringt, welche ihn mit den beweglichsten Worten ihre traurige Lage schilderten. Er hörte sie mit zerstreuten Mienen an, spielte den mit Geschäften Ueberhäuften, verschwand, und Alles blieb beim Alten.

Am 8. October kündigte man uns den Besuch eines Administrativ-Beamten der Polizei an. Er hieß Marino und gehörte zu der Section des Berges. Er kam, ein Mann mit schmutzigen Kleidern, gedrücktem Hut und ähnlicher Schärpe; mit insolenter Miene und dem Schein von grotesker Würde trat er auf, Alles drängte sich zu ihm, um Klagen anzubringen und Schriftstücke zu überreichen; er gab uns ausweichende Antworten und trat in ein Zimmer, in welchem Bürger aus seiner Section eingeschlossen waren. Mit einem Blicke sie musternd, betrachtete er sie mit dem Lächeln des Tigers und überhäufte sie mit Grobheiten und Schimpfreden. Mit einem solchen Menschen konnte man doch nicht von seiner Freiheit sprechen; man begnügte sich, von ihm die Benutzung eines Gartens zu verlangen. „Geduld, gute Büger“, erwiederte der Nero in der Schärpe, „die Regierung ist damit beschäftigt, gute Gefängnisse einzurichten; diejenigen, welche das Glück oder das Unglück haben, dorthin zu kommen, werden dort Gärten vorfinden, wo sie spazieren gehen können.“ Dann wandte sich ein Gefangener an ihn, und beklagte sich über die Ursachen seiner Verhaftung, welche nur durch sehr unbestimmte Verdachtsgründe motivirt sei.

Sein Verhaftsbefehl habe nur die Worte enthalten „verdächtig zu sein wegen Mangels an republikanischer Gesinnung.“

„Lieber wollte ich angeklagt sein wegen Diebstahls an vier Pferden oder wegen Mordes, als wegen dieses Verbrechens“, erwiderte der Beamte.

Ein großer Husar mit langem Schnurrbart, stellte sich Marino vor und redete ihn mit respectvoller Miene „mein Herr!“ an. „Sprich, wie ein Republikaner“, erwiderte Marino; „ich dutze alle Welt; nenne mich auch nicht „Herr“, nenne mich „Bürger“ und dutze mich!“ —

„Wohlan denn“, erwiderte der Husar, „im Namen Gottes laß mich heraus aus diesem Gefängniß und gib mir die Freiheit.“

Drei Tage später wurde er aus dem Gefängniß entlassen; man brauchte gerade Männer mit Schnurrbärten.

Marino beschloß seinen Besuch, indem er uns ankündigte, daß die Regierung beschlossen habe, uns allen Verkehr mit der Welt zu verbieten, und daß dieser Beschluß sofort in Kraft treten solle.

Nun mußten wir uns von einander trennen; der Freund durfte seinen Freund, der Gatte seine Gattin, der Vater seine Kinder nicht wiedersehen. Die Tyrannei hatte es beschlossen; was blieb uns anders übrig, als zu gehorchen, uns armen Schlachtopfern! Im Anfang waren wir durch den strengen Befehl wie vernichtet; aber die Zeit und die Philosophie heilten ja jede Wunde; wir unterdrückten unsern Schmerz, wie Männer, welche das Unglück ertragen können. Dann und wann ereigneten sich kleine Episoden, welche uns in der Langeweile unserer Gefangenschaft zerstreuten. Bertrand hatte einen Sohn im Alter von 14 Jahren, welcher alle Tugenden seiner Eltern geerbt zu haben schien. Das Kind war sanft, gütig und freundlich. Er besuchte uns häufig und schenkte seine Zuneigung besonders zwei Gefangenen, dem Bürger Dajincourt, Mitglied des Theaters français, welcher sich viel mit ihm beschäftigte, und dem Bürger Coittant, der ihm aus Karten kleine Wagen, Esel, Hunde, Vögel und allerlei Thiere schnitzte. Am 11. October kamen zwei junge Frauen, welche den Beschluß der Regierung noch nicht kannten, nach dem Gefängniß. Sie zerflossen in Thränen, als man ihnen sagte, daß sie ihre Männer nicht sehen könnten. Da erblickte eine von ihnen das Kind. Sie nahm es in die Arme, und bat es, ihr den Eintritt in das Gefängniß möglich zu machen. Das Kind warf sich dem Portier zu Füßen. „Ich bitte Dich“, sagte es, „laß die Bürgerinnen ein, Du siehst, ich umfasse Deine Knie.“

Nichts konnte den unerbittlichen Wächter erweichen. Er sah das Kind und die Frauen weinen, er hörte ihr Flehen; die Frauen mußten zurückkehren, ohne ihre Männer gesehen zu haben.

Trotz alledem genossen wir zuweilen die Freude, mit unsern Angehörigen aus dem Fenster sprechen zu können. Der Ton ihrer Stimme war für uns schon ein Trost. Aber auch mit dieser Freude sollte es zu Ende gehen. Ein Gensdarm, der vor dem Gefängnisse auf Wache stand, behandelte die Frau eines Gefangenen, welche mit ihrem Manne am Fenster sprach, in unchristlicher Weise. Darüber kam er mit einem Dutzend Frauen, welche ebenfalls auf der Straße standen, um mit ihren Männern zu sprechen, in Streit; gut wird er von ihnen nicht behandelt worden sein; genug, der Gensdarm brachte seine Klage an, und es wurde der strenge Befehl gegeben, das Sprechen aus den Fenstern nicht mehr zu dulden. Unter den Gefangenen, welche sich auf unserm Corridor befanden, hatte sich nach und nach eine innige Freundschaft gebildet, deren Bande durch das gemeinsame Unglück sich täglich fester schürzten. In dieser innigen Freundschaft der Unglücksgenossen lag ein großer Trost. Die Nachricht von irgend einem günstigen Beschluß, von einem Siege, von irgend einem Erfolge versetzte uns dann und wann in eine heitere Stimmung, welche durch manchen Scherz und durch manches witzige Bonmot noch erhöht wurde. Dazincourt war immer guter Laune. „Ist es nicht zum Erstaunen“, rief er einmal aus, „mich hier zu finden? Daß man Könige, Herzoge, Marquis hier gefangen hält, das begreife ich, aber, daß ich, ein armer Sansculotte, mich in ihrer Gesellschaft befinde, daß ist doch gewiß eine Ungerechtigkeit.“ Wir hatten auch einen Disciplinargerichtshof im Gefängnisse eingesetzt. Alle Denuncianten, welche in das Gefängniß gebracht wurden, wurden dem Disciplinargerichtshof vorgeführt und in der verdienten Weise behandelt. Am 23. October wurde der Chevalier de Russy in das Gefängniß gebracht. Er wurde durch St. Hilaire, den er hatte verhaften lassen, erkannt. „Wie“, rief St. Hilaire, als er ihn erblickte, „Schuft, Verbrecher, bist du da? Es gibt doch noch, sehe ich, eine menschliche Gerechtigkeit. Bürger, dieser Mensch da ist ein Ungeheuer; er hat die niederträchtigsten Mittel angewandt, um mich verhaften zu lassen; er ist ein Spion.“ —

Alsbald umringen die Gefangenen den Chevalier, welcher bleich wird und vergebens nach Worten der Entschuldigung sucht. Man dringt auf ihn ein, daß er sich rechtfertige; immer dasselbe Stillschweigen. Jetzt überhäuft man ihn mit Hohn und Spott, Geschrei und Geheul verfolgt ihn; er rettet sich in eine Kammer, wo die dieselbe bewohnenden Gefangenen ihn wieder hinausweisen. Da erscheint zu seiner Rettung ein Wächter, um ihn mit sich zu führen und ihn auf Stroh zu legen. Aber die Gefangenen, welche sich bereits in diesen Räumen befinden, verweigern durchaus ihn dort zu behalten, und werfen ihn schließlich hinaus.

Endlich wird er vorläufig in einen Schweinekoben einquartirt, bis sich ein anderes Loch für ihn findet.

Eines Tages wurde der Bürger Boivin, Weinhändler seines Gewerbes, vor das Revolutionstribunal gefordert. Er wurde zum zweiten Mal hingeführt, um sein Urtheil zu empfangen. Wir waren nicht ohne Unruhe über den Ausgang seines Prozesses. Endlich erhalten wir die Nachricht, Boivin ist freigesprochen. Dann kommt er selbst, um uns die fröhliche Nachricht zu bestätigen. Es ist fünf Uhr Abends. „Freigesprochen bin ich“ ruft er aus, „aber ich soll eine Caution von 1000 Thalern stellen, die ich nicht besitze, sonst muß ich im Gefängniß bleiben.“ „Ist es nichts als das?“ erwiderte ein Kaufmann, Namens Logette, „da sind 1000 Thaler; nehmen Sie das Geld und Sie sind frei.“ — „Aber, ich werde Ihnen doch wenigstens einen Schuldschein ausstellen.“ — „Einen Schuldschein, ganz unnöthig, das Wort eines braven Mannes genügt mir vollkommen.“ — Eine Umarmung, Thränen der Dankbarkeit und die herzlichsten Worte bildeten den Schluß der wirklich rührenden Scene. Währenddem war die Nachricht von Boivins Freilassung in alle Räume des Gefängnisses gedrungen. Vanchore der Aeltere und Fleury sitzen gerade am Spieltisch, um eine Parthie Piquet zu machen. Da tritt Jemand an den Tisch, und erzählt, daß Boivin im Gefängnisse bleiben müsse, weil er die Caution nicht bestellen könne. Fleury zieht sein Portefeuille aus der Tasche und sagt, „wie glücklich bin ich, ihm helfen zu können! Da sind 4500 Livres. 1500 brauche ich selbst höchstens für die Zeit, wo ich hier bleibe. Das Uebrige wird für die Caution genügen.“ Dann steht er auf, um Boivin zu suchen, und ihm das Geld anzubieten. Boivin war schon fort.

Die Zeit milderte unsere Leiden nicht. Tag auf Tag, Woche auf Woche vergingen; um uns zu zerstreuen machten wir Musik und veranstalteten so gut es gehen wollte, Concerte. Wir führten Quartette von Pleyel auf. Am 7. November machte uns Marino einen neuen Besuch. Er hatte die Absicht, eine Art von Gleichheit in dem Hause einzuführen. Der Reiche sollte mit dem Armen gemeinschaftlich dieselbe Mahlzeit essen, nämlich auf Kosten des Ersteren. Ebenso sollten die Gefangenen, welche auf dem Stroh schliefen, mit den Gefangenen wechseln, welche Betten hatten und die Zimmer bewohnten. Glücklicherweise blieb es in Betreff der letzteren Einrichtung nur bei der Absicht, man machte ihm begreiflich, daß die Gesellschaft, welche auf Stroh campirte, fast nur aus Sträflingen, aus Dieben und Fälschern bestehe, und daß wir uns für eine solche Gesellschaft bedankten. Marino stand nun von seinem Plane ab; aber er gab den Befehl, gemeinschaftliche Tafeln herzurichten, woran Alle miteinander zu speisen hätten. Dann ging er durch das ganze Haus, fragte jeden Einzelnen nach seinen Mitteln, und bezeichnete Jeden, der Geld besaß, die Armen, für die er zu sorgen habe. Als er an die Zimmer kam, wo die Mitglieder seiner Section saßen, führte er Decrosne herein — er ist später guillotinirt worden — und sagte zu ihm: „Sieh, mein Sohn, da sind Mitglieder meiner Section, Du mußt für sie sorgen, hörst Du wohl?“ — „Ja Bürger.“ — „Setze Dich dort hin.“ — „Ja, Bürger.“ — „Wohlan, laß es an

Nichts fehlen. — Und nicht wahr, Du wirst dafür sorgen, daß sie Geflügel, Kartoffeln und Salat erhalten?“ — „Ja, Bürger.“ —

In ähnlicher Weise richtete er weiter gemeinsame Inhaber ein, den Künstlern vom Theater français sagte er, daß er ihnen einen reichen Generalpächter in's Gefängniß schicken werde, um sie zu ernähren. Er ließ Matratzen in das Gefängniß bringen, weil, wie er sagte, er nicht wolle, daß unter der Regierung der Gleichheit ein Mensch auf Stroh schlafe. Seine Befehle wurden sämmtlich noch an demselben Tage in's Werk gesetzt, Alles machte sich in wunderbarer Art. Der Eine speiste nun wie der Andere. Die Gleichheit war nun auch in dem Gefängniß „les Madelonettes“ hergestellt.

Seit längerer Zeit war schon die Rede davon gewesen, daß die Gefangenen aus den „Madelonettes“ nach andern Gefängnissen gebracht werden sollten. Mit den Priestern, welche sich unter uns befanden, wurde der Anfang gemacht. Man führte sie nach Bicêtre. Es war ein schmerzlicher und thränenreicher Abschied. Wir machten uns auf eine weitere Trennung gefaßt. Man gab uns die Versicherung, daß wir in dem neueren Gefängniß eine bessere und gesundere Luft finden würden, und daß wir dort auch unsere Freunde und Verwandten wiedersehen könnten, deren Anblick wir hier entbehren mußten. Nur die vom Tribunal bestätigten Vertheidiger hatten die Erlaubniß, das Gefängniß zu jeder Zeit zu betreten und mit den Gefangenen zu verkehren. Eines Tages kam der Advocat Cahier zu diesem Zwecke in das Gefängniß. Als er seine Schutzbefohlenen suchte, fielen seine Blicke auf den Bürger Grappin. Grappin hatte ihm am 2. September 1792 bei der Mordscene in der Abtei das Leben gerettet. Einen Moment schauten sich Beide unbeweglich an, dann erkannten sie sich und stürzten sich in die Arme. Thränen füllten ihre Augen, sie waren nicht im Stande, ein Wort hervorzubringen. „Aber, mein braver Freund," rief Cahier endlich, „wie kommt es denn, daß ich Dich hier finde?"

Grappier erzählte die Veranlassung und die Gründe seiner Verhaftung.

„Welche Ungerechtigkeit", erwiderte Cahier, „verfüge über mich, über mein Vermögen, wie Du willst. Mein Leben gehört Dir, Du hast es mir ja gerettet. Sei ruhig, ich werde nicht eher schlafen, als bis ich Deine Freilassung ausgewirkt habe."

Es war eine rührende Scene; die Thränen standen Allen in den Augen. Aber Grappin erhielt seine Freiheit erst durch die Revolution vom 10. Thermidor wieder.

Bald darauf wurde der Kriegscommissär Blanchard in das Gefängniß gebracht. Die erste Sorge eines Gefangenen war, sobald er ankam und sich von den übrigen umringt sah, die Ursache seiner Verhaftung zu erzählen. So war es auch hier. Als er auf den Abschied von seiner Familie kam, rief er verzweifelnd aus: „Philippine, Amelie werde ich denn auch Euch nicht mehr sehen?" Sein Hund, den man ihm gelassen hatte, brach jedesmal in ein entsetzliches Geheul aus, sobald er die beiden Namen hörte.

Aber die Tage unserer Trennung naheten heran. In dem gemeinsamen Unglücke fraternisirte Alles mit einander. Diejenigen, welche ehemals in der Welt glänzende Stellungen eingenommen hatten, waren hier glücklich darüber, in einem engen Corridor, auf einem Strohsacke oder auf einem Holzklotze sitzend, ihren Kaffee einnehmen zu können. Der Vormittag ging dann gewöhnlich mit gegenseitigen Besuchen hin. Nach dem Dejeuner sah man den ehemaligen Lieutenant der Polizei mit wohlgepuderter Perrücke in blank gewichsten Stiefeln, Hut unter dem Arme, sich zu den ehemaligen Ministern Latour de Pin und St. Priest begeben, und dann bei Boulainvilliers und bei den ehemaligen Parlamentsräthen einen Besuch abstatten. Wechselweise statteten dann Boulainvilliers und Latour de Pin, die früheren Parlamentsräthe, in großer Gala, ihre Besuche bei dem ehemaligen Lieutenant der Polizei ab. Am 27. Frimaire wurden endlich 54 Gefangene aus den Madelonettes nach dem Gefängniß „Port libre" in der Straße la Bourbe gebracht, unter ihnen ich; ich schweige von den Schmerzen des Abschiedes. Man sagte sich Lebewohl, wie wenn es für die Ewigkeit wäre.

So weit die Schilderung des Gefängnisses „les Madelonettes" unter der Regierung Robespierres in dem Buche „le tablau des prisons". Der Gefangene, dessen Feder dieselbe aufgezeichnet hat, bricht in seiner Schilderung ab, weil er nach dem „maison d'arrêt de port libre," gewöhnlich „la Bourbe" genannt, gebracht wurde.

Keine Zeit in der Geschichte des vergangenen Jahrhunderts ist wohl mehr entstellt und geschmäht worden, wie die Epoche der ersten französischen Revolution. Bezahlte Soldschreiber im Dienste der gesammten europäischen Reaktion haben sie auf jede Weise geschmäht und verunglimpft, den Charakter der in derselben auftretenden Personen mit Schmutz bedeckt, allen großen und edlen Handlungen der Revolutionsmänner die niedrigsten und schmutzigsten Motive untergeschoben, und so eine der großartigsten und glänzendsten Epochen in der Entwicklungsgeschichte der Menschheit in ein Schauder und Entsetzen erregendes Gemälde wilder Leidenschaften zu verwandeln gesucht. Die neuere Zeit hat auch hier Wahrheit und Recht wieder hergestellt. Die glänzende Feder eines Lamartine hat die Gestalten eines Robespierre, eines St. Just, eines Danton von dem Schmutz gereinigt, womit bezahlte Soldschreiber sie ein halbes Jahrhundert besudelt hatten und sie in ihrer ganzen Größe und Reinheit auf das Piedestal der erhabenen Vorkämpfer füı Menschenrechte und für die ersten Güter des Lebens erhoben, wo ihr wahrer und eigentlicher Platz ist und Louis Blanc, der geistreichste und größte Geschichtsschreiber Frankreichs hat in seiner Geschichte der französischen Revolution die Wahrheit in unverlöschlichen Zügen gezeichnet, und bewiesen, daß es in dieser Zeit des Kampfes der großen Grundsätze der Freiheit mit allen feudalen und reactionären Elementen des alten Europa eine Periode gab, wo „der rothe Schrecken“ erbleichte vor den Grausamkeiten, deren sich „der weiße Schrecken“ in Frankreich schuldig gemacht hat. Ein besonderes Kapitel in der Schilderung der Soldschreiber der europäischen Reaction hat auch immer die Gefängniß-Literatur aus der französischen Revolutionsepoche gebildet.

In der Schilderung dieser Elenden standen die Gefängnisse aus der Zeitepoche Robespierres den unterirdischen Kerkern aus der Inquisition womöglich noch weit nach. Wohlan, ich habe nun hier eine Schilderung des Gefängnisses „les Madelonettes“ aus jener Zeit gegeben! Das Gefängniß spielt eine große Rolle unter den damaligen Pariser Gefängnissen. Wir finden es in allen legitimistischen Romanen wieder, in denen die Schrecken der Revolution geschildert werden. Mein Autor, dessen Darstellung ich fast wörtlich wiedergegeben habe, hat, wie aus der Vorrede und aus der Färbung seiner Schilderungen hervorgeht, unbedingt seine Feder in den Haß getaucht, mit dem alle Schriftsteller der damaligen Zeit die Epoche Robespierres für die Geschichte aufzuzeichnen suchten.

Er unterbricht häufig seine Darstellung, um sich in eine Reihe von Schimpfworten gegen seine Feinde zu ergehen. Aber trotz alledem kann ich in seiner Schilderung des berüchtigten Pariser Gefängnisses nichts Schreckliches finden. Die Gefangenen konnten innerhalb der Mauern des Gefängnisses thun und treiben, was sie wollten. Sie lebten in beständiger Gemeinsamkeit des Umganges, sie besuchten sich gegenseitig, sie speisten gemeinschaftlich, sie spielten Karten, sie führten Quartette auf, sie lebten, wie es jedem passend und angenehm war; in der ersten Zeit ihrer Gefangenschaft verkehrten sie sogar ganz ungehindert mit ihren Verwandten, Freunden, Freundinnen und Bekannten, welche sich so viel und so oft sie wollten, im Gefängnisse aufhalten konnten. Der Regierungscommissar Marino, dessen Namen mein Autor in seiner Schilderung niemals nennen kann, ohne ihm ein Schimpfwort anzuhängen, benimmt sich in allen Anordnungen, welche er zur Verpflegung der Gefangenen trifft, wie ein höchst humaner, und sogar gefühlvoller und edler Mann. Wo in der Welt hat die europäische Reaction der letzten sechszehn Jahre ein Gefängniß für politische Gefangene aufzuweisen, wo eine solche Freiheit und Ungebundenheit herrscht, wie in dem Gefängniß „les Madelonettes" während der sogenannten Schreckenszeit der französischen Revolution! Etwa die Warschauer Citadelle, oder die Gefängnisse in Palermo und Neapel während der Regierung des Königs Bomba und seines schwachsinnigen Sohnes, oder die Kerker der Inquisition in Rom unter der Regierung Pio Nono's, des Statthalters Christi auf Erden, etwa das Zuchthaus zu Bruchsal, oder das Zuchthaus zu Waldheim, oder das Zellengefängniß Mazas oder die Berliner Stadtvogtei? — Im Vergleiche mit diesen Gefängnissen der modernen Reaction war der Aufenthalt in den Madelonettes zur Zeit des Schreckensregiments Robespierre's nach der Schilderung meines

Autors höchst milde und angenehm. Nein, es fehlt, behaupte ich, jede Parallele. Was würde der Director eines dieser modernen Gefängnisse sagen, wenn die Gefangenen von ihm verlangen würden, mit einander zu speisen, Tag und Nacht mit einander zu verkehren, gemeinschaftlich Musik zu machen, sich gegenseitig zu besuchen, und Summen von Tausenden im Portefeuille mit umherzutragen?

Aber ich komme zu weit ab von meinem Thema, wenn ich noch weitere Parallelen zwischen dem Gefängniß „les Madelonettes“ während der Epoche Robespierres und einem Gefängnisse politischer Gefangener während der jetzigen Reactionsepoche ziehen will, ich muß ja meinen Besuch in dem jetzigen berühmten Pariser Gefängnisse schildern, nachdem ich dem Leser ein Bild desselben während der Zeit Robespierres gegeben habe.

Das finstere Thor des berühmten Gefängnisses befand sich in einer Seitenstraße der Rue du Temple. Die Straße war eng und düster, wie überhaupt das ganze Quartier, durch welches die Rue du Temple führt. Das Quartier gehört zu denen des heutigen Paris, wo die Bauwuth und die strategischen Rücksichten der Kaiserzeit noch am wenigsten aufgeräumt haben. Hier tritt dem Spaziergänger noch das alte Paris in seiner frühern Gestalt entgegen. Enge, krumme und winkelige Straßen und hohe, sechsstöckige Häuser, deren Dächer sich bei den Straßenübergängen zu berühren scheinen. In einer solchen Straße, welche auf die „Rue du Temple“ mündete, lag das alte Revolutionsgefängniß. Die Marseillaise und das berühmte Girondistenlied brummte und summte mir in den Ohren, als ich an jeder neuen Straßenecke fragend und mich erkundigend, in dem düstern Quartiere umhersuchte. Endlich hatte ich die Gewißheit, daß ich vor dem Thore des Gefängnisses stand. Ich klingelte; auch der Flur war eng, niedrig und düster, ebenso das Zimmer, in welchem der Greffier sein Büreau aufgeschlagen hatte. Ein alter Gefängnißbeamter mit eisgrauem Kopf, schwerfällig im Gang und Tritt, ein großes Schlüsselbund in der Hand, führte mich umher. Er war das wahre Portotyp eines Kerkermeisters in Aussehen und Gestalt, aber nicht in seinem Wesen; er war freundlich und gutmüthig. Eine Stunde lang durchschritt ich in seiner Begleitung alle Räume des Gefängnisses. Die Corridore waren eng, niedrig und düster, die innern, mit Bäumen bepflanzten Höfe klein und winkelig, das Durcheinander von Gebäuden und Höfen, woraus das Gefängniß bestand, schien nach und nach ohne einen Anfangs zu Grunde gelegten Plan entstanden zu sein. Mein Begleiter sagte immer, wenn ich einige Stufen hinauf stieg, um in einen andern Corridor zu kommen, oder wenn wir die Strecken eines Ganges passirten, welcher nicht recht hell war, gleichsam wie um sein Gefängniß zu entschuldigen: „Ja, mein Herr, es ist ein altes Gebäude; bevor es in der Revolutionszeit Gefängniß wurde, war es ein Kloster.“ Ich kann mir recht gut denken, daß es den Marquis, Herzogen und Ministern, welche zur Zeit der Regierung des Convents diese düstern Corridore und diese kleinen, auf die Corridore mündenden Zellen bewohnten, hier recht schlecht gefallen haben mag. Ihre prächtigen Hotels in Faubourg St. Germain mit den breiten bequemen Treppen, mit den hohen lichten Sälen, in denen die Fenster bis zum Boden reichten, deren Wände mit Vergoldung, Stuccatur und Gemälden bedeckt waren, mit den duftigen Gärten waren freilich ein anderer Aufenthalt, als diese finstern, engen Gänge und Stuben und diese kleinen, mit Kies bedeckten Höfe. Das ganze Gefängniß trägt einen Charakter, wie er zu den Schauergeschichten aus der Revolutionszeit paßt, viel mehr, wie irgend ein anderes Pariser Gefängniß. Es ist natürlich, daß die französischen Schriftsteller „les Madelonettes" als Staffage und als Hintergrund in ihren Romanen benutzen. In jeder Stube, in jedem Winkel, verkörpert sich eine historische Erinnerung. Da war der Gang, auf dem die Minister und die Herzoge sich Vormittags in großer Gala Höflichkeitsbesuche abstatteten, da waren die Stuben, in denen die Sectionsmitglieder der Montagne gefangen gehalten wurden, wo der Civilcommissär Marino dem Bürger Decrosne befahl, die Sectionsmitglieder mit Geflügel, mit Salat und mit Gemüse zu speisen, und dafür zu sorgen, daß sie guten Wein erhielten; dort der große Saal mit niedriger Decke und mit der Aussicht auf den kleineren Hof diente zu den gemeinschaftlichen Mahlen, wo die Reichen die Armen beköstigen mußten, und wo alle „unter der Regierung der Gleichheit" wie Marino sich ausdrückte, aus derselben Schüssel speisten. Jetzt wurden die großen Räume zu gemeinschaftlichen Arbeitssälen benutzt. Die Madelonettes dienen heute nicht mehr als Arresthaus, sondern als Strafhaus für solche Verbrecher, deren Strafe, wenn ich nicht irre, ein Jahr Gefängniß nicht übersteigt. Es wurde dort geschustert, geschneidert und Lederarbeiten so wie Papeterien aller Art angefertigt. Die Verpflegung war wie in den übrigen Pariser Gefängnissen. Zweimal des Tages wurde gespeist, dreimal die Woche erhielten die Gefangenen Fleisch, auf eigene Kosten konnten sie sich verpflegen, wie sie wollten. Im zweiten Stock fand ich auch hier die Einrichtung der sogenannten „Pistole" vor. Ein Gefangener, der sich selbst verpflegte, erhielt ein eigenes Zimmer für sich, in dem er thun und lassen konnte, was ihm beliebte, wo er schlafen oder aufstehen konnte, wann er wollte, und sich seine Mahlzeiten so reichlich einrichten durfte, wie es seine Börse gestattete. Keine Thür war geschlossen. Der Gefangene konnte die Pistole verlassen, auf dem Corridor umhergehen, Besuche bei den anderen Gefangenen abstatten; er konnte diese Besuche in großer Toilette oder im Schlafrock vornehmen, ganz in der Art, wie der Autor meines Buches den Zustand im Gefängniß zur Zeit Robespierre's schildert; Niemand hinderte ihn daran. Mein Begleiter öffnete die Thüren sämmtlicher Pistolen, während wir den Corridor hinabgingen, um auf einer Seitentreppe wieder in das Erdgeschoß des alten düstern Gebäudes hinabzusteigen, er vergaß aber nie sein „pardon, Monsieur, pardon!" hineinzurufen, wenn er mir auf diese Weise einen Blick in das Innere der „Pistolen" verstattete. Die Gefangenen saßen lesend, zeichnend, rauchend am Tische, oder sie unterhielten sich mit anderen Gefangenen, welche ihnen, wenn auch nicht in großer Toilette, einen Besuch abstatteten. Die einzelnen Zimmer waren mit Bett, Stühlen, Tischen, manche mit Sesseln, welche sich der Gefangene selbst auf eigene Kosten herbeischaffen mußte, eingerichtet. In jedem Zimmer war ein Ofen, eine in Paris selten vorkommende Einrichtung, angebracht. Eine wohlthuende Wärme strömte uns entgegen — es war gerade ein recht kalter Decembertag, wie ich das Gefängniß besuchte —, in dem Hotel auf den Boulevards, welches ich bewohnte, mußte ich dieses ersten Elementes des thierischen Lebens trotz der drei Franken Miethe, welche ich täglich bezahlte, fast gänzlich entbehren. Der Kamin rauchte und die Fenster schlossen nicht. Der Aufenthalt in der Pistole kam mir äußerst gemüthlich vor, und lachend fragte ich meinen Begleiter, ob ich nicht auch eine Pistole statt meines vornehmen Hotels auf dem Boulevard, wo ich täglich drei Franken Miethe zahlen müsse für die sechs Wochen, welche ich noch in Paris zu bleiben gedächte, beziehen könne? — „Warum nicht," erwiederte er lachend, „prügeln Sie Ihren Fiakerkutscher ab, und Sie können sechs Wochen hier bleiben; sehen Sie dort diese Pistole, da saß Béranger sechs Wochen."

Er öffnete wieder mit einem „pardon Messieurs“ eine neue Thüre. Ich blickte hinein. Das war die Pistole des großen französischen Romanzendichters. Sie war gelb gestrichen, mit einem Bett, einigen Rohrstühlen und einem Tische möblirt. „Sie ist ganz noch so, als wie Béranger hier war,“ sagte mein Begleiter, nochmals sein „pardon Messieurs!“ wiederholend und die Thüre leise schließend.

Achtes Kapitel.

Ein Revolutionsgefängniß zur Zeit Robespierre's.

„Maison d'arrêt de port libre" oder „la Bourbe." Berühmte Gefangene in la Bourbe. Die verschiedenen Flügel, Stockwerke und Corridore. Der Concierge von la Bourbe. Die Foyers. Der Salon. Ein Abend im Salon. Der Aufenthalt in den Foyers. Die Verdächtigen. Die Spaziergänge. Das Tagebuch eines Gefangenen in la Bourbe.

Zwischen den heutigen Gefängnissen für politische Verbrecher und den so viel und so oft geschmähten Gefängnissen der Revolutionszeit gibt es keine Parallele. Um diese bereits im vorigen Kapitel aufgestellte Behauptung nochmals zu beweisen, will ich ein zweites Revolutionsgefängniß in der sogenannten Schreckenszeit schildern. Es ist der bekannte „Maison d'arrêt de port libre", gewöhnlich „la Bourbe" genannt. Das Gefängniß existirt heute nicht mehr. Ich entnehme die Schilderung aus dem vorher erwähnten interessanten Buche.

Mein Autor schildert zuerst das Gefängniß im Allgemeinen in folgender Weise:

„Dieses Haus ist angenehm und in guter Luft belegen. Es umfaßte mehrere Gebäude. Am 26. Frimaire befanden sich dort zweihundert und einige politische Gefangene. Unter diesen waren 27 Generalpächter und 27 Generaleinnehmer der Steuern, der Bürger Perigny, früherer Verwalter der Domänen, Lamilliere, sein Schwiegersohn, Exintendant der Brücken und der Straßen, Angran, Expräsident des Parlaments, der Graf von Bar nebst seiner Frau und seiner Mutter, Frau von Sabran, deren Gemahl in den Madelonetten an den Blattern gestorben war, d'Aguay, Decrosne und sein Sohn, eine Knabe von 14 Jahren, Madame Desmeniere mit ihrer Familie, bestehend aus einem Sohne und einer Tochter, die Bürgerinnen Chabort und Deplessis, jede mit ihrer Tochter. Alle diese Leute bewohnten das Haus, welches man das große Gebäude nannte; es bestand aus zwei Stockwerken; jedes Stockwerk hatte einen Corridor mit zweiunddreißig Zellen. Auf der einen Seite hatte man die Aussicht auf das Observatorium und auf die Straße d'Enfer, auf der andern Seite auf das Kloster, dessen Garten früher als Friedhof diente. Am Ende jedes Corridors befand sich ein Ofen, der den Corridor vollkommen erwärmte. Das zweite Gebäude sah mit seiner Fronte nach der Straße d'Enfer, und man hatte aus den Fenstern den Ueberblick über das Land. Es bestand aus drei Stockwerken. In jedem Stockwerk gab es drei gemeinschaftliche große Säle, in denen man in den ersten Tagen, wo wir nach „la Bourbe" hinübergeführt wurden, zu zweiundzwanzig schlief. Das Erdgeschoß führte den Namen „die Einheit"; der erste Stock hieß der Saal der Republikaner, der zweite Stock hieß der Saal der Sansculotten. Der dritte Stock war in drei wohlgeheizte Zimmer getheilt, jedes Zimmer zu drei bis vier Betten. Die Frauen bewohnten ein Haus für sich allein, welches durch ein Gitter von den andern Gebäuden getrennt war. Die Reichen befanden sich im Corridor des ersten Stocks, und bewohnten Zimmer zu zwei Betten. Die Corridors hatten keine Gemeinschaft mit einander. Ein Gefängnißbeamter war am Fuß der Treppe, welche dorthin führte, aufgestellt, um die gemeinschaftliche Communication nöthigenfalls zu verhindern. Die Flucht dreier Gefangener, welche kurz vor unserer Ankunft aus den Madelonetten stattgehabt hatte, war die Veranlassung gewesen, daß man mehrere Schildwachen im Innern des

Gefängnisses aufgestellt hatte. Für die Sicherheit und Ordnung im Gefängnisse hatte der Concierge Haly einzustehn. Sein Gesicht war nichts weniger wie einnehmend; es fehlte ihm auch am Ueberblick und an dem Sinne für Ordnung, die doch nun einmal für die Verwaltung eines so großen Hauses nothwendig ist; sein Herz und sein Gemüth waren übrigens im Grunde gut. Klein von Gestalt, spielte er oft ein wenig den Tyrannen. Seine gewöhnliche Antwort, wenn er nicht recht bei Laune war, hieß: „Schweige, ich werde Dich nach Bicêtre führen lassen; wisse, daß ich hier zu befehlen habe."

„Es gab im Hause drei verschiedene Classen unter den Gefangenen. Die erste bestand aus denen, welche für die Armen bezahlten, die zweite aus denen, welche sich selbst beköstigten und die dritte aus solchen, für welche von Andern bezahlt wurde."

„Am Ende des Corridors im ersten Stock befand sich ein Foyer, welcher der „Salon" genannt wurde, ein Vereinigungszimmer, wo sechs Tafeln aufgestellt wurden, jede Tafel zu sechszehn Couverts. Hier speisten die Reichen zu Mittag. Den Gefangenen, welche sich nicht selbst ernähren konnten, gab man auf Rechnung der Reichen, jedem täglich anderthalb Franken, außer dem Brode. Die Reichen mußten nach ihren Mitteln zu dieser Summe beisteuern. Zur Erhaltung und Ernährung der Gefangenen hatte man eine Verwaltungsbehörde im Hause eingerichtet, welche ganz vortrefflich organisirt war. Diese Verwaltung auf Kosten der Reichen dauerte bis zum Prairial, wo die Commune die Verwaltung der Gefängnisse für eigne Rechnung übernahm."

„Am Abende vereinigte man sich im Salon um einen großen, runden Tisch, der mitten im Gemache stand. Jeder brachte sein Licht mit, Männer sowohl wie Frauen. Die Männer setzten sich um einen großen Tisch, die Frauen um eine kleinere Tafel. Die Einen lasen, die Andern schrieben. Man beobachtete das tiefste Stillschweigen. Die Frauen nähten, strickten oder stickten, oder machten andere weibliche Handarbeiten. Später wurde ein kleines Souper aufgetragen. Jeder beeilte sich nun, seinen Platz einzunehmen; und an die Stelle der Stille trat eine heitere Fröhlichkeit. Man vergaß dann, daß man im Gefängniß war. Und in der That, nichts erinnerte in diesem Hause daran. Kein Gitter vor den Fenstern, kein Riegel; die Thüren wurden blos durch die Thürklinke geschlossen. Eine gute Gesellschaft, vortrefflicher Umgang, Rücksichten und Aufmerksamkeiten für die Frauen; man würde gesagt haben, daß Alle ein und dieselbe Familie bildeten, die sich in einem weiten Schlosse zu einander gefunden habe. Um sieben Uhr traten die Damen in den Salon. Die Herren erhoben sich dann von ihren Stühlen; die Frauen nahmen ihre Plätze ein, nahmen ihre kleinen Arbeiten vor, und die Herren begannen mit ihnen die Unterhaltung. An bestimmten Tagen wurde Musik gemacht, oder es wurde vorgelesen. Vigée, ein geachteter Schriftsteller, trug nicht wenig zur Unterhaltung bei und gab sich alle erdenkliche Mühe, uns den Aufenthalt im Gefängnisse weniger schrecklich zu machen. Wieder ein anderes Mal unterhielt man sich mit Reimspielen. So vergaßen wir unsern Kummer und unsere Leiden und suchten uns selbst über unsere kritische Lage zu täuschen. Waren einige Personen keine Freunde der Gleichheit, so verschwand diese kleine Meinungsverschiedenheit bald in der gesellschaftlichen Vereinigung aller Gefangenen; denn das Verbot, mit einander nicht zu verkehren, wurde vom ersten Tage an factisch von uns übergangen. So verkehrten alle Sansculotten im Gefängniß mit den andern Gefangenen. Wir waren bei allen Concerten und Abendunterhaltungen im Salon gegenwärtig, und waren nicht die geringste Zierde desselben. Indessen um neun Uhr mußte man sich beim Aufruf der Gefangenen einfinden. Jeder begab sich dann in sein Zimmer; man trennte sich mit Bedauern und tröstete sich mit der Hoffnung, sich am nächsten Abende wiederzusehen. Mit wirklichem Kummer vernahm man den Ton der unglücklichen Glocke, welche uns zwang, uns von einander zu trennen, besonders wenn wir gerade mitten in einer Vorlesung oder in einem Concert waren. Oft gab der Concierge freilich noch eine Viertelstunde zu, und wir bezeugten dann ihm unsere besondere Erkenntlichkeit."

„Nachdem der Aufruf der Gefangenen vorüber war, konnten wir uns wieder in unseren Zimmern oder im Foyer versammeln. Die Männer und Frauen, welche Bekanntschaften in den andern Flügeln des Hauses hatten, erhielten die Erlaubniß, auch dort Besuche abzustatten. Zu diesem Ende gab der Concierge ihnen eine besondere Karte."

„Das Geld macht in der Welt Alles; im Gefängniß sowohl wie anderswo. Mit Geld konnte man sich eine Karte zu seinen Abendbesuchen verschaffen, mit Geld erhielt man ein bequemes, wohlgeheiztes Zimmer, mit Geld erhielt man die Erlaubniß, seine Freunde und seine Verwandten zu sehen. Die Sansculotten, welche kein Geld besaßen, waren selbstverständlich über diese Vorzüge, die die Habsucht dem Reichthum bewilligte, nicht wenig mißvergnügt."

„In einem Gefängnisse entgeht dem Auge des Beobachters weit weniger Etwas, wie anderswo. So entdeckte man bald unter den Gefangenen diejenigen, welche mit den Zuständen unserer Revolution nichts weniger wie zufrieden waren. Besonders am Abende beim Lesen der Abendzeitung war es, wo die Leute ihre wahre Gesinnung am meisten aussprachen. Bei der Nachricht eines neuen Sieges sah man Gesichter bleich werden, man vernahm erstickte

Seufzer, man hörte Manchen mit dem Fuße stampfen, man sah, wie die Nerven zuckten. Die Aristokratie ist und bleibt einmal unverbesserlich."

„Jeder Gefangene glaubte, daß er, da er nur unter der Rubrik „verdächtig" verhaftet war, so lange im Gefängniß bleibe, bis die Behörden ihn entlassen würden; bald aber überzeugte man sich, daß man sich darin geirrt habe. Am 18. März begann die Epoche, wo man die Gefangenen aus dem Gefängnisse führte, um das Schaffot zu besteigen. Mit diesem Tage wurde auch unser Gefängniß, das Vorzimmer der Conciergerie, das des Revolutionstribunals, und wir rechneten nur denjenigen Tag zu den glücklichen, wo man Niemanden zu holen kam."

„Wir hatten drei verschiedene Spaziergänge zur Benutzung. Den einen nannten wir die Promenade der Pallisaden — wir benutzten sie nur im September, den andern die Promenade des Klosters, den dritten die Promenade im Akaziahofe. Die Promenade des Klosters wurde uns gleich nach unserer Ankunft im Gefängniß zur Verfügung gestellt; als die Promenade der Pallisaden eröffnet wurde, begaben sich nur Wenige dorthin. Man sah dort nur die Wittwen, die Kinder und die Verwandten derer, welche hingerichtet waren. Sie überließen sich dort ungestört ihrem Schmerze, sie trösteten sich wechselseitig und benetzten die Erde mit ihren Thränen. Der Akaziahof hatte seinen Namen von einer großen und schönen Akazie, welche eine Rasenbank umgab. Auf dieser Rasenbank traf sich Alles, was noch heiter und fröhlich war. Man sah sich dort noch nach dem Appell; man genoß dort die Abendkühle; man blieb dort bis elf Uhr Abends. Diejenigen Gefangenen, welche die umliegenden Gebäude bewohnten, konnten sich dort auch die ganze Nacht aufhalten, denn der Hof wurde nicht verschlossen. Indessen ging Alles mit größtem Anstande zu; auch nicht eine Skandalgeschichte hat über den Aufenthalt in diesem Hofe circulirt."

„In dem Maße, wie die Zahl der Gefangenen zunahm, wurde auch der Pavillon im Akaziahofe hergerichtet, um sie dort unterzubringen. Das Lazareth für die Kranken war überall von guter Luft umgeben. Man hatte aus demselben die Aussicht auf den Boulevard der Invaliden. Wir hatten die Herrichtung dieses Gebäudes zum Lazareth nur dem edlen Dupontet zu verdanken. Dank dem Sorgen des Revolutionscomités, alle Gebäude waren immer mit Gefangenen angefüllt; in der ersten Zeit war der Concierge oft genöthigt, Gefangene abzuweisen, weil es zu voll war; und die Zahl der Schlachtopfer verminderte sich, trotz der Wagen, welche sie zum Schaffot führten, durchaus nicht."

Diesem interessanten Manuscript der Beschreibung eines Revolutionsgefängnisses ist ein Tagebuch beigefügt, dem ich einige interessante Stellen entnehme.

„30. Frimaire (März). Man hatte uns zu diesem Tage die Benutzung des Gartens versprochen, und man hielt uns Wort. Man übergab uns den Klosterhof zum Spazierengehen. Er hatte ehemals den Nonnen zum Friedhofe gedient. Vier große Eichen und einige zwanzig große Linden boten hinreichenden Schatten. 1. Nivose (April). Der Concierge kam und ging, von dem Greffier begleitet. Er gab Befehl, die großen Säle in bequemen Zustand zu setzen; man gab ihnen specielle Namen, um die Bezeichnung für die ankommenden Briefe und Packete zu erleichtern. 2. Mehrere Zimmer in den äußeren Gebäuden wurden in Bereitschaft gesetzt. Man ließ mehrere Gefangene dorthin bringen, wodurch es für diejenigen, welche in den großen Sälen sehr aneinander gedrängt waren, bequemer wurde. Die Familie Fougeret verschönerte unsern Salon, und verbreitete in demselben eine Fröhlichkeit, welche wir bis heute noch nicht gekannt hatten. 3. Am Morgen wurden wir durch einen Besuch Grandprés, Sekretär des Ministers des Innern, beehrt, der sich erkundigte, in welcher Art und Weise die Zimmer erwärmt würden. Er befahl Oefen in die großen Säle zu stellen, an den Stellen, wo in den Fenstern die Scheiben fehlten, andere Scheiben einzusetzen; schließlich gab er verschiedene Befehle, welche sich auf die größere Gesundheit in unseren Quartieren bezogen. Am Abend bekamen wir einen andern Besuch von einem Verwaltungsbeamten bei der Polizei Namens Friquet, der dieselben Anordnungen traf. Es machte uns Freude, daß so gut für uns gesorgt wurde, und als wir recht bei guter Laune waren, mußte uns der Sohn des Herrn Decrosne einige Couplets singen. Er entledigte sich seiner Aufgabe in einer äußerst lächerlichen Weise. 4. Eine traurige Begebenheit verdarb uns den ganzen Tag. Während die jungen Leute im Garten Kegel spielten, schnitt sich ein unglücklicher Gefangener, Namens Cany, früher Kammerdiener beim Marquis von Coigny, den Hals ab. Man bemerkte den Selbstmord erst eine Viertelstunde später. 5. Der unglückliche Cany starb erst heute, nachdem er 28 Stunden lang gelitten hatte. Die 27 Generalpächter wurden nach einem andern Detentionshause übergesetzt. Sie sagten Allen Lebewohl, belohnten den Concierge reichlich für seine Dienste und ließen 4000 Franken zurück, um davon Matratzen für das Lazareth anzuschaffen, und um arme Gefangene zu unterstützen; sie wurden allgemein bedauert. Am Abend erfuhren wir mit Vergnügen, daß der Bürger Boulard in Freiheit gesetzt worden sei. 6. Gott sei Dank, kein neuer Gefangener, aber ein schöner Abend im Salon, ein Abend voll Geist und Anmuth. Es wurden mehrere Lieder gesungen, die von Matras, Kaufmann in Lyon, gedichtet waren. 8. Dieser Tag kündigte sich wieder einmal recht schlimm an. Wir hörten, daß man der Bürgerin Debar, der Mutter, eine goldene, mit Dia=

manten besetzte Uhr gestohlen habe. Untersuchungen, um sie wieder zu erhalten, wurden nicht angestellt; aber man kündigte uns eine neue Hausordnung an, welche die Soupers im Salon Abends nicht mehr gestatten würde. 9. Während der Nacht wurden viele Gefangene ins Gefängniß gebracht, unter anderen die Bürger Chenilly de Cypiere, ehemaliger Intendant der Stadt Orleans, Vigée, der Verfasser der „falschen Coquette“, Jules Rohan und Chagrand, früherer Ritter vom heiligen Ludwig. 11. Am heutigen Tage brachte man die Familie Villiers de Montmartre ins Gefängniß, außerdem den Bürger Bussy und seine Tochter, die Bürgerin Mandat, Gemahlin des früheren Gardeoffiziers und Sohn des Mandat, der am 10. August getödtet wurde. Die Tochter Bussy's war noch nicht angeklagt; aber sie wollte lieber ihre Freiheit verlieren, als ihren Vater verlassen. Auch die Sombreuil wurden gebracht, Vater, Sohn und Tochter. Jeder weiß ja, wie das muthige Mädchen sich in den ersten Tagen des Dezember zwischen ihren Vater und eine Rotte von Meuchelmördern stürzte und ihn ihren Händen entriß. Wenn sie Abends im Saal erschien, richteten sich die Augen Aller auf sie und füllten sich mit Thränen. 17. Die Zahl der Bürgerinnen, welche das Gefängniß füllen, ist sehr groß und läßt besorgen, daß der Salon bald nicht mehr Raum haben wird, um sie alle Abends aufzunehmen. Es ist deshalb die Rede davon, aus demselben vier Zimmer zu machen, und man beschäftigt sich bereits mit den Dispositionen zu dem Umbau. Die Sache macht uns viel Sorge. Wo sollen wir uns dann weiter Abends versammeln? Der Eine schlägt das Refectorium, der Andere die Kirche vor. Wie dem auch sei, die Gesellschaft der Frauen wird täglich für uns von größerer Nothwendigkeit. Am Abend unterhielten wir uns recht gut. Der kleine Decrosne, ein Knabe von 14 Jahren, von einer Einfachheit ohne Gleichen, der morgen seinen Vater in ein anderes Arresthaus begleiten muß, wollte einige Couplets in der Form eines Abschiedes singen. Ein anderer Gefangener dichtete und componirte sie, und er sang sie sodann in Begleitung einer Violine. 26. Heute sind die Bürgerin de Vigny und ihr Sohn angekommen. Auch eine neue Pensionärin wird uns angekündigt, die Bürgerin Prevost, welche 91 Jahre alt ist. Der Besitz eines Vermögens von 100,000 Livres Rente hat sie in den Verdacht gerathen lassen, daß sie für die Gegenrevolution arbeite. Die Verhaftungen sind zahlreicher denn jemals. Man füllt la Force und Saint-Lazare mit Gefangenen an. Es wird mit Eifer ein neuer Spaziergang hergerichtet. Man versichert uns, daß wir in wenig Tagen von demselben Gebrauch machen können. Das wird die Grenze unserer Freiheit noch etwas weiter ausdehnen, ich will damit sagen, es wird uns etwas mehr Raum gegeben, unsere Beine zu bewegen. 1. Pluviose (Mai). Heute fiel ein recht unangenehmes Ereigniß im Salon vor. Man las das Abendjournal vor, wie gewöhnlich. Unter den Hingerichteten befand sich Herr und Frau von Charras. Als die Namen genannt wurden, fiel Labreteche in Ohnmacht. Niemand wußte, daß er der Sohn der Hingerichteten war. Man hatte viel Mühe, ihn wieder in's Leben zurückzurufen. 5. Gestern ist ein fataler Unfall vorgekommen. Der Bürger Thevenin de Tanley, ein Mann von 84 Jahren, hat am Ende eines finsteren Corridors einen schweren Fall gethan. Er hat sich schwer am Kopfe verwundet und ist ohne Bewußtsein. 6. Thevenin ist in Folge seiner Verwundung bereits gestorben. Unser Salon, der der Aufenhalt der Fröhlichkeit und des guten Humors war, hat sich in einen Salon der vornehmen Gesellschaft verwandelt. Die Frauen kleiden sich mit großer Sorgfalt; sie setzen sich um eine große Tafel; die Männer sehen sie an; das ist Alles. Die Freunde und die Bekannten aus ihren Kreisen flüstern ihnen in's Ohr, oder sagen ihnen Schmeicheleien. Alle haben nicht denselben Dünkel; ein kaltes „guten Tag", eine Neigung des Hauptes ist das einzige Zeichen von Aufmerksamkeit, welches sie demjenigen widmen, der an sie das Wort zu richten wagt. Der Salon hat lange nicht mehr die Anziehungskraft der ersten Tage. 8. Die Zahl der Gefangenen ist immer im Wachsen begriffen. Man wird bald genöthigt sein, sie zurückzuschicken. Heute hat man uns die Bürgerin Saint-Rémi de la Motte hergeschickt. Man hielt sie anfangs für die berüchtigte Lamotte von der Halsbandgeschichte. Aber man erinnerte sich ja, daß sie in England gestorben war. Es war nur ihre Schwester. 9. Immer noch mehr Gefangene! Die Namenliste würde zu lang werden, wenn ich sie aufführen wollte. Sonst ist heute nichts vorgegangen; Abends wurden 2 schöne Romanzen im Salon vorgetragen. 10. Unser neuer Concierge ist wenig mittheilsam; er beginnt damit, sein neues Reich zu inspiciren, und sucht seine armen Unterthanen kennen zu lernen. Er scheint mehr dazu geeignet, seinen Platz auszufüllen, wie sein Vorgänger. Er will, daß die Gefangenen wechselweise nach der Reihe die guten und bequemen Zimmer bewohnen. Jeder soll im Verhältniß zu seinen Einkünften bezahlen. Man hofft, daß es gut gehen wird mit dem neuen Gefängnißdirector. Seine Familie besteht aus einer Frau und zwei Töchtern, an denen nichts Besonderes ist, als daß sie rechtschaffen und höflich sind. 11 Mehrere Gefangene, welche schon lange im Hause sind und immer schlecht einquartiert waren, weil sie das Wohlwollen des früheren Concierge durch Geld und Assignaten nicht zu gewinnen gewußt hatten, haben bequemere und gesundere Zimmer erhalten. 12. Man sucht alle erdenklichen Mittel hervor, um den Frauen im Salon Abends eine angenehme Unterhaltung zu verschaffen. Man schlug Reimspiele vor, zu denen man die Endsylben gab. Die Endsylben waren sehr barock, und so traten nicht viel

Concurrenten auf. Der Advocat Lamalle gewann den Preis. Die Spielerei machte uns eine Zeitlang Vergnügen. Dann gaben die Frauen die Aufgaben und setzten Preise aus für diejenigen, welche die Aufgaben lösen würden. Es wird wirklich eine vollkommene Akademie daraus. 13. Die Bürgerin Debar, die jüngere, hat ihren Verehrern in der Abendsitzung unserer Akademie Reimspiele vorgeschlagen. Vigée, Laval, Montmorency, Coittant und Cheron begaben sich nach ihren Zimmern, um sie auf's Papier zu werfen. Jeder brachte darauf seine Arbeit, die dann vorgelesen wurde. Man hat diesen Abend die Bürgerin Lachateausière, welche in Isolirhaft gehalten wurde, aus ihrem Zimmer herausgelassen, um frische Luft zu schöpfen. Alle Umstehenden vergossen Thränen, als sie das unglückliche Opfer einer grausamen Denunciation erblickten. Sie zeigte uns das Bild ihrer Tochter, von Isabey gemalt, welches vortrefflich ausgeführt war. Sie hofft nur noch wenige Tage in der Isolirhaft zu bleiben und die Erlaubniß zu erhalten, ihre Tochter zu sich kommen zu lassen."

Der Leser vergleiche nun die Zustände in „la Bourbe", dem Revolutionsgefängniß zur Zeit Robespierre's, mit den Zuständen im Gefängniß Mazas, welches ich im folgenden Kapitel schildern werde, und er wird mir zugestehen müssen, daß meine Behauptung nicht übertrieben war: Zwischen den heutigen Gefängnissen für politische Verbrecher und den oft mit so düstern Farben geschilderten Gefängnissen jener schrecklichen Zeit gibt es keine Parallele.

Neuntes Kapitel.

Das Zellengefängniß Mazas.

Geschichte des Zellengefängnisses Mazas. La Force. Karl Blind. Innerer Anblick des Gefängnisses von der Rotunde aus. Die einzelnen Flügel. Die jährlichen Unterhaltungskosten. Die Nahrung der Gefangenen. Eine Parallele zwischen Mazas und dem Zellengefängnisse in Berlin. Strafen. Die Prügelstrafe. Die einzelnen Zellen. Ventilation. Das Leben eines Gefangenen in Mazas. Cavaignac, Charras, Bedeau, Changarnier. Die Spaziergänge und Spazierhöfe. Bibliothek. Lectüre. Das Tabakrauchen. Besuche. Arbeiten. Statistische Resultate in Mazas.

Auf einem der innern Boulevards, nahe bei dem Lyoner Eisenbahnhofe, erhebt sich ein großes und düsteres Gebäude hinter hohen Mauern, welche nur eine einzige Oeffnung haben, das eiserne Gitter eines gewölbten Thores. Das finstere und große Gebäude ist Mazas. Schon sein Anblick flößt Furcht ein. „Das ist Mazas," sagt der Vorübergehende, „wo die Gefangenen in einer barbarischen Weise eingesperrt werden, wo sie des Anblicks ihres Gleichen beraubt, wo sie begraben sind wie in einem Sarge. Man büßt dort die Gesundheit ein, man wird ein Narr, man geht elend zu Grunde, man stirbt dort in Verzweiflung. Glücklich Derjenige, der, gebrochen an Leib und Seele, wieder aus diesem Gefängniß kommt. Wie kann eine Regierung, aufgeklärt und human wie die französische, ein ähnliches Gefängniß bauen!"

Doch das sind Redensarten, Geschwätz, welches der Vorübergehende, der die dunklen Mauern sieht, in den Tag hinein spricht, ohne je das vergitterte Eingangsthor überschritten zu haben und ohne Mazas zu kennen. Der Leser wird sich davon überzeugen, wenn er mit mir Mazas besucht. Vorher einige Worte über die Geschichte dieses Gefängnisses, wo während und nach dem Staatsstreich im Dezember 1851 die Generale Cavaignac, Bedeau, Changarnier und Charras einige Tage gefangen gehalten wurden.

Mazas ist an die Stelle des bekannten Gefängnisses „la Force“ getreten, welches sich im Quartier St. Marcel befand, ich meine das neue Gefängniß „la Force“; das alte Gefängniß gleichen Namens stammt schon aus dem Jahre 1780 und befand sich in der Straße „des Königs von Sicilien“ im frühern Palaste des Herzogs von la Force, woher es den Namen hat. Das alte Gefängniß „la Force“ war zuerst Schuldgefängniß, dann wurde es ein Detentionshaus; das neue Gefängniß diente ebenfalls als Detentionshaus. Karl Blind brachte in demselben im Jahre 1849 drei Monate zu. Dem Bau von Mazas auf dem Boulevard Mazas, woher es seinen Namen erhalten hat, gingen weitläufige Unterhandlungen und Untersuchungen vorher. Schon im Jahre 1833 ging die französische Regierung mit dem Gedanken der Gründung eines großen Gefängnisses für Untersuchungsgefangene um, aber erst im Jahre 1840 beschloß der Generalrath des Seine-Departements, „daß das Gefängniß la Force durch ein Detentionshaus ersetzt werden solle, wo der Gefangene dem System der Einzelhaft unterworfen sei.“ Der Bau des Gefängnisses begann im Jahre 1841. Der Seinepräfect sandte zu dem Zweck, um die englischen Gefängnisse kennen zu lernen und besonders um in denselben die Anwendung der Einzelhaft zu studiren, einen seiner ersten und bedeutendsten Beamten nach London. Erst im Jahre 1849 wurde der Bau vollendet. Er hatte mit dem Ankauf des Bodens, welcher ungefähr drei Hectaren umfaßt, fünf Millionen Franken gekostet. In der Nacht vom 19. auf den 20. Mai

1850 wurden die Gefangenen, welche sich in „la Force“ befanden, nach Mazas hinüber geführt. Es waren ungefähr 700.

Trete der Leser nun mit mir in das Gefängniß. Es hat, wie gesagt, nur einen einzigen Eingang, befindet sich auf dem Boulevard Mazas und ist mit zwei Gitterthoren verschlossen. Das erste Gitterthor ist während des Tages geöffnet; während der Nacht sind beide Gitter verschlossen. Vor dem ersten steht ein militärischer Posten. Nachdem wir das zweite vergitterte Thor passirt haben, stehen wir in einem Hofe von viereckiger Gestalt. Im Hofe befindet sich links das Wachtlokal, rechts ist der Eingang zu dem Wartesaal für das Publikum, dem Eintretenden gerade gegenüber erhebt sich ein mehrstöckiges Gebäude, welches zur Wohnung der Beamten des Gefängnisses bestimmt ist, und wo sich außerdem zweiunddreißig Zellen für die Gefangenen, welche ihre Aufnahme im eigentlichen Gefängnisse erwarten, befinden. Im Hause wohnen der Director, der Greffier, der Arzt, die Brigadiers; außerdem befinden sich in demselben die Bureaux des Directors und des Greffiers. Der Anblick dieses Hofes mit den ihn einschließenden Gebäuden hat nichts Düsteres oder Gefängnißartiges. Grüne Jalousien und an dem Mittelgebäude hinaufgezogene Reben geben ihm sogar einen freundlichen Anstrich.

Im Bureau des Greffiers gab man mir einen Brigadier zur Begleitung. Mit ihm durchschritt ich den Flur, passirte dann ein zweites und ein drittes Gitter und stand dann plötzlich, einige Stufen hinaufsteigend, auf einem runden Platze, von dem ich auf einmal das ganze Gefängniß übersehen konnte. Der Anblick war überraschend. Sechs Flügel dehnten sich fächerförmig von diesem runden Platze aus. Jeder bestand aus einem Erdgeschoß und zwei

Stockwerken und enthielt 210 Zellen. Längs der beiden obern Stockwerke lief eine schwebende Eisengallerie entlang, auf welche sich die einzelnen Zellen öffneten. Jede Zelle trug eine Nummer, mit der die Bücher und Register des Hauses correspondirten. In jeder Thür befanden sich zwei Oeffnungen, eine größere und eine kleinere. Durch die größere, welche mit einer Klappe versehen war, wurde dem Gefangenen seine Nahrung und das Trinkwasser in die Zelle gereicht; durch die kleinere — ein rundes Loch — konnte er von Außen überwacht werden. Ueber jeder Thür befanden sich zwei Tafeln, auf denen der Name des Gefangenen, einige seine Person betreffende Notizen, seine Anwesenheit oder seine Abwesenheit verzeichnet waren. Von dem Platze, wo ich stand, konnte ich mit einem Blick das Alles übersehen, ich sah jede Zelle, jede Nummer; hätte das Auge so weit gereicht, so hätte ich durch sämmtliche in den Thüren befindliche Oeffnungen in sämmtliche Zellen blicken und jeden Gefangenen sehen können.

Mein Begleiter machte mich auf den Bau der sechs Flügel aufmerksam. „Sehen Sie," sagte er, „hier in der Mitte der Rotunde, auf der wir stehen, das Gebäude von Glas. Darin befinden sich die Sicherheits- und Aufsichtsbeamten des Gefängnisses, während sie den Dienst haben. Mit einem Blick kann jeder Beamter den Flügel, der seiner Aufsicht übergeben ist, überschauen. Sehen Sie nun in die Höhe. Die Säulen des Gebäudes tragen den Altar der Kapelle des Gefängnisses. Wenn der Priester dort oben vor dem Altar steht und sämmtliche Zellen geöffnet sind, kann jeder Gefangene aus seiner Zelle den Altar und den Priester erblicken. Sie sollen sich nachher aus den einzelnen Zellen, welche ich öffnen werde, wenn wir uns im ersten und zweiten Stock befinden, selbst überzeugen."

Ich blickte in die Höhe. Die Einrichtung war mir neu. Ich hatte sie noch in keinem Zellengefängniß gesehen. Man ersparte durch diesen außerordentlich künstlichen Bau eine besondere Kapelle und zugleich alle Einrichtungen, welche sonst in den Kapellen der Zellengefängnisse getroffen sind, um die Gefangenen auch während des Gottesdienstes von einander zu isoliren. Ich weiß nicht, ob ein anderes europäisches Zellengefängniß in ähnlicher Weise gebaut ist; ich wenigstens erinnere mich keines einzigen. Ich war, wie ich so mit einem Blick das großartige Gefängniß übersah, denn doch neugierig, wie hoch sich die Kosten seiner Unterhaltung jährlich belaufen mochten. „Wissen Sie, Brigadier," fragte ich meinen Begleiter, „wie hoch jährlich die Unterhaltungskosten von Mazas sind?"

„Das kann ich Ihnen genau sagen. Sie betragen jährlich 350—380,000 Franken. Ich rechne dann eine mittlere Zahl der Gefangenen von jährlich 1100. Die Unterhaltungskosten für jeden Gefangenen betragen jährlich 300 Franken. Das macht täglich 82 Centimes für den Einzelnen."

„Und welche Nahrung erhalten die Gefangenen, wie oft des Tages wird in Mazas gespeist?"

„Jeder Gefangene erhält täglich 750 Gramm Brod. Mit diesem Brod kann er sich für seine zwei Mahlzeiten täglich einrichten. Die eine findet des Morgens um acht Uhr statt und besteht aus einem halben Litre Fleischbrühe. Um drei Uhr findet das Mittagsessen statt. Es besteht aus einem Drittel Litre in Fleischbrühe gekochtem Gemüse. Zweimal die Woche gibt es Fleisch zu dem Gemüse, die jedesmalige Portion besteht aus 100 Gramm. Jeder Gefangene kann sich auch für sein Geld täglich etwas Wein und einige Eßwaaren selbst kaufen."

Ich dachte an das Zellengefängniß bei Berlin und an die dort den Gefangenen gegebene Kost. Ich zog im Geiste eine Parallele und wieder fiel diese Parallele zum Nachtheile jenes Gefängnisses aus. Es ging mir immer so in England und Frankreich, wenn ich die Parallele zwischen den heimischen und den englischen und französischen Zuständen zog. Gefängnisse, Irrenhäuser, Wohlthätigkeitsanstalten, Besserungshäuser! Immer war man in Deutschland zurück. Wer denkt im Zellengefängniß in Berlin daran, den Gefangenen zweimal wöchentlich Fleisch zu geben? Fünfmal im Jahre ist genug, an den hohen Festtagen und am Geburtstage des Königs. Und Fleischbrühe? Man ersetzt die Fleischbrühe durch Graupen- und Gemüsesuppen. Ich habe kein französisches und kein englisches Gefängniß gefunden, wo nicht wenigstens zweimal wöchentlich den Gefangenen Fleisch zur Mittagsmahlzeit gegeben wurde.

„Welche Strafen wenden Sie gegen Gefangene an, die sich der Hausordnung nicht fügen wollen?“ fragte ich den Beamten.

„Es kommt auf die Schwere des Vergehens an, dessen er sich schuldig macht.“

„Das versteht sich, das kann ich mir selbst sagen. Man schlägt Niemandem den Kopf ab, der es sich einfallen läßt, in seiner Zelle ein Lied zu singen oder ein Stückchen zu pfeifen.“

Der Brigadier lachte. „Gewiß nicht. Aber unsere Strafen bestehen in folgenden Stufen: Entziehung des täglichen Spazierganges, Entziehung der Arbeit, Entziehung des Bettes; fruchtet das Alles nicht, so erhält der Gefangene nur Wasser und Brod zur Nahrung. Die schwerste Strafe ist Einsperrung in die Strafzelle.“

„Und wie ist diese Strafzelle?“

„Sie ist dunkel, hat keinen Sitz, keinen Tisch und kein Bett; aber der Boden ist gedielt. Ich werde Ihnen die Zelle später zeigen.“

„Und das ist Alles? Gibt's keine andern Strafen?“

„Was könnte es noch für eine andere Strafe geben, mein Herr?“

„Nun, Stockprügel oder vielleicht Prügel mit einer Ruthe oder mit einer ledernen Knute, Brigadier?“

Ich werde nie das Gesicht vergessen, mit dem der Brigadier meine Frage beantwortete. Auf seinem Gesicht wechselte Verwunderung, Staunen, Entrüstung. „Stockprügel?“ sagte er, „Ruthenhiebe, Knutenhiebe? Mein Herr, Sie sind in Frankreich, nicht in Rußland.“

„Das weiß ich! Aber diese verschiedenen Arten von Hieben kommen auch in andern europäischen Ländern vor, als in Rußland.“

„Ja, in der Türkei; man hat mir gesagt, daß in der Türkei die Menschen auf die Fußsohlen geprügelt werden. Ich glaube, die Strafe heißt Bastonade. Sind Sie ein Türke?“

„Nein, ich bin weder ein Türke noch ein Russe.“

„Aber aus welchem Lande sind Sie denn, wenn Sie überhaupt aus Europa sind?“

„Ich bin ein Deutscher. Haben Sie von Berlin gehört?“

„Gewiß. Berlin ist die Stadt der Philosophen, der Gelehrten, der Intelligenz.“

„Nun, in dieser Stadt wohne ich. Und dort schlägt man die Gefangenen mit der Ruthe, mit dem Stock und mit der Knute.“

Der Mann meinte immer noch, ich erzählte ihm Märchen. Mein ganzer Ernst gehörte dazu, um ihm zu versichern, daß ich die Wahrheit spräche. Desto entrüsteter wurde er. Was würde er erst gesagt haben, wenn ich ihm von den zweitausend Stockprügeln erzählte, welche Baron von Seld herausgerechnet hat? Eine ganz ähnliche Scene hatte ich acht Tage früher mit einem Beamten des Gefängnisses la Roquette gehabt, wo die zur Deportation verurtheilten schweren Verbrecher aufbewahrt werden. Auch er war in dieselbe Entrüstung ausgebrochen, als ich ihn gefragt hatte, ob die Strafgefangenen geprügelt würden. Der Mann betrachtete mich wie einen Barbaren, dessen Vaterland hinter dem Pruth oder hinter der Wolga liege. Mit demselben verdächtigen Blick sah mich heute sein College in Mazas an. Franzosen haben selten viel geographische Kenntnisse. Vielleicht glaubt er noch heute, daß Berlin am Ufer des Pruth oder des Dnieper liegt.

Wir waren mit dem allgemeinen Ueberblick des Zellengefängnisses Mazas fertig. „Zeigen Sie mir nun die einzelnen Zellen," sagte ich zu dem Beamten.

Wir traten in eine Zelle des Erdgeschosses. Sie war leer. Der Raum derselben betrug nach meiner Schätzung ungefähr 20 Metres.

Durch das im ganzen Gefängnisse eingeführte System der Ventilation wurde sie unaufhörlich mit frischer Luft versorgt. Sie war durch ein Fenster erleuchtet, welches der Gefangene nach *Belieben öffnen konnte*; während der Nacht wurde sie von neun Uhr Abends an vermittelst Gas erleuchtet. Das Meublement bestand aus einem an der Mauer befestigten Tische, aus einem Stuhl, aus einer Hängematte, aus einigem Geschirr, Gabel und Löffel von Holz. An der Wand waren zwei Gestelle von Holz angebracht, um Geräthschaften darauf zu legen. In der Ecke stand ein Nachtstuhl. Ueber dem Tische war das Gefängnißreglement an der Mauer angeheftet, und in der andern Ecke war ein Mechanismus angebracht, vermittelst dessen der Gefangene zu jeder Zeit durch eine auf der Gallerie angebrachte Glocke mit den Beamten des Gefängnisses verkehren und dieselben herbeirufen konnte, falls er ihrer Hülfe benöthigt sein sollte. Im Winter werden die Zellen vermittelst Luftheizung erwärmt; dieselbe beginnt Mitte October und endigt Mitte März.

Ich setzte mich auf den Stuhl. Der Beamte nahm mir gegenüber auf dem Tische Platz. „Eine Zelle," sagte er, „ist ganz wie die andere. Wenn Sie eine Zelle gesehen haben, haben Sie alle Zellen gesehen."

„Und die Zellen, in denen die Generale Cavaignac, Bedeau, Charras, Changarnier nach dem Staatsstreiche eingesperrt wurden, sind sie gerade so eingerichtet wie diese, oder sind sie anders?"

„Gerade so; ich werde Sie nachher hinführen, wenn Sie wollen, mein Herr."

„Gewiß. Erzählen Sie mir nun, Brigadier, das Leben eines Gefangenen in Mazas vom Morgen bis zum Abend. Sie wissen, der Herr Präfect des Seine-Departements hat befohlen, daß ich auf das Genaueste unterrichtet werden soll."

„Ich weiß, ich habe es selbst auf dem Papier, was Sie dem Director vorzeigten, gelesen. Soll ich also von der Ankunft des Gefangenen in Mazas anfangen?"

„Von seiner Ankunft an, Brigadier."

„Die Aufnahme kann nur erfolgen, wenn sie durch einen richterlichen Befehl vorgeschrieben wird."

„Aber Cavaignac, Charras, Bedeau? Wo war da der richterliche Befehl?"

Der Brigadier beantwortete diese Frage nicht. Er fuhr in seiner, von mir unterbrochenen Erklärung weiter fort:

„In einem Zellenwagen, den Sie ja wohl gesehen haben, wird er aus der Polizeipräfectur hergeführt. Der Zellenwagen hält in dem ersten Hofe. Der Gefangene steigt aus und wird in eine der Aufnahmszellen geführt, welche Sie ja auch gesehen haben. Von dort wird er nach dem Innern des Hauses, nach einer von den Zellen, wo wir uns befinden, übergeführt. Vorher nimmt er ein Bad. Gefährliche Werkzeuge, wie Messer, Rasirmesser beispielsweise, muß er abliefern. Ebenso das Geld. Aber fünfzehn Franken werden ihm immer belassen. An demselben Tage noch erhält der Gefangene den Besuch des Directors und des Arztes. Es wird ihm Papier, Feder und Dinte gebracht. Ist er arm, so erhält er die Schreibmaterialien unentgeldlich. In der ersten Zeit empfängt der Gefangene, um ihm die Einsamkeit seiner Haft weniger drückend zu machen, täglich mehrmals die Besuche der Beamten. Will der Gefangene sich aber etwa nicht mit Lesen und Schreiben, sondern vielleicht mit Handarbeiten beschäftigen, so werden ihm die nöthigen Materialien dazu allenfalls unentgeldlich verschafft. Sie sehen, die Einsamkeit ist in Mazas nicht so schrecklich, als wie sie sich oberflächlich ansieht."

„Nun, und wie ist der Tag eingetheilt?"

„Um 7 Uhr Morgens wird aufgestanden. Der Gefangene kleidet sich an, rollt seine Hängematten auf und fegt seine Zelle aus. Das Frühstück kommt um 8 Uhr. Seine Zusammensetzung habe ich Ihnen schon beschrieben. Um 9½ Uhr wird spazieren gegangen. Der Spaziergang dauert mindestens eine Stunde."

„Und wo wird spazieren gegangen?"

„In einem fächerförmigen Hofe, wo die einzelnen Räume in spitzen Winkeln auf ein Centrum zulaufen, in dem sich ein Beamter auf einem hochgelegenen Punkte befindet, um die Gefangenen überblicken zu können. Kein Gefangener kann den andern sehen . . ."

Ich kannte diese fächerförmigen Spazierhöfe, wo die Bewegung zu einer Last und zur Langenweile wird, wo der Gefangene nichts sieht wie eine kahle Mauer. Also auch in dem sonst in seinem Gefängnißwesen so humanen Frankreich hatte sich dieser Spazierhof im Zellengefängniß eingebürgert. Ich war erstaunt und sprach mein Erstaunen dem Beamten aus.

„Nun," sagte er, „es ist freilich so. Aber wir machen Ausnahmen. Man weiß ja, wen man vor sich hat. Wir führen den Gefangenen auch anderswo spazieren, machen auch aus der einen Stunde zwei."

„Und erhält der Gefangene Bücher zum Lesen?"

„Soviel er will. Mazas hat eine vortreffliche Bibliothek. Sie besteht aus mehr als 4000 Bänden und enthält die französischen Classiker, Reisebeschreibungen, Romane, religiöse Schriften. Es sind auch englische Werke da, beispielsweise Werke von Walter Scott, Cooper, Dickens, Thackeray, Marryat, auch deutsche sogar. Bücher, welche viel gelesen werden, haben wir in mehreren Exemplaren, wie z. B. die Werke von Walter Scott, welche in vier Exemplaren vorhanden sind, oder das Magazin Pittoresque."

„Und muß der Gefangene sich zu einer bestimmten Stunde schlafen legen?"

„Nein, durchaus nicht. Vor sieben Uhr darf er sich nicht schlafen legen. Nach sieben Uhr steht es dagegen ganz in seinem Belieben, wann er zu Bett gehen will."

„Und kann der Gefangene rauchen?"

„Der Gebrauch des Tabaks ist allen Gefangenen ohne Beschränkung gestattet.“

Mazas, davon überzeugte ich mich bereits, zeichnete sich doch vor den deutschen Zellengefängnissen, welche ich gesehen hatte, vortheilhaft aus. Die Einsamkeit in der Zelle war freilich dieselbe wie überall, aber sie wurde durch einen wenigstens einstündigen Spaziergang, durch die Möglichkeit zu schreiben und zu lesen, welche dem Gefangenen in reichstem Maße gestattet wurde, durch viele Besuche unterbrochen. Eine große Annehmlichkeit für den Gefangenen bestand darin, daß er nicht gezwungen wurde, zu einer bestimmten Stunde sich schlafen zu legen. Auf dem Bette zu liegen, ohne schlafen zu können, gehört sogar für den freien und glücklichen Menschen nicht zu den Annehmlichkeiten des Lebens; um so drückender und unangenehmer wird aber die Nacht für den Gefangenen, welcher unglücklich ist und über sein Schicksal in bangem Zweifel lebt. Alle Sorgen, welche das Licht und die wechselvolle Thätigkeit des Tages von ihm ferngehalten hat, besuchen ihn, wenn ihn die schweigende Stille und das Dunkel der Nacht umgibt, und die trüben Gedanken umschleichen sein Lager wie Gespenster. Vergebens versucht der Schlaf sie zu verscheuchen, sie kommen immer wieder, sie drängen sich immer näher an ihn heran, und ihre Gestalten nehmen einen immer drohenderen Ausdruck an. Mazas kannte diese qualvollen Zustände zwischen Wachen und Schlafen nicht; der Gefangene konnte sie verscheuchen, indem er seinen Gedanken durch das Lesen eines interessanten Buches eine andere Richtung gab, oder indem er an seine Freunde schrieb oder deren Briefe las — oder seine Pfeife rauchte. Wer nicht selbst Gefangener in einer einsamen engen Zelle war, weiß gar nicht genug zu schätzen, welche Unterhaltung und welcher Trost in den blauen Dampfwölkchen einer

Cigarre enthalten ist. Die Hausordnung des Zellengefängnisses in Mazas gestattet dem Gefangenen diesen Trost und diese Unterhaltung in reichstem Maße, soviel und so oft er sie in Anspruch nehmen will — welcher Gefängnißdirector in Deutschland hat in seine Hausordnung einen ähnlichen Paragraphen aufgenommen? Der Gefangene in deutschen Zellengefängnissen kann nicht einmal das Fenster seines Kerkers öffnen; die Luft, welche ihm zuströmen soll, mißt für ihn sein Kerkermeister ab; um wie viel weniger könnte es ihm gestattet werden, die Luft seiner Zelle mit Cigarrenrauch oder Tabaksqualm zu füllen! Schon dieser Gedanke könnte einen deutschen Gefängnißdirector erschrecken. Auch in Betreff der Besuche, welche der Gefangene von seinen Freunden und Bekannten empfängt, herrscht in Mazas ein humanes Princip. Der Gefangene kann seine Freunde und Bekannten im Sprechzimmer zweimal jede Woche sehen, jeder Besuch darf eine Viertelstunde oder eine halbe Stunde dauern. „Wie ich Ihnen schon zu sagen die Ehre hatte", wiederholte mein Begleiter nochmals, „es kommt Alles auf den Fall an. Das Gesetz schreibt eine Viertelstunde oder eine halbe Stunde vor; aber wie oft wird aus dem halbstündigen Besuch ein Besuch, der eine oder mehrere Stunden dauert? Seinen Vertheidiger kann jeder Gefangene täglich so oft und so lange er will sprechen. Es ist dafür keine Beschränkung vorhanden."

Mazas ist ein Untersuchungsgefängniß und dient zur Aufbewahrung der Verbrecher, welche bereits abgeurtheilt sind und ihre Abführung nach dem Orte ihrer Strafe erwarten. Der Gefangene ist deßhalb nicht verpflichtet zu arbeiten. Ob er arbeiten will oder nicht, hängt lediglich von seinem Willen ab. In einer mit genauer Fachkenntniß verfaßten Schrift über das Zellengefängniß Mazas finde ich über die dortige Arbeitsthätigkeit Folgendes:

„Die Arbeit ist die nächste Consequenz der einsamen Isolirung des Gefangenen in einer Zelle; es hat sehr wenige Gefangene in Mazas gegeben, welche keine Beschäftigung wünschten. Ein Gesetz der provisorischen Regierung vom 24. März 1848 hatte die Arbeit in den Gefängnissen untersagt. Die Arbeit mußte deßhalb neuerdings durch ein Gesetz in den Gefängnissen gestattet werden. Dies geschah durch das Gesetz vom 9. Januar 1849. Im Jahre 1850 wurden zuerst Handwerkerwerkstätten in Mazas eingerichtet, ungefähr 100 Gefangene wurden mit dem Schuhmacherhandwerk oder mit der Schneiderei beschäftigt. Die Sache ging langsam; im Jahre 1859 war die Zahl der Gefangenen, welche als Künstler oder Handwerker beschäftigt wurden, erst auf 450 gestiegen, im Jahre 1860 waren es bereits 800. Sie erwarben monatlich 3300 Franken“ *).

In derselben Brochüre werden noch eine Menge sehr interessante Einzelheiten über das Zellengefängniß Mazas mitgetheilt, welche für den Leser von Interesse sein werden. Ausdrücklich möge indeß hier nochmals bemerkt werden, daß die Haft in Mazas höchst selten über ein Jahr dauert. Der allgemeine Gesundheitszustand ist in Mazas besser gewesen, als im Gefängniß la Force. Vom 20. Mai 1850 bis zum 20. Mai 1852 sind nur 52 Gefangene in Folge tödtlicher Krankheiten verstorben; etwas beträchtlicher war die Zahl der Todesfälle während der Jahre 1853 bis 1859. Noch besser hat sich der Gesundheitszustand in Betreff der ansteckenden Krankheiten herausgestellt. Es ist das eine natürliche Folge der Trennung der einzelnen Gefangenen von einander. Besonders interessant sind die Ziffern über die in Mazas aufgetretenen Geisteskrankheiten.

---

*) Mazas. Par Ch. Berriet-S. Prix. Paris 1860. Cosse et Marechal, libraires de la cour de cassation.

Die Fälle sind geringer als in den gemeinsamen Gefängnissen. Vom 30. Mai 1850 bis zum 24. Mai 1852 sind auf eine Zahl von 12,542 Gefangenen nur 9 Fälle von Geistesverwirrung vorgekommen, also ein Fall auf 1393 Personen. Seit dem Mai 1852 hat sich das Verhältniß noch geringer herausgestellt; denn vom 20. Mai 1852 bis zum 20. Mai 1860 sind nur 36 Fälle von Geisteskrankheiten vorgekommen, während die Zahl der in Mazas während dieser Zeit detinirten Gefangenen 60,766 betrug. Es kam also nur ein Fall auf 1687 Gefangene. Weit stärker war indeß die Ziffer der Selbstmorde. Sie betrug im Jahre 1850 3, 1851 8, 1852 5, 1853 9, 1854 5, 1855 6, 1856 3, 1857 1, 1858 4, 1859 9, 1860 0. In zehn Jahren betrug die Ziffer der Selbstmorde also 53. Da die Zahl der Selbstmorde sehr groß erschien, so wurde eine Commission niedergesetzt, um die Ursachen derselben zu untersuchen. Aus dem Berichte dieser Commission entnehme ich Folgendes:

„Das Gefängniß Mazas ist von Individuen bewohnt, welche entweder in Paris oder im Departement der Seine geboren, oder welche dorthin eingewandert sind und sich seit längerer oder kürzerer Zeit an die Sitten der Pariser Bevölkerung gewöhnt haben. Es scheint also nöthig, die Zahl der Selbstmorde im Seine-Departement mit der Zahl der Selbstmorde in Mazas zu vergleichen, um über die Erscheinung überhaupt urtheilen zu können. Die mittlere Zahl der im Seine-Departement vorgekommenen Selbstmorde beträgt in den Jahren 1846, 1847, 1848 — 568. Von diesen 568 Selbstmördern haben 426 dem männlichen Geschlecht angehört. Die Total-Bevölkerung des Seine-Departements betrug nach den Zählungen von 1836, 1841, 1846 die Zahl von 1,222,142 Personen. Zieht man von dieser Ziffer die Kinder unter zehn Jahren ab, welche sich doch nicht selbst umbringen, so bleiben 1,050,000 Personen übrig. Die Gefangenen in Mazas sind nur männlichen Geschlechts; man kann also bei der Bevölkerung des Seine-Departements selbstverständlich nur die Männer in Anschlag bringen. Wir wollen also eine runde Summe von 550,000 Individuen als die männliche Bevölkerung des Seine-Departements annehmen. Wenn also in den Jahren 1846—1848 426 Selbstmorde unter der männlichen Bevölkerung des Seine-Departements vorgekommen sind, so giebt das die Zahl von 1 auf 1291 Einwohner. Die Zahl der in Mazas stattgehabten Selbstmorde betrug jährlich 1 auf 1050 Individuen; also hat die Ziffer, wenn man sie mit den im Seine-Departement vorkommenden Selbstmorden vergleicht, nichts Anomales. Dies ist um so weniger der Fall, wenn man in Betracht zieht, wie sich im Gefängnisse Gewissensbisse, Kummer, Sorge, Reue, Schmerz in einem weit stärkeren Maaße häufen, als in jeder andern menschlichen Gesellschaft, daß also die Ursache zum Selbstmorde dort auch weit eher eintreten muß, als anderswo. Uebrigens ist seit dem 29. September 1859 bis August 1860 in Mazas gar kein Selbstmord vorgekommen."

Die schon erwähnte Schrift zählt dann eine Reihe von Vortheilen auf, welche das Zellengefängniß Mazas vor andern gemeinsamen Gefängnissen haben soll. „Zuerst", heißt es dort, „will ich von der Disciplin und der Sicherheit im Hause sprechen. Unruhen oder gar Revolten sind schwer möglich, ebensowenig Entweichungen. Seit der Einrichtung von Mazas ist nur ein Fluchtversuch vorgekommen, der indeß nicht gelang. Sodann kommt der Gefangene nicht in Berührung mit Subjecten, welche später, wenn er in Freiheit gesetzt ist, oder vielleicht nur eine kurze Freiheitsstrafe zu erdulden gehabt hat, die Erinnerung an seine Gefangenschaft gegen ihn ausbeuten können. Von einem Gefangenen später, wenn man sich wieder in der Freiheit befindet, erkannt zu werden und sich seinem Edelmuth überlassen zu müssen, ob er diese Wiedererkennung benutzen oder darüber schweigen will, ist nichts weniger als angenehm. In Mazas ist man derartigen Unannehmlichkeiten nicht ausgesetzt. Sodann erleichtert die einsame Gefangenschaft die Arbeit des Untersuchungsrichters bedeutend. Jeder, der mit der Führung von Criminaluntersuchungen beschäftigt gewesen ist, weiß, wie groß die Einwirkung der übrigen Gefangenen in Ertheilung von Rathschlägen und Kniffen, um die Wahrheit zu verdunkeln, ist. Auch die Tröstungen der Religion sind dem Gefangenen im Isolirgefängniß leichter zugänglich als im gemeinsamen Gefängniß. Die geistige Ansteckung und die moralische Verderbniß der Gefangenen unter sich ist ebenso wenig möglich wie die Ansteckung durch körperliche Krankheiten."

Es ist nicht zu leugnen, daß alles dies Vortheile sind, welche Mazas allerdings vor andern Gefängnissen, in denen die Haft eine gemeinsame ist, in Anspruch nehmen kann. Diese Vortheile sind aber nur in Anschlag zu bringen, wenn die Einzelhaft nicht länger dauert, als wie sie in Mazas zu dauern pflegt, und welche in ebenso große Nachtheile für den Gefangenen umschlagen, wenn die Einzelhaft 3, 5, 10 Jahre und noch länger dauert, wie es in deutschen Isolirgefängnissen leider der Brauch ist. Dann wird die Einzelhaft eine Qual für den Geist und ein Uebel für den Körper des Gefangenen.

Bevor ich das Gefängniß verließ, führte mich mein Begleiter noch in die Zellen, in denen die Generale Cavaignac, Bedeau, Changarnier und Charras während des Staatsstreiches gefangen gehalten wurden. Die Zellen unterschieden sich von den andern Zellen durch nichts, und mein Begleiter versicherte mir, daß dieselben damals gerade in derselben Weise eingerichtet gewesen seien, wie heute, wo ich sie besichtigte. Bekanntlich beruhte das Gelingen des Staatsstreiches größtentheils auf der Gefangenhaltung dieser Männer, welche, an der Spitze großer militärischer Commando's stehend, dem Aufstande eine gewaltige Unterstützung zugeführt haben würden.

Zehntes Kapitel.

Das Irrenhaus in Charenton.

Ein Ueberblick über das Irrenhaus in Charenton und seine Verwaltung. Die verschiedenen Klassen der Irren. Die Unterhaltungs- und Verpflegungskosten eines Irren. Ein Gang durch das Irrenhaus. Die Höfe. Lesezimmer. Billardzimmer. Gesellschaftssäle. Concerte. Bälle. Die Höfe der Tobsüchtigen. Zwangsstühle und Zwangsjacken.

Das Irrenhaus in dem Dorfe Charenton bei Paris nimmt unter den europäischen Irrenhäusern wohl einen ersten Platz ein. Es ist Staatsanstalt, und als solche als Musteranstalt für alle französischen Irrenhäuser eingerichtet. Die Kosten der neuen Einrichtung, welche im Jahre 1847 stattfand, betrugen nicht weniger als drei Millionen Frcs. Alle Verhältnisse in den Räumlichkeiten, in der Ausstattung derselben, in der Verpflegung und ärztlichen Behandlung der Kranken sind diesem enormen Kostenaufwande gemäß. Die Lage ist so vortheilhaft, wie sie für Gemüthskranke nur gewünscht werden kann. Auf einem Plateau von der Höhe von mehreren hundert Fuß belegen, werden die Gebäude durch die Baumgruppen des Vincenner Waldes vor den Nordwinden geschützt, während die Aussicht nach Süden sich auf die weiten und lachenden Thäler der Marne und der Seine öffnet und wundervolle Perspectiven bietet. Zahlreiche Gebäude, sämmtlich mit von Galerien eingefaßten Höfen versehen, machen es möglich, die Kranken nach den Graden ihres Irrsinns von einander zu trennen und ihnen die verschiedenste Behandlung zu Theil werden zu lassen. Die in allen Höfen angebrachten Springbrunnen versehen die Gebäude und sämmtliche Stockwerke und

Räumlichkeiten in Ueberfluß mit frischem fließenden Wasser. Die Säle, Schlafzimmer, Galerien, Höfe, Gänge werden mit Gas erleuchtet. Die Erwärmung geschieht mittelst warmen Wassers durch zahlreiche Röhren. Die Frauen bewohnen die Gebäude des rechten Flügels, während die Männer in den Sälen, Zimmern und Gängen des linken Flügels untergebracht sind. Weite Gärten und zwei Gehölze mit dichten, schönen Baumgruppen werden von den Kranken zu Spaziergängen benutzt, wenn sie sich nicht in ihren Zimmern, in den gemeinsamen Sälen oder in den offenen Galerien der Höfe aufhalten wollen.

Das Haus steht unter der Oberaufsicht des Ministers des Innern und wird von einem Director verwaltet, der vom Minister ernannt wird, und dem eine Commission mit berathender Stimme zur Seite steht. Die Mitglieder derselben werden ebenfalls vom Minister des Innern ernannt, verwalten ihre Aemter indeß unentgeltlich. Der Director hat dem Minister alle Jahre über die Verwaltung des Hauses in allen ihren Zweigen Bericht abzustatten, ebenso wie er das jährliche Budget des Hauses, wie es aus den Berathungen der Commission auf seine Vorschläge hervorgegangen ist, zum Beginne jedes laufenden Jahres vorzulegen hat. Durch diese Zusammensetzung der Verwaltung wird jede Spekulation von der Finanzverwaltung des Hauses ferngehalten. Die medicinische Verwaltung wird durch einen Oberarzt dirigirt, der im Hause selbst wohnt und vier andere Aerzte zur Seite hat. Außerdem sind zwei Chirurgen in der medicinischen Verwaltung angestellt. Eine Apotheke befindet sich im Hause. Zwei ärztliche Visiten werden täglich regelmäßig bei allen Kranken von dem Oberarzte gemacht, Morgens und Abends zur Zeit des Diners. Der Morgenbesuch ist der Hauptbesuch. Der Oberarzt wird dann von sämmtlichen Aerzten der Anstalt begleitet; am Abend übernimmt einer der übrigen Aerzte, in Begleitung eines Beamten des Hauses, die ärztlichen Obliegenheiten.

Das Irrenhaus in Charenton ist keine Wohlthätigkeitsanstalt, wie das Irrenhaus Bethlehem in London. Jeder der in Charenton aufgenommenen Kranken bezahlt für Wohnung, Verpflegung und ärztliche Behandlung eine bestimmte Pension, welche von verschiedener Höhe, je nach der Klasse ist, in welche der Kranke aufgenommen zu werden wünscht. In der ersten Klasse beträgt dieselbe die Summe von 1500 Francs, in der zweiten Klasse 1200 Francs, in der dritten Klasse 900 Francs. Für einen Diener, welcher ein besonderes Zimmer erhält, werden 800 Francs jährliche Pension bezahlt. Wenn man betrachtet, was seitens der Verwaltung für diese Summen geleistet wird, so muß man sagen, daß die Pensionssumme eine sehr geringe ist. In derselben sind außer der vollständigen Ernährung, Verpflegung, ärztlichen Behandlung, Wohnung der Kranken, auch Wäsche, Leinenzeug, Erleuchtung, Erwärmung der Zimmer, sogar alle kleinen Bedürfnisse der Toilette, Tinte, Federn, Papier, Bleistifte mit inbegriffen. Der Unterschied zwischen den verschiedenen Klassen besteht nur in der Zahl der Zimmer, welche der Kranke bewohnt und in der Auswahl und Zahl der Schüsseln, welche das Mittagessen bilden. Während das Mittagessen der Kranken der dritten Klasse vollkommen hinreichend und gesund ist, findet ein größerer Wechsel in den Schüsseln bei den Diners der Kranken der zweiten Klasse statt. Den Pensionären erster Klasse wird dagegen das Diner am Tische der Verwaltungsbeamten servirt, wo einer der obern Verwaltungsbeamten den Vorsitz führt. Zweimal nehmen die Pensionäre der zweiten Klasse an diesem gemeinschaftlichen Diner Theil; ausnahmsweise werden auch Kranke der dritten Klasse zugezogen, während sie gewöhnlich unter sich zu Mittag speisen. Außer der Vergünstigung im Betreff des

Mittagsessens hat der Kranke, welcher in der ersten Klasse des Hauses Aufnahme gefunden hat, zwei Zimmer, ein Wohnzimmer und ein Schlafzimmer zu seiner Disposition.

Ich entnehme diesen kurzen Abriß der Verwaltung des berühmten Irrenhauses, den Mittheilungen des Beamten, der mich in demselben umherführte. Die Besichtigung des Hauses ist sonst für den Fremden, welcher nicht an demselben ein specielles ärztliches Interesse hat, mit manchen Schwierigkeiten verknüpft. Die Verwaltung geht von dem ganz richtigen Gesichtspunkte aus, daß derartige Besuche, welche am Ende kein anderes Motiv, als die Neugierde haben, die Kranken nur stören. Meine Zulassung erfolgte erst auf eine besondere Verfügung der medicinischen Oberaufsichtsbehörde für das Seine-Departement, und selbst dieser Verfügung gegenüber wurden mir seitens der Direction anfänglich noch formelle Schwierigkeiten gemacht. Es war ein warmer, sonnenheller Tag zu Anfang des November, als ich auf der Eisenbahn nach dem hübschen, reinlichen Dorfe Charenton, welches durch die Menge Landhäuser reicher Pariser Rentiers, welche hier den Sommer zubringen, einen ziemlich städtischen Charakter hat, hinausfuhr. Von dem Lyoner Eisenbahnhofe erreichte man das Dorf in zehn Minuten, während ein recht hübscher Weg durch das Vincenner Gehölz den Fußgänger in einer guten Stunde hinführt. Das Irrenhaus lag am östlichen Ende des Dorfes, vollkommen getrennt von den anderen Häusergruppen. Ueber dem großen Eingangsthore wehte die französische Fahne. Durch dasselbe trat ich in einen weiten von Ställen und Wirthschaftsgebäuden umgebenen Hofraum, durch den der Weg zu dem mit Rasen bedeckten Plateau führte, auf dem sich mir gegenüber die lange Reihe der Gebäude erhob, welche in ihrer Vereinigung das Irrenhaus bilden. Sie liegen sämmtlich in einer Linie, indem sie ihre Fronten der lachenden Aussicht in das Seinethal zukehren, und sich mit dem Rücken an die Gärten und Bosquets lehnen, welche den Kranken zu ihren Spaziergängen dienen. Ein von eisernen Stäben gebildetes Thor führte oben in den inneren Hof der Anstalt. An zwei Seiten von Arkadenreihen umgeben, der mittlere Raum mit Blumenbeeten, Rasenplätzen und Springbrunnen ausgefüllt, mit der Aussicht auf eine neue, grüne Hügelreihe, bot er einen überraschend freundlichen Anblick. Hätte ich nicht gewußt, wo ich war, ich hätte glauben können, mich in dem innern Hofe eines großen in italienischer Manier gebauten Landhauses zu befinden. Ein Beamter der Anstalt, welcher gerade über den Hof ging, führte mich zu dem ersten Secretär, da der Director zufällig abwesend war. Selbst meiner amtlichen Verfügung gegenüber erhob er eine Reihe formeller Schwierigkeiten, welche zu besiegen mir manches Wort kostete. Endlich nach vielem Hin- und Herreden, gelangte ich an das Ziel meiner Wünsche. Er klingelte. Derselbe Beamte, der mir im Hofe begegnet war, trat ein und erhielt den Auftrag, mich in allen Räumen des Hauses umherzuführen, und mich ganz nach meinen Wünschen über alle Functionen der finanziellen und medicinischen Verwaltung zu unterrichten. Ich verdanke den obigen kurzen Abriß derselben, wie gesagt, den Mittheilungen meines Begleiters, der übrigens ziemlich schweigsamer Natur war, so daß ich ihm ein Stück seines Wissens nach dem andern immer erst ordentlich abfragen mußte.

Da gingen wir denn nacheinander durch die lange Reihe von Gebäuden und Höfen, welche den linken Flügel des Irrenhauses bilden, und die von den männlichen Kranken bewohnt werden. Fünf mehrstöckige Gebäude erheben sich hintereinander, alle ihre Fronte der weiten Aussicht in das Thal zukehrend.

Jedes Haus ist von dem andern durch einen von bedeckten Säulengängen umgebenen weiten Hofraum getrennt.

Der innere Raum jedes Hofes ist mit Rosen und Blumen geschmückt, in deren Mitte Wasser aus zierlichen Springbrunnen in große Wasserbecken rauschen, von breitästigen Ulmen beschattet. Jeder Hof bietet dieselbe schöne Aussicht über die Baumgruppen, Wiesen, Dörfer und ländlichen Gehöfte des Seinethales, am Horizont durch die im violetten Dufte gefärbten Höhenzüge des Bourbonnais abgeschlossen.

Ein leichtes, eisernes Gitter, nur bis zur Hälfte eines gewöhnlichen Balcons aufgeführt, trennt den Kranken von dieser reichen pittoresken Scenerie; ungehindert schweift sein unstetes Auge darüber hin; er hört die Wasser rauschen, er hört den Wind im Laube der Ulmen flüstern, und der Duft der Blumen und des Rasens umweht seine Stirn.

In diesen in Gärten verwandelten Höfen empfindet er keine Trennung von der äußern, ihn umgebenden Welt, welche er viele Meilen weit fortwährend mit seinen Blicken überschauen kann. Die Kranken können sich vom Morgen bis zum Abend in den Höfen aufhalten. Die bedeckten Arcaden schützen sie vor dem Regen und vor dem Witterungswechsel. Alle Thüren, welche in die Säle und in die Gesellschaftszimmer, sowie in die Schlafräume führen, sind geöffnet. Den Kranken, welche zu einer bestimmten Abtheilung gehören, ist jeder freier Verkehr unter sich und in den die Abtheilung umfassenden Räumen gestattet. Man geht in Charenton von dem auch in England in den Irrenhäusern maßgebenden, einzig und allein richtigen Princip aus, den Kranken von der Außenwelt so wenig wie möglich zu trennen, und ihm den Verkehr im Innern des Hauses so sehr zu erweitern, wie sein Gemüthszustand es irgend gebietet, auch alle Embleme und äußeren Zeichen einer Gefangenschaft seinem Auge fernzuhalten.

Die Gitter vor den Fenstern sind natürlich nicht zu entbehren, aber sie waren auch hier, wie im Irrenhause Bethlehem in London, soweit wie möglich durch Blumen und durch die Draperie der Fenster verborgen. Jede Abtheilung in Charenton hat denn auch ihre Billardzimmer, ihre Lesesäle, ihre Musikzimmer und ihre gemeinsamen gesellschaftlichen Räume, in denen die Kranken sich mit Lektüre, mit schriftlichen Arbeiten, in der Conversation unter sich oder mit dem Spiele unterhalten.

Da saßen sie, mit einander plaudernd, Domino und Schach spielend, lesend, in Bilderwerken und Folianten blätternd, oder eifrig schreibend, als wenn es gelte, alle Schätze des Wissens auf dem Papiere zusammenzukratzen. Wenn der unstäte, irre Blick des Auges nicht zuweilen ihren Gemüthszustand verrathen hätte, man hätte glauben können, sich in den reich und geschmackvoll ausgestatteten Sälen eines großen Casinos zu befinden. Die Schlafzimmer, Speisesäle, die Wohnzimmer waren hoch, luftig, geschmackvoll decorirt. Ueberall verband sich die äußerste Sauberkeit mit Bequemlichkeit und Comfort. Jedes Bett in den gemeinschaftlichen Schlafsälen, welche indeß höchstens ein halbes Dutzend Lagerstätten umfaßten, war mit weißen Gardinen abgeschlossen. Besonders bequem und comfortabel waren die Privatzimmer der Kranken, welche die Pension erster Klasse bezahlten. Das Schlafzimmer schloß sich hier dem Wohnzimmer an; das Bedientenzimmer bildete den Eingang in das Schlafzimmer.

Als wir mehrere Abtheilungen durchwandert hatten, führte mich mein Begleiter in die für alle Kranken gemeinschaftlichen Gesellschaftssäle. Sie bestanden aus einem Ballsaale, einem Concertsaal und mehreren Conversations- und Spielzimmern. Geschmackvoll, sogar reich eingerichtet, hätten sie jedem Casino in einer großen Stadt als Zierde dienen können. „Werden diese Gesellschaftssäle oft benutzt?" fragte ich meinen schweigsamen Begleiter.

„Alle Donnerstag und Sonntag Abend," sagte er.

„Wie, regelmäßig wird hier zweimal die Woche getanzt, musicirt, conversirt —?“

„Regelmäßig; Donnerstag und Sonntag Abend. Die Administration gibt an diesen Abenden regelmäßig Soiréen, zu denen auch Gäste aus der Stadt geladen werden. Wenn Sie wollen, können Sie am Sonntag Abend mit einer von den Damen, welche auf dem andern Flügel des Hauses wohnen, hier einen Walzer oder einen Contretanz tanzen.“

„Und wozu dient das erhöhte Orchester im Musikzimmer?“

„Nun,“ erwiderte er, wie es schien, etwas erstaunt, „dort hat die Kapelle ihren Platz, welche an den Abenden, wo musikalische Aufführungen stattfinden, hier Concerte aufführen. Oder es sitzen dort die Sänger und Sängerinnen. Es haben hier bedeutende Künstler aus Paris sich hören lassen.“

Meine Verwunderung würde meinem Begleiter erklärlich gewesen sein, wenn er, wie ich, das Irrenhaus in Berlin besucht hätte. Ich erinnerte mich gerade an meinen dortigen Besuch, als ich diese prächtigen Gesellschaftssäle sah. Ich dachte an das dortige ärmliche Musikzimmer, einen beschränkten Raum, in dem ein Flügel, aber auch weiter kein einziges Stück Mobiliar befindlich war. Ich dachte an die armen Kranken, welche sich in gemeinschaftlichen Sälen, deren Mobiliar aus Holzbänken und hölzernen Stühlen besteht, aufhalten müssen, und diese Säle nur auf drei Stunden des Tages verlassen dürfen, um sich in einem ärmlichen Garten zu ergehen; ich dachte an die blau- und weißgestreifte Gefangenenkleidung, welche sie trugen, an die militärische Stellung und Haltung, welche sie längs den Wänden einnahmen, wenn der Oberarzt zur Visite erschien. Die Principien, welche in Charenton maßgebend waren, sind im Berliner Irrenhause gerade auf den Kopf gestellt. Gefangenhaltung und Trennung von der äußern

Welt scheint dort die Parole der Verwaltung zu sein, während hier die fortwährende Berührung mit der Außenwelt als ein specifisches Mittel der Heilung betrachtet wird. Aber diese Umdrehung aller in englischen und französischen Irrenhäusern angenommenen Principien geht in Berlin nicht von der medicinischen Verwaltung aus; nein, sie wird der medicinischen Verwaltung von der Administration octroyirt, weil die Administration kein Geld hat, und Alles auf den billigsten Fuß einrichten muß. Und das Berliner Irrenhaus ist auch eine Staatsanstalt. Als Musteranstalt wird es schwerlich jemals vor dem Urtheil eines tüchtigen Irrenarztes figuriren können.

Wie war hier von der Verwaltung darauf Bedacht genommen, dem Kranken die Trennung von der äußern ihn umgebenden Welt so wenig wie möglich fühlbar zu machen! Nur das Thor des Hauses trennte ihn von der Welt, welche jenseits der Störung seiner geistigen Fähigkeiten ihm in lichten Momenten wie ein buntes Zauberbild vor den Augen der Seele erschien. Aber er konnte aus den Fenstern seines Zimmers, aus den offenen Hallen der Höfe die Bilder jener Welt mit dem Blicke überfliegen; seine Lebensgewohnheiten, seine Lieblingsbeschäftigungen, seine geistigen Genüsse, seine gesellschaftlichen Verbindungen hatten die Mauern des Irrenhauses von Charenton nicht unterbrochen. Sie hatten mit dem Kranken ihren Einzug durch das vergitterte Thor in diese Säle und in diese in reizende Gärten umgeschaffenen Höfe gehalten. Der einzige Unterschied lag darin, daß sie hier in kleinere Kreise gebannt waren. Er athmete den Duft der Blumen, er hörte das Flüstern des Windes im Laub der breiten Ulmenkronen, welche den frischen Rasen beschatten; dieselben fröhlichen Melodien des Walzers und des Contretanzes, nach denen er ehemals im Salon seines Hauses in der Richelieustraße getanzt hatte, luden auch hier ihn zum Tanze ein; er sieht dieselbe Gesellschaft, in deren Kreise er früher so manchen Abend zugebracht hat; man plaudert, man spielt, man musicirt, man macht Promenaden zu Fuß und zu Wagen in die Umgegend, nichts wird unterlassen, um ihn unaufhörlich zu beschäftigen, zu zerstreuen und zu unterhalten. Er besitzt ein Stück Land im Garten, auf dem er seine Lieblingsblume zieht; eine reiche Bibliothek bietet ihm alle Schätze des Geistes, wenn er sich nach seinen Ausflügen in die Umgegend mit dem Studium der Wissenschaften beschäftigen will. Er liest die Tagesblätter, ganz wie ehemals; er interessirt sich für ein bestimmtes wissenschaftliches Journal, welches bis jetzt im Zeitungskatalog des Hauses fehlt; die Verwaltung gibt sofort Auftrag, auf dies Journal zu abonniren. Er hat sich früher viel mit Musik beschäftigt. Er versäumte keine neue Oper. Auch diesen Genuß findet er hier wieder. Die Verwaltung hat einen tüchtigen Musiklehrer angestellt, welcher ihm alle Tage auf dem vortrefflichen Erard'schen Flügel im Musiksaale des Hauses die Stücke der neuen Oper vorführt, welche in Paris allabendlich den Saal des italienischen Theaters füllt, und am Sonntag oder am Donnerstag hört er die Ouvertüre, die Märsche, die Tänze der Oper von einem vollständig besetzten Orchester.

Aber je weiter ich mit meinem Begleiter durch die Höfe, Hallen und Säle ging, desto finsterer und düsterer wurde der Typus der Kranken, welche sich in denselben aufhielten. Stufenweise schritten wir hier durch die Nacht des Geistes. Die Gesichtszüge wurden finsterer, der Blick des Auges wurde unstäter und wilder, die Töne der Sprache wurden lauter und nahmen eine herbere Färbung an. Die Violine des armen Kranken, auf deren Saiten im ersten Hofe eine klagende Melodie erklang, vibrirte im dritten Hofe in herben, schmerzlichen Lauten. Während wir anfänglich unbelästigt durch die Reihen der Kranken gingen, welche meinen Gruß in gewöhnlicher Weise erwiderten, drängten sie sich später an uns heran, fragend, schreiend und mit heftigen Geberden gesticulirend, oder sie lagen, ganz theilnahmslos, auf den Sesseln und Stühlen, aus weitgeöffnetem Auge ins Leere starrend. Die äußere Umgebung blieb immer dieselbe. Dieselben Säulenhallen, dieselben Höfe mit den plätschernden Brunnen und den rauschenden Ulmenkronen, derselbe weite Blick auf die blühende, reiche Ebene und auf die in violetten Duft getauchten Höhenzüge der Auvergne, dieselben Säle und bequemen Wohnzimmer. Und wieder betraten wir neue Höfe, Gänge und Säle. Sie nahmen die letzte Stufe in der Nacht des Geistes ein, welche mit ihren schwarzen Fittigen hier ihr schreckliches Lager aufgeschlagen hatte. Finstern Blickes lehnte ein Chasseur-Capitän an einer Säule. Er hatte mit der rothen Militärmütze seinen Kopf bedeckt, der Mantel, den er im Felde getragen hatte, umhüllte auch hier seine Schultern; aber unter dem Mantel steckten seine Arme in der Zwangsjacke.

Schreiend und tobend drängte sich ein alter Mann mit fliegenden weißen Haaren zu uns heran, seine augenblickliche Entlassung aus diesem „verfluchten Gefängniß" fordernd, und mit der Rache seiner Armee drohend, welche sich zu seiner Befreiung bereits in Marsch gesetzt habe. In den beweglichsten Worten flehte ein Mann in den dreißiger Jahren, ihn seiner Frau zurückzugeben. Dann fiel er vor meinem Begleiter nieder, umarmte seine Knie, und wiederholte unter Thränen seine Bitte. Der Arme! Seine geliebte Frau lebte nur noch in der Nacht seines Geistes. Sie war vor zwei Monaten gestorben. Ihr Tod hatte ihn wahnsinnig gemacht. Nur mit Mühe konnten wir uns von ihm befreien. Die Aufregung schien in dem Hofe der Tobsüchtigen zu wachsen, je länger unsere Anwesenheit dauerte. Das Geschrei wurde wilder, die Geberden wurden drohender. Die Kranken, welche bis dahin theilnahmlos auf ihren Stühlen verharrt hatten, standen auf, und drängten tobend und rasend zu uns heran. Mein Begleiter bat mich, mich jetzt mit ihm zu entfernen. Nur mit Mühe erreichten wir die Thüre, welche sich hinter uns schloß.

Mein Besuch im Irrenhause zu Charenton war zu Ende. Auffallend war mir, daß bei diesem Reichthum der Einrichtung, bei der nichts gespart war, was auf das Wohlbefinden und die Heilung der Kranken von Einfluß sein konnte, in der Abtheilung für die Tobsüchtigen die gepolsterte Zelle, wie ich sie in englischen Irrenhäusern gefunden hatte, fehlte. Um die Tobsüchtigen vor weiteren Ausschreitungen und Excessen zurückzuhalten, wurden Zwangsstühle und Zwangsjacken angewendet. Ich fragte meinen Begleiter nach dem Grunde dieser mir auffallenden Erscheinung. Aber zu wiederholtenmalen umging er meine Frage. Wahrscheinlich war der leidige Kostenpunkt auch hier maßgebend. Die Abtheilung des Irrenhauses für die Frauen, welche, wie ich schon erwähnte, den linken Flügel desselben einnimmt, habe ich nicht gesehen. Es war gerade an dem Donnerstage, wo ich die berühmte Irrenanstalt besuchte, Besuchstag für die Familien der Kranken, und der Secretär des Directors ersuchte mich, darauf Rücksicht zu nehmen, da meine Anwesenheit gerade heute manche Störung hervorbringen würde. Uebrigens sei die Einrichtung der Säle, Zimmer, Höfe und Säulengänge auf dem linken Flügel des Hauses ganz dieselbe wie auf dem rechten. Statt dessen lud er mich ein, bei einer ärztlichen Visite an einem der nächsten Tage gegenwärtig zu sein. Daß ich seiner Einladung nicht Folge leistete, lag nur daran, daß diese ärztliche Visite um halb 8 Uhr Morgens stattfand, ich also schon um 5 Uhr hätte aufstehen müssen, um den weiten Weg von meiner entfernten Wohnung in der Nähe des Luxembourg-Palastes zu dem Lyoner Bahnhofe und von dort nach Charenton bis zu der bestimmten Zeit zurückzulegen.

Elftes Kapitel.

Das Schuldgefängniß.

„Maison d'arrêt pour dettes." Das Aeußere des Schuldgefängnisses. Der innere Hof. Besuche im Gefängniß. Das Princip im Pariser Schuldgefängnisse. Der Gesellschaftssaal. Diners. Rendezvous. Der Garten. Dauer der Schuldhaft. Cabinets particuliers. Die Küche. Die einzelnen Zimmer der Gefangenen. Gemeinschaftliche Speisesäle. Weibliche Schuldgefangene.

In der Rue de Clichy, nicht weit von der Barriere, steht ein Haus, welches sich durch seine Bauart von den übrigen Häusern, die einen mehr bürgerlichen oder geschäftlichen Charakter tragen, gar sehr unterscheidet. Es gleicht in seinem Aeußern am meisten jenen Hotels im Faubourg St. Germain, welche „zwischen Hof und Garten" liegen, und welche noch heute der Sitz der legitimistischen Aristokratie sind. Eine hohe Mauer trennt gewöhnlich einen kleinen Hof von der Straße. Ueber der Mauer blickt der obere Stock eines Gebäudes, dessen Architektur an das verflossene Jahrhundert erinnert, hervor. Die Fenster sind mit weißen Gardinen verhangen. Hinter dem Hause deuten die Wipfel von Ulmen und Platanen das Dasein eines Gartens oder Parkes an. So sah das Haus in der Rue de Clichy aus, von dem ich spreche. Es hatte ebenfalls ein großes Eingangsthor, in seiner Breite und Höhe für eine aristokratische Carosse aus dem vorigen Jahrhundert berechnet, daneben eine kleine, schmale Pforte, ganz wie im Faubourg St. Germain. Das einzige mir Auffallende war nur, daß sich in der Mitte der kleinen Pforte ein vergittertes Fenster mit einem Schieber befand. Eine derartige

Vorrichtung hatte ich in der aristokratischen Vorstadt des alten Paris nirgends bemerkt. Zweifelnd, ob ich vor dem Hause stehe, welches ich besuchen wollte, blickte ich in die Höhe. Richtig, es war wirklich das Pariser Schuldgefängniß! Ueber dem hohen Eingangsthor las ich in Metallbuchstaben die Worte: „Maison d'arrêt pour dettes." Es würde mich gar nicht verwundert haben, wenn ich gelesen hätte: „Hotel de la Rochefoucauld."

In Deutschland hört man oft wunderbare Dinge vom Pariser Schuldgefängniß erzählen. Dort werden, sagt man, glänzende Diners gegeben; dort werden Gesellschaften arrangirt; dort wird getanzt, gespielt, musicirt; dort kann man mit demselben Luxus leben, als wenn man in seinem eigenen Hotel auf der Chaussee d'Antin oder im Faubourg St. Germain wohnte. Neugierig zog ich die Klingel, deren Griff ich neben dem kleinen, vergitterten Schiebefenster bemerkte. Die Thüre öffnete sich durch einen Mechanismus von Innen; ich trat ein und stand in einem Hofe, welcher sich wiederum von den Höfen der aristokratischen Hotels im Faubourg St. Germain durch nichts unterschied. Ein stattliches Gebäude mit weit hinabreichenden Fenstern nahm die ganze Breite des Hofes ein. An dasselbe schlossen sich zwei niedrigere Flügel in rechtwinkeliger Richtung an. Vor der großen Glasthüre, welche in das stattliche Haus führte, und welche man auf einigen breiten, steinernen Stufen betrat, standen einige Oleanderbäume in großen, grünen Kübeln. Gefängnißartiges hatte dies „maison d'arrêt" nicht, außer dem vergitterten Schiebefenster in der kleinen Thüre, durch welche ich eingetreten war.

Aber drinnen in dem weiten Hausflur, den ich jetzt durch die Glasthüre betrat, trat mir die erste körperliche Erinnerung, daß ich mich allerdings in einem Gefängnisse befände, entgegen. Eine vergitterte Wand trennte den Flur in zwei Hälften. Vor dem Gitter saß ein Beamter des Gefängnisses an einem Tische, auf dem Papiere lagen und Schreibzeug stand. Er prüfte die Erlaubniß derjenigen Personen, welche ihre hier detinirten Freunde und Verwandten besuchen wollten. Ich zeigte ihm meine vom Polizei-Präfecten ausgestellte Vollmacht, alle Gefängnisse im Seine-Departement zu besuchen und ihre Einrichtung kennen zu lernen. Er bot mir einen Stuhl und bat mich Platz zu nehmen, bis der Greffier käme, der mir einen Beamten zu meiner Begleitung zur Disposition stellen würde. Ich nahm den Stuhl, um eine Viertelstunde Zeuge zu sein, welchen Formalitäten sich die Besucher des Pariser Schuldgefängnisses unterziehen mußten.

Vor dem Gitter saßen ein Mann und eine Frau, alle Beide Beamte des Schuldgefängnisses. Eine Dame trat ein, um bei ihrem Manne einen Besuch abzustatten. Nachdem ihre Legitimation geprüft war, ging sie zu der Frau, welche an dem einen Ende des Gitters saß. Die Frau stand auf und strich mit der Hand einigemale an den Kleidern der Dame auf und ab, um sich zu überzeugen, ob sie keine verbotenen Gegenstände in ihren Taschen in das Innere des Hauses einführe. Mit einem: „Entrez, Madame, s'il vous plaît," wurde sie entlassen. Durch die Thüre des Gitters verschwand sie in der hintern Hälfte des Flurs. Dann kam ein Mann mit einigen Kistchen und Schachteln unter dem Arme. Von dem kleinen Tische des schreibenden Beamten ging sein Weg zu dem Angestellten, der an der Thüre stand. Kistchen und Schachteln wurden geöffnet. Ihr Inhalt war ungefährlicher Natur. Sardinen, Austern, Cigarren, Tabak kamen zum Vorschein. Dann erfolgte dieselbe Untersuchung der Rocktaschen vermittelst einiger Striche der Hand. Ein „Entrez, Monsieur, s'il vous plaît!" bildete auch für ihn das „Sesam, thue dich auf!" für den innern, mir noch verborgenen Raum des Gefängnisses. Ganz dieselbe Scene wiederholte sich vielleicht noch ein halbes Dutzendmal während der halben Stunde, wo ich wartete. Dann kam der Greffier. Es war gerade die Stunde, wo man in Paris dejeunirt. Er hatte in einem naheliegenden Restaurant gefrühstückt. Nachdem er meine Vollmacht gesehen, öffnete er mir mit einer höflichen Verbeugung die Thüre des Gitters. Die Barriere, welche die Schuldgefangenen in Clichy von dem fröhlichen Paris trennt, war auch von mir überschritten. Durch ein bis zum Boden hinabreichendes Glasfenster blickte ich in einen großen, schöngehaltenen Garten mit Rasenplätzen, Blumenbeeten und schattigen Ulmen und Platanen, in dessen Gängen Männer mit dem Hute auf dem Kopfe und die Cigarre im Munde, oder lesend und conversirend, einherspazierten. Jeder gefängnißartige Anstrich war wiederum aus dem ganzen Ensemble, welches sich meinen Blicken darbot, verschwunden.

Der Greffier klingelte. Ein Beamter in einem blauen uniformartigen Anzug erschien, ein behäbiger Mann in den fünfziger Jahren mit grauem Haar und wohlwollendem Gesichtsausdruck. „Begleiten Sie den Herrn," sagte der Greffier; „führen Sie ihn überall umher und unterrichten Sie ihn in allem, was er zu wissen wünscht."

Unsere Wanderung begann. In dem Pariser Schuldgefängniß war überall das richtige Prinzip, wenn man den Satz, daß Jemand schuldenhalber seiner persönlichen Freiheit beraubt werden kann, als richtig anerkennt, festgehalten und durchgeführt, daß kein Schuldgefangener innerhalb des Gefängnisses in seiner persönlichen Freiheit beschränkt werden darf, so lange diese Freiheit nicht überhaupt die anderen Gefangenen und die Ordnung im Hause stört. Der Gefangene darf nur die vergitterte Wand im Hausflur, durch den ich eingetreten war, nicht überschreiten, sonst kann er Tag und Nacht thun, was er will. Er kann sich den ganzen Tag im Garten aufhalten, er kann spazieren gehen, schlafen, essen, trinken, lesen, conversiren wann und wie er will: er kann im Sommer bis sechs Uhr, im Winter bis vier Uhr alle Besuche annehmen, welche er überhaupt anzunehmen Lust hat. Er kann alle Zeitungen lesen, die er sich bestellt; er kann sich eine ganze Bibliothek in das Gefängniß schaffen lassen; er kann die Nacht studiren, wenn er nicht überhaupt vorzieht, zu schlafen; das Verbot, Licht zu brennen, ist im maison d'arrêt in der Rue de Clichy nicht vorhanden. Das Verbot würde ja die persönliche Freiheit bei der Nacht beeinträchtigen. Der Gefangene kann allein an der Tafel des Hauses speisen, wo er für einen halben Franc ein aus drei Gerichten, Suppe, Braten und Fisch, oder Suppe, Cotelette oder Beefsteak und einer Mehlspeise bestehendes Mittagsessen erhält. Die Reihe der drei Schüsseln wechselt alle Tage. Aber er kann auch aus einem Restaurant speisen. Er kann sich sein Diner durch Very oder Vefour oder durch die drei „Frères provençaux" im Palais Royal serviren lassen — natürlich immer, falls er es bezahlt. Er kann sich auch Gäste einladen, so viel und so oft er will. Er kann Diners zu 20, 30, 40 Francs das Couvert geben; er kann die feinsten Bordeauxweine trinken; er kann sich Johannisberger aus dem Keller des Fürsten Metternich kommen lassen; der feurige Gipfel des Vesuvs darf ihm „die Thränen des Herrn" senden, und Marsala seinen Wein zum Frühstück. An dem vollen Genuß seiner Freiheit in den Gesellschaftszimmern, im Garten, in den Speisesälen, in seinem Wohnzimmer hindert ihn nichts, gar nichts — nur der Mangel des Geldes und die vergitterte Wand auf dem Hausflur bilden die Scheidewand zwischen ihm und den Genüssen des fröhlichen Paris, in ihren Genüssen die erste Stadt auf der Erde. Nur Eines ist ihm von diesen Genüssen untersagt. Er darf nicht Karten spielen. Spielkarten ist jeder Eintritt in das fröhliche maison d'arrêt in der Rue de Clichy verboten.

Ich trat mit meinem Begleiter in einen hohen luftigen Vorsaal, welcher, seiner Größe wegen, wie er mir sagte, alle vierzehn Tage zu einer kirchlichen Feierlichkeit benützt wird. An seiner linken Seite öffnete sich die Wand auf eine Reihe nebeneinanderliegender kleiner Zimmer, deren Thüren sämmtlich offen standen. In jedem Zimmerchen bemerkte ich mehrere Personen. Zu zwei oder drei saßen sie um einen Tisch auf Sesseln einander gegenüber oder neben einander auf dem Divan. „Da sind unsere Besuchszimmer“ sagte der Beamte; „jeder von den Herren, die sich hier befinden, kann in einem von jenen kleinen Zimmern Besuch annehmen, falls er es nicht vorzieht, seinen Besuch im Garten oder im gemeinschaftlichen Salon zu empfangen. Hier in einem von den kleinen Zimmern ist es ungenirter. Es versteht sich von selbst, daß es gestattet ist, die Thüre zu schließen. Die Wärme ist wohl heute nur die Veranlassung, daß alle Thüren geöffnet sind.“ Ich zweifelte gar nicht daran, daß es in den kleinen Zimmern ungenirter sei, als im Garten oder Salon, besonders für jenes Paar, welches da in zärtlicher Umarmung neben einander auf dem rothen Divan saß. Der Franzose ist sehr praktisch. Auch im maison d'arrêt denkt er an ein zärtliches tête-à-tête unter vier Augen. Nun traten wir in den gemeinschaftlichen Salon. Sonderbarer Anblick! Was hätte mir hier angedeutet, daß ich mich in dem Saale eines Gefängnisses befände? Wahrlich nichts. Der Saal glich einem großen Salon in einem Kaffeehause, im Palais Royal oder auf dem Boulevard des Italiens. Braun getäfelt, wurde seine ebenso gestrichene Decke durch eine Reihe schlanker Pfeiler gestützt; die Länge mochte über vierzig Schritte betragen; die Aussicht durch die hohen, fast bis auf den Boden reichenden Fenster ging auf die

Blumenbeete, Rasenplätze und Baumgruppen des Gartens. Außer den Kaffeehäusern im Palais Royal, deren Fenster auf den Garten des Palastes hinausgehen, kenne ich kein Kaffeehaus in Paris, dessen Salon über eine so frische, duftige Aussicht gebietet, wie der Saal des Schuldgefängnisses in der Rue de Clichy. Einige Fenster waren weit geöffnet. Blumenduft, Sonnenschein und der frische Hauch des köstlichen Sommermorgens erfüllten den hohen und weiten Raum, dessen Mitte mit einer Menge kleiner Tische besetzt war. Und wer hätte diese Menschen, welche da an jenen kleinen Tischen saßen, Journale lasen, in Bilderwerken blätterten, Cigarren rauchten, Absynth mit Wasser tranken und miteinander plauderten, wer hätte sie für Gefangene gehalten! Nach französischer Sitte, den Hut auf dem Kopfe, saßen sie da, sich auf einem Stuhle schaukelnd, die Füße auf einen zweiten Stuhl gestützt, den Arm über die Lehne eines dritten Stuhls gelegt, die Cigarre im Munde, ganz wie in der großen Allee des Tuilerien-Gartens. „Garçon! Garçon!" rief es auch hier von allen Seiten. Und der Garçon kam mit der weißen Schürze und den weißen Strümpfen und brachte Cigarren, Fidibus, Feuer, die halbe Tasse des unvermeidlichen schwarzen Kaffee's mit dem unvermeidlichen petit verre, und erhielt seine zwei oder drei Sous Trinkgeld, ganz wie auf dem Boulevard Montmartre, und das „merci, merci, Monsieur!" ertönte zwei- oder dreimal, je nachdem das Trinkgeld in zwei oder drei Sous bestand. Um meinen Eintritt kümmerte sich selbstverständlich Niemand. Ich ließ mich mit meinem Begleiter ebenfalls an einem jener kleinen Tische nieder und bestellte für uns Absynth mit Wasser und Cigarren, und nichts hinderte mich, zu denken, daß ich auch Gefangener im maison d'arrêt sei, oder daß ich mich in einem Kaffeehause auf den Boulevards befände, ganz wie ich wollte. „Sagen Sie", fragte ich den Beamten, indem ich dem Garçon die unvermeidlichen vier Sous Trinkgeld gab, und er zweimal das ebenso unvermeidliche „merci, Monsieur!“ wiederholte, „sagen Sie, mein Herr, kann der Gefangene den ganzen Tag in diesem Salon zubringen?“

„Gewiß, mein Herr“, erwiderte der würdige Beamte, wie es schien, etwas verwundert über meine Frage, „den ganzen Tag bis neun Uhr Abends, hier und im Garten. Der Salon und der Garten sind ja gemeinschaftlich.“

Der Mann schien sich offenbar darüber zu verwundern, daß ich glauben könne, die persönliche Freiheit sei im Garten oder im Salon durch irgend etwas beschränkt. Als ich Tags darauf das Gefängniß Mazas besah', wunderte sich der mich umherführende Beamte, daß ich glauben könne, die persönliche Freiheit des Gefangenen sei in der Zelle beschränkt.

„Und wie lange kann die Schuldhaft in Frankreich dauern?“ fragte ich weiter.

„Drei Jahre höchstens. Ist aber noch nicht vorgekommen, wenigstens während der fünfzehn Jahre, wo ich hier angestellt bin, nicht.“

„Das glaube ich, wer wird seine Schuldner drei Jahre füttern. Aber für Wechselschulden?“

„Ganz dieselbe Zeit. Aber wenn Sie befehlen, mein Herr, gehen wir jetzt in die Küche; es wird gerade zu Mittag angerichtet. Natürlicher Weise kann aber jeder von den Herren speisen, wann er will.“

„Versteht sich, versteht sich,“ sagte ich, „die persönliche Freiheit wäre ja sonst beschränkt, nehmen Sie es nur ja nicht übel, mein Herr! Man kann hier essen, trinken schlafen, spazieren gehen, ein Rendezvous haben, alles wann und wie man will — natürlich, wenn man's bezahlt!“

„Certainement, Monsieur, certainement!“ sagte der Beamte mit wichtiger Miene sich erhebend, „auch ein Rendezvous kann man haben, dort in jenen „cabinets particuliers“, die Sie sahen. Man kann auch mit einer Dame speisen, aber oben, oben! Ich werde Sie auch in jene Zimmer führen.“

Ich stand ebenfalls auf. Wir gingen hinaus. Durch einen kleinen Vorsaal traten wir in eine geräumige, helle und sehr hübsch eingerichtete Küche. Alles war außerordentlich sauber. Ein halbes Dutzend Köche mit weißen Jacken, weißen Schürzen und weißen Mützen auf dem Kopfe standen an einem langen Tische, um anzurichten. Auf einer an einem Pfeiler befestigten Karte las ich die Worte: „Diner d'aujourdhui.“ Unter diesen Worten waren die Schüsseln des heutigen Diners verzeichnet. Es bestand aus drei Schüsseln, Suppe, Fisch, Braten. Statt des Fisches gab es auch eine Cotelette. Man konnte auch halbe Portionen haben. Ich sah halbe und ganze Portionen. Die Zubereitung der Speisen erschien mir sehr gut. Die halbe Portion wäre für meinen Magen vollkommen hinreichend gewesen. „Und was kostet hier das Diner?“ fragte ich den Beamten, als wir eine breite und lichte Treppe hinaufstiegen, um in die obern Räume des maison d'arrêt zu gelangen.

„Zwanzig Sous, mein Herr, die halbe Portion zehn Sous. Man erhält dafür drei Gänge. Dreimal die Woche wird in der Wahl der Speisen gewechselt.“

Ich dachte, während wir die breiten Stufen hinaufstiegen, daß ich auch manchmal im maison d'arrêt essen möchte. Besser hatte man es in Paris für einen oder einen halben Franc nirgends.

„Natürlich kann man auch besser speisen,“ sagte mein Begleiter, „man kann auch zehn Schüsseln haben. Man kann für zehn, zwanzig Francs speisen, so theuer und so gut man will. Man ist hier ganz unbeschränkt — natürlich, wenn man's bezahlt.“

„Ohne Zweifel,“ erwiderte ich, „nehmen Sie's nur ja nicht übel, mein Herr, wenn ich denken sollte, die persönliche Freiheit sei hier im Essen beschränkt.“

Der ganz obere Stock des Hauses war für die einzelnen Wohnzimmer der Gefangenen eingerichtet. Sie lagen in einer Reihe nebeneinander, hohe, helle und lichte Zimmer, sämmtlich mit der Aussicht nach dem Garten.

Mein Begleiter bat einen jungen Mann, der uns auf dem Gange, auf den sich alle Zimmer öffneten, begegnete, um die Erlaubniß, in sein Zimmer eintreten zu dürfen. Bereitwillig öffnete er die Thüre. Das Zimmer war sehr hübsch und bequem eingerichtet. Divan, zwei bequeme Sessel, Schreibtisch, auf dem Zeichnen-Materialien lagen, Teppich, Bett, einige Kupferstiche an den Wänden. Der junge Mann war ein Pole. Ich fand das Zimmer sehr hübsch. Sein Besitzer beklagte sich sehr bitter, daß er nicht zwei Zimmer habe. Als ich mich mit seinen Klagen nicht einverstanden erklärte, fuhr er mich an: „Aber was denken Sie, ich habe Niemanden todtgeschlagen?“

Der obere Stock des maison d'arrêt in der Rue de Clichy hatte außer den Wohnzimmern der Schuldgefangenen noch einige gemeinschaftliche Säle. Es waren eben die gemeinschaftlichen Speisezimmer, von denen mir der Beamte unten gesagt hatte. Sie waren in einer sehr comfortablen Art und Weise eingerichtet, wie die Speisezimmer in einem großen Restaurant. Ich stieg mit meinem Begleiter wieder die Treppe hinab. Unser Weg führte durch den Vorsaal wieder in den gemeinschaftlichen Salon. Dann brachte er mich über den Flur, welcher durch das Drahtgitter in zwei Theile getheilt war, wieder in den Hof mit den Oleanderbäumen. Als wir auf der Freitreppe standen, fragte er mich: „Wollen Sie auch die Damen sehen?“ — „Gewiß werde ich die Damen sehen, führen Sie mich.“ Auf der linken Seite des Hofes war der Eingang zu dem Schuldgefängniß für Pariser Frauen und Mädchen. Der Gartenraum war auf zwei Seiten von einer hohen Mauer, auf der dritten von dem Parterre des Hauses umschlossen, welches den gemeinschaftlichen Salon bildete; die einzelnen Wohnzimmer für die weiblichen Gefangenen befanden sich ebenfalls im oberen Stock. Aber alles war kleiner, dürftiger, enger, weniger licht, wie in dem Hause, was ich vorher besucht hatte. In dem gemeinschaftlichen Salon waren sechs Mädchen und Frauen anwesend, welche sich mit Nähen, Stricken und Lesen beschäftigten. Sie schienen der ärmeren Klasse der Pariser Bevölkerung anzugehören. Zwei von ihnen waren leidlich hübsch, die andern vier schon in vorgerückteren Jahren. Einige Freundinnen waren aus der Stadt zum Besuche da. „Können denn die Damen auch Herrenbesuch haben?“ fragte ich den Beamten. „Ohne Zweifel,“ erwiderte er, „die Herren drüben haben ja auch Damenbesuch. Es ist hier alles wie drüben. Die persönliche Freiheit —“

Lachend unterbrach ich ihn: „Ja, ja, ich weiß schon; aber ich werde mich den Damen empfehlen. „Bon jour, Mesdames!“ — „Bon jour, Messieurs!“ Wir gingen. Der Beamte begleitete mich bis zu der Thüre mit dem kleinen Schieber, welche auf die Rue de Clichy hinausführte. „Aber es ist bei Ihren Damen nicht so hübsch, wie bei den Herren,“ sagte ich, als er die Thüre öffnete und einige Francs Trinkgeld in Empfang nahm. Er lachte. „Nun,“ rief er, „das steht ja schon in der Bibel. Wir sind ja die Herren in der Schöpfung.“

Zwölftes Kapitel.

Ein Findelhaus.

Der Kindesmord und seine Motive. Findelhäuser. Die ersten Fndelhäuser in Paris. „Les pauvres enfants trouvés de notre dame“. Vincenz de Paula· Das Hospital von St. Victor Bicêtre. St. Lazare. Das Findelhaus in der Vorstadt St. Antoine. Das Findelhaus in der Rue de l'enfer. Der „Dreher“. Der Aufnahmesaal. Die Verpflegung, Ausbildung und Erziehung der Kinder. Schlafsäle. Die Spielplätze. Die Formalitäten bei Aufnahme von Findelkindern.

Gibt es ein unnatürlicheres Verbrechen, als den Kindesmord? Die Natur verneint diese Frage unbedingt, aber die Noth, der Schmerz, die Schande bilden die Motive einer ebenso unbedingten Verzeihung dieses unnatürlichsten aller Verbrechen. „Würde man alle Motive eines Verbrechens kennen und richtig würdigen, so würde man jedes Verbrechen verzeihen,“ sagt George Sand mit der Milde des großen Stifters des Christenthums, und es liegt eine tiefe Wahrheit in diesem Ausspruch. Nirgends aber ist er so am Platze, als beim Kindesmord. Der Staat schaffe also die Motive weg, und der Kindesmord wird aus den Annalen der Criminaljustiz verschwinden. Und es ist ja so leicht, die Motive des Kindesmordes hinwegzuräumen! Die Armuth, das Elend, die Begierden, welche den Verbrecher zu den Verbrechen treiben, sind schwer oder gar nicht aus der menschlichen Gesellschaft zu verbannen; alle Lehrer des Socialismus werden nie die Frage des menschlichen Elends lösen; aber das Verbrechen des Kindesmordes ist leicht aus der Zahl der verbrecherischen und wider=

natürlichen Handlungen auszulöschen, mit denen der Mensch gegen den Menschen wüthet. Die polizeilichen Vorbeugungsmittel, die Strafgesetze, mit denen man in Preußen gegen den Kindesmord kämpft, thun's freilich nicht; aber man baue Findelhäuser, man biete den unglücklichen Wesen, welche nur die Wahl haben zwischen dem unnatürlichsten aller Verbrechen oder der Schande und der Noth, eine Zufluchtsstätte, und sie werden keinen Moment schwanken in dem Wege, den sie einzuschlagen haben, um sich aus einer Lage zu retten, in welche sie die Verführung, der Leichtsinn oder die Leidenschaft führten. In Oesterreich, in Italien, in Frankreich, in Rußland hat man dies lange eingesehen, nur in Preußen nicht. Fast in allen europäischen Ländern hat man Findelhäuser erbaut; in England ist die Prüderie der Errichtung derselben entgegengetreten, in Preußen die falsche Anschauung, welche in dem dort herrschenden Regierungssystem ihre innerste Begründung findet und die Schäden der Gesellschaft mit Polizeigesetzen und Strafgesetzen zu heilen strebt, statt es im Wege des organisatorischen Schaffens zu versuchen. Was ist darüber noch zu reden!

In Frankreich sah man dies schon im fünfzehnten Jahrhundert ein. „Das Uebel der Aussetzung der Kinder stieg in Paris im fünfzehnten Jahrhundert auf eine solche Höhe," sagt ein Geschichtsschreiber der damaligen Zeit, „daß man die Nothwendigkeit einsah, ein Asyl für diese armen Schlachtopfer zu schaffen." In Frankreich ist man immer practisch gewesen; deßhalb ist auch Frankreich das Land, wo man die Schäden der Gesellschaft durch sociale Schöpfungen zu heilen strebte. Man bedrohte die Aussetzung der Kinder und den Kindesmord nicht mit entsetzlichen und fürchterlichen Strafen, wie es in Deutschland die peinliche Halsgerichtsordnung Kaiser Karl des Fünften zu damaliger Zeit versuchte, nein, man baute Asyle für die unglücklichen Wesen, welche bei ihrer Geburt der Hülfe bedürftiger sind, wie alle anderen Creaturen der Schöpfung. Die Kirche ging in Frankreich mit rühmlichem Beispiele voran. Der Bischof und das Kapitel von Notre Dame bestimmte ein Haus, welches au port de l'Evêque lag, zur Aufnahme der Findelkinder. Von den Stiftern dieses Hauses her nannte man sie „les pauvres enfants trouvés de notre dame." Unter diesem Titel fand ich in einer Chronik der damaligen Zeit ein Legat, welches Isabelle von Bayern, die Gemahlin König Karl des Sechsten, ihnen am 2. September 1431 vermachte. Im Jahre 1510 finden wir bereits zwei Findelhäuser in Paris. Auch das zweite war von dem Kapitel von Notre Dame gestiftet. Trotz alledem muß der Zustand der unglücklichen Wesen in diesen Häusern entsetzlich gewesen sein. Der heilige Vincenz de Paula erzählt darüber Dinge, welche fast unglaublich erscheinen, und welche der Leser sich selbst in den Schriften des heiligen Mannes nachlesen kann, welche zu berichten ich mich wohl hüten werde. Vincenz de Paula war ein wahrer Priester der Christusreligion, ein Mann von Feuer, Energie und Herz, ganz erfüllt von seinem hohen Berufe. Seinen energischen Anstrengungen und seinem unablässigen Streben haben die armen „enfants trouvés notre dame" in Paris bessere Zustände zu verdanken. Unaufhörlich forderte er in seinen Predigten die vornehmen und reichen Damen zur Hülfe und zum Beistande für seine Schützlinge auf, nach allen Richtungen hin nahm er die öffentliche Barmherzigkeit in Anspruch. Und sein Werk gelang ihm. Das erste wirkliche Hospital für Findelkinder in Paris hat er gegründet. Es lag am Thore zu St. Victor und wurde von barmherzigen Schwestern verwaltet, welche seinem Rufe zur Pflege der armen unglücklichen Wesen gefolgt waren. Drei Jahre später schenkte König Ludwig der Dreizehnte diesem Hause ein Legat von dreitausend

Livres jährliche Rente, in damaliger Zeit eine bedeutende Summe. Ludwig der Vierzehnte bedachte das Haus mit einer neuen jährlichen Rente von achttausend Livres, und die Königin Anna von Oesterreich schenkte den unglücklichen kleinen Geschöpfen, da die Räumlichkeiten in dem Hause am Thore von St. Victor nicht mehr ausreichten, das Schloß von Bicêtre zur Wohnung und zum Aufenthalt.

Aber das Schloß von Bicêtre war zu weit von der Stadt entfernt. Die Entfernung führte zu viel Uebelstände mit sich, und man brachte die Kinder nach St. Lazare, wo sie unter die Pflege und Aufsicht der barmherzigen Schwestern kamen. Mit der größeren Ausdehnung und der immer wachsenden Bevölkerung der Stadt Paris reichten indeß auch dort die vorhandenen Einkünfte bald nicht mehr hin. Da schlug sich das Parlament ins Mittel. Es schuf eine neue jährliche Rente von 15,000 Livres zu den früheren Einkünften. In der Vorstadt St. Antoine wurde ein neues Findelhaus gebaut. Ein zweites Haus wurde in der Nähe des Hotel de Dieu errichtet. „Man nahm hier zu jeder Zeit, zu allen Stunden des Tages und der Nacht, ohne jede Formalität die Kinder auf," sagt ein Geschichtsschreiber damaliger Zeit von dem Zustande dieser Häuser. „Ein Commissär des Stadttheils nahm bei jedem Kinde ein Protokoll auf, welches Tag, Stunde und Ort constatirte, wann und wo das Kind gefunden wurde und vermerkte den Namen der Person, welche es brachte. Dieselbe war übrigens nicht verpflichtet, sich über irgend etwas Weiteres zu erklären, falls sie es nicht wollte. Weigerte sie sich durchaus, so brauchte sie auch weder Namen, noch den Ort zu nennen, wo sie das Kind gefunden oder erhalten hatte. Sie konnte schweigend kommen und schweigend gehen. Die armen Wesen wurden in diesen Häusern mit väterlicher Sorge erzogen und mit mütterlicher Liebe verpflegt. Man behielt sie dort, bis sie zur Communion gegangen und ein Handwerk erlernt hatten, um selbst sich das tägliche Brod erwerben zu können.“ Beide Häuser existirten noch um die Mitte des vorigen Jahrhunderts.

Während meiner letzten Anwesenheit in Paris im Spätherbst vergangenen Jahres besuchte ich das große Findelhaus in der rue de l'enfer. Die große, nach der Straße belegene Façade ist von palastartigen Umrissen, die Lage des Hauses ist frei und gesund. Nicht weit von dem hohen, gewölbten Eingangsthore, unter einem der hochgelegenen Parterrefenster nach der Straße zu befindet sich der sogenannte „Dreher“, eine hölzerne Scheibe, auf welche das Kind gelegt wird, um durch eine Umdrehung derselben in das Innere des Findelhauses befördert zu werden. Mit dem Raume war im Innern des Hauses überall verschwenderisch umgegangen, wie es auch sein muß; hohe, weite Fluren, breite, bequeme Treppen, luftige, hohe Säle mit breiten Fenstern. Der große, gewölbte Saal, in dem die Kinder zuerst Aufnahme finden, wenn sie gebracht oder vor der Thüre des Hauses gefunden werden, machte einen wahrhaft imposanten Eindruck. Hohe Bogenfenster, an der einen Seite mit weißen Vorhängen von Mousselin verhangen, ließen das Licht massenhaft einströmen. Eine Menge kleiner Betten, sämmtlich in sehr reinlichem Zustande, zur oberen Hälfte mit brodirtem Mousselin verhangen, standen in zwei Reihen nach der Seite des Saales, wo die Fenster bedeckt waren, aufgestellt. Die Frau des Concierge, eine dicke, gemüthliche Person, hatte meine Führung übernommen. Sie berichtete mir auf meine Fragen, daß augenblicklich nicht weniger, wie fünfzehnhundert Kinder, theils im Hause, theils von der Verwaltung des Hauses zur Pflege aufs Land gegeben seien. Alle Kinder würden in den ersten Jahren, um bessere und reinere Luft zu athmen, aufs Land gegeben. Dann kämen sie gewöhnlich erst im sechsten

Jahre zurück, um die weitere Pflege im Hause zu genießen und von den Lehrern des Hauses unterrichtet zu werden.

In welcher Art und Weise sie später ausgebildet würden, um einen selbstständigen Lebensberuf zu gewinnen, hänge lediglich von ihren Fähigkeiten ab. Gewöhnlich würden sie Handwerkern in die Lehre gegeben, um das Handwerk zu erlernen, zu denen sie Neigung und Geschick hätten. Doch schlösse dies einen andern Bildungsgang auch durchaus nicht aus. Entwickelten sie besondere Anlagen, vielleicht zur Musik, zur Malerei oder zu irgend einem besondern Studium, so würde die Ausbildung dieser Anlagen ebenfalls auf Kosten des Hauses unternommen. Dann gingen wir in die Schlafsäle, in die Schulzimmer, in die Wohnungsräume der Kinder. Ueberall herrschte eine enorme Reinlichkeit und Sorgsamkeit, es fehlte an nichts. Ein hoher, heller Corridor führte zu den Krankensälen des Hauses. Auch hier war überall verschwenderisch mit Raum, Licht und Luft umgegangen. Ungefähr fünfzig Kinder mochten krank in den kleinen Betten liegen; viele litten an den Augen. Aber nur in den Krankensälen fand ich die kleinen Insassen des Hauses, alle andern Räume waren leer. „Das ist hier alles sehr schön," sagte ich endlich zu meiner Führerin, „man kann es sich kaum besser wünschen, nur diejenigen, denen alle diese Sorgsamkeit gewidmet wird, sehe ich nicht."

Die Frau lachte. „Oh, warten Sie nur," sagte sie, „sie sind sämmtlich im Garten oder auf den Spielplätzen in den Höfen, die Kinder sind den ganzen Tag draußen, wenn sie nicht Unterricht haben, oder wenn das Wetter nicht zu schlecht ist. Die frische Luft ist bei der guten Jahreszeit zu vortheilhaft.

Nachdem ich noch sämmtliche Vorrathskammern, Küchen und Magazine des Hauses hatte durchwandern müssen, stiegen wir in einem Seitenflügel eine breite Treppe abwärts. Die Treppe führte in weite Höfe und Gärten. Fröhliches Kindergeschrei schallte uns schon auf den letzten Stufen entgegen. Große Schwärme von Kindern tummelten sich auf den Plätzen und in den Gärten umher, die verschiedensten Kinderspiele spielend. Sie schlugen den Reifen, wie im Tuileriengarten, sie jagten sich, sie spielten mit dem Ball. Ueberall Jubel und Rufen und laute Fröhlichkeit. Die Größeren übten ihre Kräfte an auf einem mit Sand bedeckten Platze aufgestellten Turngeräthen, unter Aufsicht eines Sergeanten aus einem Linienregiment, der als Turnlehrer im Hause angestellt war. Das Aussehen der Kinder war durchweg frisch und gesund. Nur die Kleider waren nichts weniger wie geschmackvoll. Die Knaben trugen Hosen und Jacken aus blauen Leinen oder Zwillich, die Mädchen Kleider aus demselben Stoff, Hals und Brust mit weißen Tüchern verhüllt. Die weißen Tücher machten den Anzug etwas freundlicher. „Nicht wahr," sagte meine Führerin, „unsere kleinen Zöglinge sehen recht frisch und gesund aus, das ist die Hauptsache, nun will ich Ihnen einmal einige heranrufen, damit Sie sehen, wie artig sie sind."

Sie rief dann einige von den größeren Kindern heran. Ich sprach mit ihnen. Sie waren intelligent und bescheiden; und für ihr noch sehr jugendliches Alter körperlich und geistig recht gut entwickelt. Wer weiß, ob sie, in der Ehe geboren, im väterlichen Hause eine so gute körperliche und geistige Ausbildung genossen hätten, wie hier im Findelhause? Dann brachte ich noch eine Stunde im Zimmer des Portiers zu, mit ihm und seiner Frau über die Einrichtung des Hauses plaudernd. Es war dasselbe Zimmer, in welchem sich der „Dreher" unter dem Fenster befand. Derselbe wurde nur vom Abend bis zum andern Morgen geöffnet. Während des Tages mußte die Anmeldung durch einen Zug an der Klingel des Hausthors geschehen. Vom

Abend bis zum Morgen war beständig Jemand im Zimmer anwesend, um die kleinen Ankömmlinge, welche draußen auf den Dreher gesetzt wurden, und deren Ankunft ebenfalls ein Zug an der Klingel anzeigte, in Empfang zu nehmen und sie in den großen Empfangssaal zu tragen, den ich oben gesehen hätte. Doch konnte die Aufnahme während der Nacht auch durch einen Zug an der Klingel des Hausthors erfolgen. Das Thor wurde dann geöffnet, und der Eintretende in das links neben dem Thore liegende Zimmer geführt, wo ein Beamter des Hauses bereit war, ein Protokoll über den Empfang des Kindes aufzunehmen, und die nöthigen Bemerkungen hinzuzufügen, um es später wieder zu erkennen, und es der Mutter zurückzugeben. Niemals aber wurde derjenige, welcher das Kind brachte, mit Fragen nach Namen oder nach der Geburt des Kindes belästigt. Ob er Auskunft geben wollte, hing ganz von seinem Willen und seinem Ermessen ab. Keine neugierige Frage belästigte ihn, wenn er schwieg und die Auskunft verweigerte. Der Portier und seine Frau waren erstaunt, als ich ihnen erzählte, daß es in meinem Vaterlande keine Findelhäuser gebe, sie waren ebenso erstaunt, wie der Brigadier, welcher mich einige Tage früher im Gefängniß „la Roquette" umherführte, als er hörte, daß in meinem Vaterlande Strafgefangene im Falle des Ungehorsams und der Widerspenstigkeit Stockprügel erhielten. Ich aber kann dem Findelhause in der Rue d'enfer nur das Zeugniß geben, was jener Geschichtsschreiber des vorigen Jahrhunderts von dem Findelhause in der Vorstadt St. Antoine sagte: „Es war eine musterhafte Ordnung und eine musterhafte Aufsicht. Die armen Wesen wurden mit väterlicher Sorge erzogen und mit mütterlicher Liebe verpflegt." —

Dreizehntes Kapitel.

Die Conciergerie.

Der Justizpalast. Die Conciergerie. Die Thürme der Conciergerie. Die heilige Kapelle. Historische Erinnerungen. Ravaillac. Actenarchiv. Die Conciergerie in der Revolutionszeit Robespierres. Maria Antoinette. Danton. St. Just. Hérault de Sechelles. Die Girondisten. Madame Roland. Die Conciergerie nach der Restauration. Architekt Pespe. Die Gefangenen der Conciergerie während der letzten vierzig Jahre. Lavalette. Blanqui. Guinar. Proudhon. Die Söhne Victor Hugo's. Die Kerker und die Gefangenen. Die Behandlung der Gefangenen. Die Kerker Maria Antoinette's. Robespierre's und der Girondisten.

Auf der westlichen Hälfte der Seine-Insel, welche man „la Cité“ nennt, erhebt sich eine zusammenhängende Gebäudemasse, welche sowohl wegen ihres Alters, als auch wegen der historischen Erinnerungen, die sich an diese Mauern knüpfen, zu den interessantesten Bauwerken von Paris gehören. Sie besteht eigentlich aus drei in verschiedenen Zeiten aufgeführten Palästen. In der Mitte erhebt sich der Justizpalast, der früheste Wohnsitz der französischen Könige, an der Nordseite, am jetzigen Quai de l'Horloge, spiegeln sich die alten Thürme und die finstern Mauern der Conciergerie in den gelben Fluthen der Seine, südlich, am Quai des Orfèvres, bilden ein Durcheinander von Mauern, engen Höfen und Häusern die Polizei-Präfectur. Große Brände haben in den Jahren 1618 und 1776 mit ihren Flammen in diesen historischen Gebäuden gewüthet und fast nur vier colossale Thürme übrig gelassen. Sie heißen der „Uhrthurm“, der „Thurm des großen Cäsar“, der „Montgomery-Thurm“, und der „Silberthurm“.

Der Justizpalast mit seinen großen Sitzungssälen ist seit dem Jahre 1839 in seinem Innern fast ganz und gar umgebaut, nur die alte Schloßkapelle stammt wenigstens in ihrer Form und in ihrem Mauerwerk noch aus uralter Zeit; Peter von Montereau erbaute sie in der Mitte des dreizehnten Jahrhunderts zur Aufbewahrung von Reliquien, welche der heilige Ludwig für drei Millionen Francen von Johann von Brienne, König von Jerusalem, kaufte. Sie bestanden aus einem Stück der Dornenkrone, des Kreuzes und des Mantels Jesu Christi, sowie aus der eisernen Spitze der Lanze, womit die Seite des Heilands durchbohrt wurde. Jetzt ist die Kapelle, nachdem sie seit dem Jahre 1793 zur Aufbewahrung der Aktenfascikel der Juristen des Justizpalastes gedient hat, zu einem wunderbar schönen gothischen Gebäude hergerichtet. Die schlanken Säulenbündel, die reichen Ornamente, die in vollendeter Schönheit aufgeführten Bogen, die mit farbiger Glasmalerei ganz bedeckten Fenster bilden ein wunderbares Ensemble, welches einen wahrhaft großartigen Eindruck auf den Eintretenden macht. Die heilige Kapelle gehört in ihrer jetzigen Gestalt zu den zierlichsten und vollendetsten gothischen Gebäuden, welche ich jemals gesehen habe.

Aber ich will ja hier nur von der Conciergerie sprechen. Die Conciergerie! Wie viel Blut und Thränen, wie viel schreckliche Erinnerungen knüpfen sich an diesen Namen! Die Conciergerie ist, wenn man den Blick in die Vergangenheit der an diesen finstern Thürmen vorübergerauschten Jahrhunderte taucht, wohl das schrecklichste Gebäude der Stadt Paris. Immer haben ihre Räume als Kerker für Gefangene gedient, welche wegen schwerer Verbrechen in Untersuchungshaft waren oder welche zum Tode auf das Schaffot gingen. Noch heute dienen ihre Kerker zum Aufenthaltsort der Angeklagten, welche vor das Geschworenengericht des Seinedepartements kommen. Noch heute ertönen hier die verzweifelnden Klagen der zu schweren und langen Strafen Verurtheilten, und vermischen sich mit den Seufzern Derer, welche erst ihr Urtheil erwarten und über ihr Schicksal noch in Ungewißheit sind. Im Thurme Bonebec verlebte Ravaillac, der Mörder König Heinrich des Guten, dessen Dolch die Jesuiten geschliffen hatten, seine letzten Stunden. Er wurde bekanntlich von vier Pferden auseinandergerissen. Auf dem bedeckten Spaziergange der Gefangenen in dem kleinen, inneren Hofe sind noch heute die steinernen Tische zu sehen, auf denen König Ludwig der Heilige mit eigener Hand Lebensmittel an die Armen vertheilte. Es gibt vielleicht kein so interessantes Aktenarchiv, wie das Archiv der Conciergerie. Akten von Mördern, Räubern und Dieben aus allen Zeiten, Akten gemeiner Mörder, Akten heroischer Mörder, welche einer großen und erhabenen Idee wegen ihren Dolch in das Blut ihrer Opfer tauchten, die Akten aller der Unglücklichen, welche in der großen französischen Revolution, der Entwickelungsgeschichte des französischen Volks, nachdem sie mit ihren Tugenden, Fehlern und Irrthümern an derselben Theil genommen hatten, zum Opfer fielen, Akten der berühmtesten und ersten Namen und Geschlechter in Frankreich. Die Königin Marie Antoinette, „la veuve Capet", wurde aus dem Tempelthurme in die Conciergerie gebracht, und verlebte dort in einem trüben und halbdunkeln Kerker sechsundsiebenzig Tage, bis sie das Schaffot auf dem Revolutionsplatze bestieg. Täglich lieferte die Conciergerie damals dem Revolutionstribunale neue Schlachtopfer. Robespierre brachte in dem kleinen Raume, den man noch heute aus dem Kerker der Königin durchschreitet, um in den großen Saal zu kommen, in welchem die Girondisten unter Lichterglanz und Blumenduft ihr berühmtes Mahl vor ihrer Hinrichtung feierten, seine letzte Nacht auf Erden zu. Danton, Camille Desmoulins, Hérault de

Sechelles, Fabre d'Eglantine bestiegen vor dem finsteren Eingangsthore auf dem Quai de l'Horloge die Karren, welche sie zum Schaffott führen sollten. „In der Rue de St. Honoré," erzählt Arnaut in den Erinnerungen eines Sechszigjährigen, „begegnete ich dem Karren, auf welchem Danton sich zum letzten Male an der Spitze seiner Partei zeigte, die an diesem Tage alle ihre Führer verlieren sollte. Er saß zwischen Camille Desmoulins und Fabre d'Eglantine. Camille sprach* mit großer Heftigkeit und war dabei so unruhig, daß sich seine Kleider verschoben und Hals und Schultern entblößt wurden. Fabre rührte sich nicht; er war von dem Unglücke, welches so plötzlich über ihn hereingebrochen, und vielleicht auch von der Erinnerung an die Vergangenheit so gänzlich niedergebeugt, daß das Leben schon aus ihm entschwunden zu sein schien. Außer diesen zog noch eine andere Gestalt meine Aufmerksamkeit auf sich, nämlich Hérault de Sechelles. Die Ruhe, welche auf seinen edlen Zügen herrschte, war eine ganz andere, als die Ruhe Dantons, dessen Gesicht fast die Carricatur eines Sokrateskopfes darbot. Hérault de Sechelles' Physiognomie drückte Gleichmuth, Danton's Physiognomie Verachtung aus. Der Anblick dieses Egoisten setzte alle Umstehenden in Erstaunen. Jeder frug begierig, wer er wäre, und sobald sein Name genannt worden war, erregte er keine Theilnahme mehr. Ich ging durch die Tuilerien bis an das Gitterthor, welches zu dem Platz Ludwig des Fünfzehnten führte. Als ich hier ankam, nahm die Hinrichtung ihren Anfang. Von hier aus sah ich die Verurtheilten Einen nach dem Andern auf dem verhängnißvollen Gerüst erscheinen, und bald darauf wieder verschwinden. Was weiter vorging, konnte ich nicht erkennen, da ich zu fern stand, und nur das Herabsinken des Beiles zeigte mir jedes Mal an, wenn wieder ein neues Opfer gefallen war. Danton erschien zuletzt auf dem von dem Blute aller seiner

Freunde überströmten Boden. Der Tag ging zu Ende. Am Fuße der schrecklichen Bildsäule, die bei der Abendbeleuchtung wie ein colossaler Schattenriß am Himmel hervortrat, sah ich Danton gleich einem geisterartigen Wesen sich emporrichten. Man hätte darüber in Zweifel sein können, ob der Tribun soeben aus dem Grabe herausgekommen, oder aber in dasselbe hinabsteigen wollte. Es ließ sich in diesem Augenblicke nichts Kühneres denken, als dieser Athlet der Revolution, nichts Furchtbareres, als diese Gestalt, welche dem Henkerbeile trotzte, als der Ausdruck dieses Kopfes, der noch in dem Augenblicke, wo er fallen sollte, Gesetze zu geben schien. Es war eine Erscheinung, die einen solchen Eindruck auf mich gemacht hat, daß sie nie aus meinem Gedächtniß schwinden wird."

Riouffe, selbst Gefangener in der Conciergerie, sah nach einander dort Madame Roland, die heldenmüthige Gemahlin des ehemaligen schwachen Justizministers, die Girondisten, St. Just, Danton, La Croix und Robespierre. Seine Denkwürdigkeiten bieten über den damaligen Aufenthalt in den Kerkern der Conciergerie viel Interessantes. „Alle die geächteten Familien sahen es als ein Glück an," erzählt er, „mit einander den Tod zu erleiden." Sie schlossen sich fester an einander an, da sie überzeugt waren, sich einander bald wiederzufinden. Frau von Malezy sagte zu ihrem Vater: „Ich werde mich fest an dich halten, lieber Vater, du bist ein so redlicher Mann, daß mich Gott ungeachtet meiner Sünden, nicht verwerfen wird." . . . . . Frau von Bois Béranger ließ ihre Mutter nicht aus den Augen, und folgte ihr überall nach; sie ermuthigte sie durch ihr Beispiel und ihre Worte. Was die Mutter betraf, so war sie wie alle Mütter, die ich in so schrecklichen Lagen gesehen habe, stumm und wie gelähmt . . . . . Alle waren von einer innigen Frömmigkeit beseelt, und glichen Engeln, welche sich zum Himmel aufschwingen wollten." Gewiß ein rührendes Bild. Der Tod der Roland kann Robespierre nie verziehen werden. Es gab eine Zeit, wo er sie fragte: „Que'st ce que donc la république?“ Sie war eins der reinsten, heldenmüthigsten und bedeutendsten Opfer der Revolution. Am 10. November 1793 erwartete sie in der Conciergerie ihre Todesstunde. Sie sang die Marseillaise, die Hymne der Freiheit. Alle ihre Unglücksgefährten bewunderten sie. Sie schmückte sich zum Todesgange. Aber wenn sie allein war, dann schwand doch dieser Gleichmuth, mit dem sie den Tod erwartete, vor der natürlichen Schwäche der Frau. „Vor Ihnen nimmt sie alle ihre Kräfte zusammen,“ sagte ihre Dienerin zu Riouffe; „wenn sie aber allein ist, bleibt sie oft stundenlang, den Kopf auf den Arm gestützt, am Fenster sitzen, und weint.“ Aber muthvoll bestieg sie den verhängnißvollen Karren in dem kleinen Hofe der Conciergerie. Als sie an der neben der Guillotine auf dem Revolutionsplatze aufgestellten colossalen Bildsäule der Freiheit vorüber kam, verneigte sie sich und rief: „O Freiheit, welche Verbrechen werden in deinem Namen begangen.“ Einige Minuten später zeigte der Henker dem Volke ihr blutiges Haupt. Riouffe sah einmal zwanzig unglückliche Bäuerinnen im Hofe der Conciergerie, welche sämmtlich hingerichtet wurden. Auch die Fürstin von Monaco, welche am 8. Thermidor mit so großer Standhaftigkeit den Tod erlitt, wurde aus St. Pelagie nach der Conciergerie gebracht, um dort den schrecklichen Karren zu besteigen. Am Tage ihrer Hinrichtung aß sie noch ruhig mit der Gräfin Boufflers zu Mittag. Nach dem Mittagessen sagte sie: „Ich bin doch ziemlich angegriffen, ich will Roth auflegen, damit sie es nicht bemerken.“ Auf dem Karren traf sie mit der Gräfin Archambout de Perigord zusammen. Als der Wind ihre mit werthvollen Spitzen besetzte Mütze fortwehte, brachte eine Frau ihr dieselbe zurück. Behalten Sie sie,“ sagte die Fürstin, „ich brauche sie nicht mehr; es ist das letzte Geschenk, was ich geben kann.“ Dies waren ihre letzten Worte.

Nach der Restauration der Bourbons hat die Conciergerie ihren ursprünglichen Charakter ebenfalls nicht verloren. Der talentvolle und gelehrte Architekt Pespe hat die alten Thürme derselben mit ihren gothischen Verzierungen und Sculpturarbeiten in ihrer ursprünglichen Form wieder hergestellt. Gefängniß ist sie unter den Bourbons, unter der Regierung Louis Philipps und unter der Februarrepublik geblieben; sie ist es auch noch heute unter dem Kaiserreich. Von den Gefangenen, welche seit den letzten vierzig Jahren hier eingekerkert wurden, nenne ich hier nur die Namen Lavalette, Oudard, Masul, de Fourmond, Vidocq, der berüchtigte Spitzbube und spätere Polizeichef unter der Regierung des Bürgerkönigs, de Cony, de Grenoble, der Herzog von Fitz James. Lavalette wurde bekanntlich durch seine heldenmüthige Frau, welche bei einem Besuche in der Conciergerie ihrem Manne ihre Kleider gab, in denen er entkam, während sie selbst im Gefängniß zurückblieb, vor dem sicheren Tode durch die Guillotine gerettet. Auch August Blanqui, welcher sich noch heute in dem Gefängniß des Kaiserreichs, in Belle l'Isle befindet, brachte eine lange Untersuchungshaft, bis er nach dem Mont St. Michel geführt wurde, in der Conciergerie zu. Die Februarrevolution befreite ihn, um im Monat Mai bereits wieder mit Armand Barbès eine neue Haft im Donjon zu Vincennes anzutreten. Auch Proudhon, der geistreiche Socialist, verbüßte eine dreijährige Gefängnißhaft wegen Preßvergehen in der Conciergerie. Nach dem 13. Juni 1849 wurden der Oberst Guinard und die Republikaner, welche das verrätherische Verfahren Louis Bonapartes gegen die römische Republik und seine Verletzung der Constitution durch einen Aufstand auf den Boulevards rächen wollten, nach der Conciergerie gebracht.

Sie verlebten dort ihre Untersuchungshaft, bis sie vor den Ausnahmegerichtshof zu Versailles gestellt wurden. Auch die beiden Söhne des großen Verbannten von Guernsey, Karl und Friedrich Hugo, waren zu derselben Zeit in der Conciergerie wegen Preßvergehens in Haft.

Genug nun aller der heldenmüthigen und schrecklichen Erinnerungen, welche in der Vergangenheit an diesen Mauern haften, ich werde den Leser nun in die Conciergerie führen, und ihm die Kerker der Vergangenheit und der Gegenwart zeigen.

An der rechten Seite des Justizpalastes im großen Hofe desselben befindet sich eine eisenvergitterte Thüre, zu der man auf einigen steinernen Stufen hinabsteigt. Sie sieht aus, wie ein Fallgatter im mittelalterlichen Schlosse. Dies eisenvergitterte Thor ist der Eingang zu den Gefängnissen. Der Blick durch dieses Eisenthor ist finster und traurig, er reicht nur wenige Schritte weit auf einen engen, von Mauern umschlossenen Flur. Hinter demselben sah ich einen Beamten an einem kleinen Tische sitzen. Es war ein alter Mann mit grauen Haaren und mit einem von der Reihe von wenigstens sechzig Jahren durchfurchten Gesicht. Der Mann war das lebendige Prototyp eines Kerkermeisters. Ich reichte ihm durch das Gitter meine Vollmacht. Als er sie genügend betrachtet hatte, öffnete er mit einem Schlüssel die Thüre, und ich trat ein. Ich stand auf einem wenige Schritte breiten und langen Flur, der sein Licht nur durch das Eisenthor erhielt. Der Mann sagte, nachdem er die Thüre wieder verschlossen hatte: „Ich werde sogleich einen Beamten rufen, der Sie umherführen wird.“ Der Flur öffnete sich auf einen dunkeln, durch das Licht einer in der Mauer befestigten Laterne erleuchteten, engen Gang. Der Gang bildet den einzigen Eintritt in die heutigen Gefängnisse. Dann erschien auf den Ruf des Beamten ein zweiter Gefängnißbeamter. Er prüfte mit einem Blick meine Vollmacht, dann gab er sie seinem Collegen zurück, und sagte: „Ich werde Sie in die Gefängnisse führen, die Vollmacht werden Sie später hier zurückerhalten.“

Er ging voran in den halberleuchteten Gang, der so eng war, daß höchstens zwei Personen neben einander gehen konnten. Ich folgte ihm schweigend. Als wir einige zwanzig Schritte vorwärts gemacht hatten, bog sich der Gang in einen rechten Winkel nach links. Rechts war derselbe durch ein eisenvergittertes Thor geschlossen. Durch dasselbe blickte ich auf einen kleinen Hof, zu dem mehrere Steinstufen hinaufführten. Auf dem Hofe gingen, miteinander plaudernd, einige zwanzig Personen umher. „Wollen Sie eintreten“, sagte mein Begleiter, „so werde ich das Gitter öffnen lassen, aber Sie übersehen hier den ganzen Raum. Sie sehen, der Hof ist eng und klein. Die Räumlichkeiten sind eng in der Conciergerie.“ —

„Es ist nicht nöthig. Lassen Sie. Wer sind die Gefangenen?“ —

„Sie bieten Ihnen kein Interesse. Leute, welche wegen kleiner Vergehen zu einigen Tagen oder einigen Wochen Gefängniß verurtheilt sind, und welche hier ihre Strafe verbüßen. Unbedeutende Personen.“ —

Ich blickte durch das eiserne Thor auf den Hof. „Können die Leute sich den ganzen Tag auf dem Hofe aufhalten?“ fragte ich, „existirt für sie keine Beschränkung in der Zeit, hier umherzugehen?“ —

„Keine. Sie sind sowohl in der Zeit wie in ihrer Beschäftigung ganz unbeschränkt. Sie können schreiben, lesen, auf dem Hofe spazieren gehen, Besuche empfangen, essen, trinken, was sie wollen. Nur dieses Thor können sie nicht überschreiten. Sie können auch mit einander verkehren, wie und wann sie wollen. Sie büßen, wie ich Ihnen sagte, kurze Freiheitsstrafen ab. Die Strafe besteht, wie ich Ihnen schon zu bemerken die Ehre hatte, nur in Entziehung ihrer persönlichen Freiheit auf eine kurze Zeit; wir würden kein Recht haben, ihnen in dieser Freiheitsbeschränkung neue Beschränkungen aufzuerlegen."

Ich sah, es war hier dasselbe Prinzip der Humanität durchgeführt, welches ich in allen Pariser Gefängnissen gefunden hatte, das Princip, den Gefangenen in seiner persönlichen Freiheit nur in einem einzigen Ausnahmsfalle zu beschränken, wenn nämlich die Wahrheit in der gegen ihn eingeleiteten Untersuchung darunter leiden und verdunkelt werden konnte. Bei Strafgefangenen, welche ich hier sah, war dies natürlich nicht der Fall. Ich dachte unwillkürlich an die Strafgefangenen in dem Berliner Stadtvogteigefängnisse, welche dort auch kleine Gefängnißstrafen zu verbüßen haben und deren Freiheit im Gefängnisse durch eine Hausordnung beschränkt ist, welche den Aufenthalt im Gefängnisse zu einem neuen Gefängniß macht, von dem das Straferkenntniß, welches sie verurtheilt hat, nichts weiß — eine Hausordnung, welche sie zwingt, zu bestimmter Stunde des Morgens aufzustehen, zu einer bestimmten Stunde, im Sommer noch am Tage, sich schlafen zu legen, eine bestimmte Kost zu genießen, eine Hausordnung, welche sogar ihre geistige Beschäftigung einer Censur unterwirft, eine Hausordnung, welche ihnen die Luft des Himmels und die Bewegung ihrer Glieder nur auf eine halbe Stunde täglich gestattet. Die Conciergerie in Paris weiß von einer solchen Hausordnung nichts. „Es ist nur zu bedauern, daß der Hof so klein ist," sagte der Gefängnißbeamte, der neben mir stand, „aber das liegt an den unglücklichen Raumverhältnissen. Die Verwaltung kann nicht dafür. Die Conciergerie ist ein so altes Gebäude aus früherer Zeit."

Ich erzählte meinem Begleiter von der Hausordnung in der Berliner Stadtvogtei. Er schüttelte verwundert den

Kopf. Sein Denkvermögen konnte sich in den Bestimmungen dieser Hausordnung gar nicht zurechtfinden. „Aber die Menschen sind doch blos zur Entziehung ihrer Freiheit verurtheilt,“ wiederholte er mir mehrmals, „dadurch, daß sie sich im Gefängnisse befinden, wird diese Strafe ja an ihnen vollstreckt. Ist das nicht genug? Und wer gibt einer Verwaltungsbehörde das Recht, ein richterliches Erkenntniß anders auszuführen, als wie es gemeint ist?“

Was konnte ich dem Manne darauf antworten? Was würde er erst gesagt haben, wenn ich ihm erzählt hätte, daß das preußische Strafgesetzbuch gar kein Zellengefängniß kennt, und daß trotz alledem in Preußen im Verwaltungswege das Strafsystem der Isolirhaft und des Schweigens in der extremsten Art an Gefangenen ausgeübt wird, welche blos zu Zuchthausstrafen verurtheilt sind?“

Wir betraten nun den ebenfalls durch einige in der Mauer angebrachte Gasflammen matterhellten engen Gang, der weiter nach links führte. Es war ein finsterer und trauriger Gang. Er führte zu dem Gefängnisse, in dem die Girondisten die letzte Nacht vor ihrer Hinrichtung zugebracht hatten, zu dem Gefängnisse der Königin Maria Antoinettens und zu dem Gefängnisse Robespierre's. Nachdem wir einige dreißig Schritte gemacht haben mochten, öffnete der Gefängnißbeamte eine starke eichene Thüre. Wir traten in einen nur matterhellten Raum von der Länge von ungefähr fünfzehn Schritt, der eine Breite von kaum acht Schritt hatte. Der Raum wurde durch ein nicht allzugroßes einziges Fenster erhellt, welches nach einem engen Hofe hinausging. Obschon es erst Nachmittags drei Uhr im October war, war es hier schon ziemlich dunkel. Die hintere Hälfte des Raumes lag in tiefem Schatten. Das Licht, welches durch das Fenster einströmte, war nur im Stande, die vordere Hälfte zu erleuchten. In einer Stunde mußte es hier ganz dunkel sein. Was meint der

Leser wohl, wo ich mich befand? — Ich befand mich in dem Gefängniß einer Königin. Marie Antoinette, die Tochter eines Kaisers und die Gemahlin eines Königs, die „auf dem schönsten Throne der Christenheit gesessen hatte", hatte in diesem engen, halbdunkeln Raume die letzten sechsundsiebenzig Tage vor ihrer Hinrichtung auf dem Revolutionsplatze zugebracht. Man hatte „la veuve Capet", nach der Hinrichtung ihres Mannes, aus dem Tempelthurme hierher geführt. Welche Contraste, die von Vergoldung und meisterhafter Stuccatur strahlenden und spiegelschimmernden Säle des Königsschlosses von Versailles, welche ich gestern besucht hatte, und dieses einsame, halbdunkle Gefängniß, wo es nur bis vier Uhr Nachmittags Tag war. „Damals", sagte mein Begleiter, „war das Fenster nur halb so groß, wie heute. Das Fenster ist um die Hälfte größer ausgebrochen worden."

„Halb so groß", wiederholte ich fast mechanisch, „halb so groß, dann war es hier ja nur in den Mittagsstunden Tag."

Ich dachte an die weiten Säle im Schloß zu Versailles mit den hohen, bis zum Boden hinabreichenden Fenstern, welche einen köstlichen Blick auf die schimmernden Seen und duftigen Baumgruppen des Parkes bieten. Dieser Blick aus den Fenstern des Versailler Schlosses und der Blick hier durch das kleine eisenvergitterte Fensterchen des ummauerten Hofes, welch' schrecklicher Contrast! Aber Marie Antoinette, „die Oesterreicherin", war das verkörperte Prinzip der Contrerevolution, sowie Robespierre der Repräsentant der Revolution war. Die Revolution warf die Contrerevolution nieder, dann endigten ihre Repräsentanten alle nacheinander in diesen Räumen, welche hier dicht aneinander grenzten. Ich hatte bis zum Gefängnisse Robespierre's und bis zum Gefängnisse der Girondisten ja nur wenige Schritte.

Da erzählt ja die goldene Schrift auf der schwarzen, in die Wand eingefügten Marmortafel von den Leiden der stolzen Königin. König Ludwig XVIII. hat sie in die Wand einfügen lassen. „An dieser Stelle“, heißt es in lateinischer Sprache, „erduldete Marie Antoinette Josepha Johanna von Oesterreich, Wittwe Ludwig XVI., nachdem ihr Gatte getödtet, ihre Kinder ihr entrissen waren, in den Kerker geworfen, 76 Tage hindurch Elend, Trübsal und Erniedrigung; aber auf ihre eigene Tugend gestützt, zeigte sie sich wie auf dem Thron, so auch im Gefängniß erhaben über ihre Geschicke. Zuletzt von den verworfensten Menschen zum Tode verurtheilt, schrieb sie hier kurz vor ihrem Tode ein ewiges Denkmal der Frömmigkeit, des Muthes und aller Tugenden.“ Ludwig XVIII., der vertriebene Bourbone, der in der Verbannung nichts gelernt und nichts vergessen hatte, schrieb diese Inschrift selbst. Wir wollen deshalb über die darin ausgesprochene Anschauung nicht mit ihm rechten — sie war eben bourbonistisch. Schon sein Nachfolger mußte, weil er in diesen Anschauungen nicht weiter regieren wollte, dem schönen Frankreich von Neuem den Rücken kehren. Verworfen waren jedenfalls die Menschen, welche Frankreich an den Abgrund der Revolutionsjahre von 1791—1793 gebracht hatten, und daran hatte der Graf von Artois, der Schreiber dieser Zeilen nicht den geringsten Antheil gehabt. Jedenfalls war es eine Geschmacklosigkeit sonder gleichen, diesen historischen Raum in die Sacristei einer Kapelle zu verwandeln. Historische Thatsachen kann man weder mit Kalk übertünchen noch mit silbergestickten Altardecken verhüllen. Aber die Bourbons hätten die Weltgeschichte ausstreichen mögen — bis die Weltgeschichte sie aus ihrem Buche gestrichen hat. So ist Nichts mehr in dem Gefängnisse der Königin, was an ihre sechsundsiebenzig Tage des Elends erinnert, als die Fliesen des Fußbodens. Es sind dieselben Fliesen, welche ihr Fuß betreten hat, als sie zum Tode ging.

Durch eine in der Wand angebrachte Thüre tritt man in ein angrenzendes Gemach. Es hat ganz dieselbe Breite, wie das Gefängniß der Königin, und wird auf eben dieselbe Weise von dem inneren Hofe aus erhellt; nur ist es ungefähr fünf Schritte kürzer. Ebenfalls ein interessanter Raum, in dem sich die Erinnerungen an eine glänzende Epoche der Revolution und an einen ihrer glänzendsten Repräsentanten verkörpern. Hier brachte Robespierre die Nacht vor seiner Hinrichtung auf dem Revolutionsplatze zu. Nachdem die Soldaten der Contrerevolution ihn auf dem Stadthause gefangen genommen hatten, wurde er mit blutendem Gesicht in die Conciergerie geführt. Daß er sich selbst die eine Kinnbacke mit der Pistole zerschmettert hatte, mit welcher er sich den Tod zu geben gedachte, ist eine von den vielen kläglichen Verleumdungen, mit denen die bezahlten Soldschreiber der Bourbons das Andenken dieses jedenfalls großen Mannes zu beschmutzen gedachten. Louis Blanc hat die Wahrheit in der Geschichte*) wiederhergestellt, indem er nachgewiesen hat, daß der Schuß von einem der in den Saal des Stadthauses eindringenden Gendarmen abgefeuert wurde. Auch das ehemalige Gefängniß Robespierre's bildet einen zweiten kleinen Raum der Sacristei. Die Wände sind übertüncht und übermalt; nur die Fliesen des Bodens sind dieselben, wie damals, und erinnern an den Fußtritt des mächtigen Mannes, der eine Zeit lang die französische Revolution mit dem Hauche seiner genialen Seele beherrschte.

Aus dem Kerker Robespierre's treten wir in einen großen Saal. Hoch gewölbt, weit, bildet er heute die Kapelle der Conciergerie. Auch sein äußeres Kleid ist neu,

---

*) Histoire de la révolution française par Mr. Louis Blanc. Paris.

und stammt ebenfalls aus der Regierungszeit Ludwig des Achtzehnten. Es hat deshalb für uns kein Interesse. Aber die Erinnerung an eine wunderbare Nacht steigt in diesem großen Saale in uns auf, wie eine glänzende Phantasmagorie voll Farbenpracht und blendender Lichter. Eine lange Tafel ist mit Blumen bekränzt; auf der Tafel brennen weiße Wachskerzen auf silbernen Armleuchtern zwischen duftenden Rosenbouquets und gläsernen Pokalen, in denen der rothe Burgunder schimmert, der weite Saal erscheint wie in Licht getaucht, und um die weißgedeckte Tafel sitzen zwei und zwanzig Männer, in allen Altersstufen, ebenfalls mit Rosen bekränzt, und halten ein reiches Mahl. Die Gläser klingen aneinander, der rothe Burgunder und der weiße Champagner perlt im Crystall, „vive la republique“ tönt es an den hohen Wänden hinauf, heiteres Lachen und fröhliche Rufe unterbrechen dann und wann die lebendige immer wechselnde Unterhaltung, dann erschallt die Marseillaise, das Sturmlied der großen Revolution, unter dessen gewaltigen Klängen die Throne Europa's in Trümmer sanken und eine neue große Zeit anbrach.

„Allons enfants de la patrie,
Le jour de gloire est arrivé,
Contre nous de la tyrannie
L'étendard sanglant élevé.“

singen die zwei und zwanzig Männer, und der Refrain: „Aux armes citoyens, aux armes bataillons“ braust durch die Säle, durch die Kerker und Gänge des alten Gefängnisses. Aber draußen wird es heller und heller, das Morgenroth dämmert herauf, wie eine blutrothe Wolke, und der Glanz der tief herabgebrannten Wachskerzen erbleicht vor dem einstürmenden Licht des jungen Tages. Und die Züge der zwei und zwanzig Männer, welche da an der blumenbekränzten Tafel den letzten Champagner aus den hohen Kelchgläsern schlürfen, sind bleich geworden. Ist es das helle Licht des Tages, welches sie erbleichen macht, oder ist es die innere Erregung? Wer weiß es! Aber es treten Gend'armen und Kerkerknechte in den Saal, und Einer, die dreifarbige Schärpe um die Schulter geschlungen, den dreieckigen Hut mit einer großen dreifarbigen Kokarde auf dem Kopfe, ruft zwei und zwanzig Namen auf. Es sind die berühmtesten Namen in Frankreich, es sind die Namen Brissots und seiner ein und zwanzig Genossen; hier ist der Saal, wo die Girondisten in der Nacht vor ihrer Hinrichtung, bevor sie auf dem Revolutionsplatze das Todesgerüst bestiegen, ihr letztes, gemeinschaftliches Mahl feierten. Die Zweiundzwanzig gehen von der blumenbekränzten Tafel geradewegs zum Schaffot. Draußen, in dem kleinen nach dem Quai de l'Horloge belegenen Hofe stehen schon die Karren bereit, um sie fortzuführen. Ich sah sie Alle heute mit dem Auge des Geistes da um die Tafel sitzen, ich hörte ihren Gesang und das crystallene Klingen ihrer Gläser; Riouffe sah sie während seiner Gefangenschaft in der Conciergerie mit seinen leiblichen Augen und spricht von ihnen in den Ausdrücken größter Verehrung. Der Saal, in dem ich heute stand, erschien ihm wie der Tempel der verfolgten Tugend. „Diese großen Männer, die ersten unserer Mitbürger," sagt er in seinen Denkwürdigkeiten, „die alle Beredtsamkeit in sich zusammenfaßten, und deren einziges Unrecht darin bestand, in einem Jahrhundert des Schmutzes das Licht der Welt erblickt zu haben, werden als Opfer einer Revolution fallen, die sie wahrscheinlich nach Belieben zu regeln gedachten, und deren unmittelbarste Folgen sie nicht einmal vorausgesehen hatten. Sie haben zuerst die Proscriptionen angefangen; jetzt sind sie ebenfalls geächtet, und diese Partei, welche solchen Eifer zeigte, eine von Andern wehrlos gemachte Gewalt zu errichten, war zu schwach, den ersten Streichen zu widerstehen, die gegen sie gerichtet wurden." Auch Danton, La Croix, St. Just und Robespierre sah Riouffe nach und nach in der Conciergerie. „So haben," bemerkt er, „so viele Anstrengungen, so viele Thorheiten und Verbrechen zu nichts weiter geführt, als ihnen einen Raum von vier Fuß und ein Brett in der Conciergerie zu verschaffen." ... Der gute Riouffe geht oft von sehr kleinlichen Anschauungen aus. Wie würde wohl Europa aussehen, in welch' einen Sumpf von Dummheit, geistiger Knechtschaft und politischer Sklaverei würde es verwandelt worden sein, wenn die erste französische Revolution nicht über seine Länder gebraust wäre! —

Ich trat mit meinem Begleiter wieder in den Kerker Robespierre's. Eine Thür führt von hier auf den Hof, von dem die Kerker Maria Antoinette's, Robespierre's und der Girondisten das Licht empfingen. Der Hof war mit Arcaden umgeben, welche zum Spazierengehen im schlechten Wetter gebraucht wurden; der Hof selbst hatte eine ovale Gestalt und mochte eine Breite von ungefähr 45 Schritt haben. Der Eingang in die Gefängnisse war unter den Arcaden, und oberhalb derselben umgab denselben ein zweites Stockwerk, dessen Gemächer ebenfalls auf einen offenen Gang mündeten. Auf dem bedeckten Spaziergange der Gefangenen standen noch die steinernen Tische, an denen Ludwig der Heilige mit eigener Hand Lebensmittel an die Armen vertheilte. Dort unter den Arcaden und auf dem inneren Raume des Hofes gingen einige dreißig Männer umher, plaudernd, rauchend, als wenn sie nur zum Spazierengehen hier wären. Es waren Untersuchungsgefangene, welche vor das Geschworenengericht des Seinedepartements gewiesen waren und welche hier den Tag der Sitzung abwarteten. Ihre Voruntersuchung war geschlossen, es handelte sich für sie nur noch um Freilassung oder um Verurtheilung, oft zu schweren Kerkerstrafen, vielleicht zum Tode. Täglich hallten die rauhen Stimmen der Schließer an den Gewölben dieser Arcaden wieder, wenn sie die Angeklagten aufriefen, vor ihren Richtern zu erscheinen. Am Abend ertönte dann das Geschrei und die Klagen Derjenigen, welche zu einer langen Gefangenschaft verurtheilt waren und welche von hier aus in andere Gefängnisse geführt wurden, wo sie ihre Strafen abzubüßen hatten. Aber bis dahin ließ man ihnen vollkommene Freiheit, zu thun und zu lassen, was sie wollten. Sie konnten den ganzen Tag auf dem Hof oder unter den Arcaden zubringen, sie konnten sich in den Räumen aufhalten, welche ihnen zur Wohnung angewiesen waren, sie konnten essen und trinken, was sie wollten und bis wie weit ihre Kasse reichte, sie konnten Zeitungen lesen oder studiren, Besuche empfangen, kurz, sie hatten im Raume dieses Hofes und ihrer Zelle vollkommene Freiheit — sie waren eben Untersuchungsgefangene, und konnten ja unschuldig sein an den Verbrechen, deren man sie anschuldigte. Was soll ich den Leser mit der langen Stufenleiter von Verbrechen aufhalten, welche mein Begleiter mir herzählte, und zu denen er mir die betreffenden Personen nannte? Sie begannen beim Diebstahl und endigten mit dem Morde. Oft haben diese Räume hier auch als Gefängnisse für politische Gefangene gedient. Proudhon, der berühmte Socialist, brachte hier mehrere Jahre zu; auch die Söhne Victor Hugo's verbüßten hier in den Jahren 1849 und 1850 Strafen für Preßvergehen; sämmtliche Gefangene, welche nach dem 13. Juni 1849, wo der Berg für die Verletzung der Constitution, welche die Regierung des Präsidenten der Republik an der Römischen Republik begangen hatte, dieselbe zu stürzen suchte, verhaftet waren, wurden hier aufbewahrt, bis sie vor dem aus bonapartistischen Creaturen zusammengesetzten Ausnahmsgerichtshof von Versailles gestellt wurden.

Früher war der nach dem Quai de l'Horloge liegende Theil der Conciergerie mit dem Theile, der sich an den Justizpalast anlehnt, und wo ich mich jetzt befand, verbunden. Dies ist jetzt nicht mehr der Fall. Eine Mauer trennt beide. Um dorthin zu kommen, mußte ich durch den Kerker Maria Antoinetten's zurückkehren und das Haus wieder durch das niedrige, eisenvergitterte Thor verlassen, durch welches ich vor einer Stunde eingetreten war. Der Beamte begleitete mich zurück. Als ich gerade das nach dem Platze vor dem Justizpalast führende Gitterthor passiren wollte, stürzte mir eine schwarzgekleidete Dame entgegen. Sie war noch jung, Thränen füllten ihre großen dunklen Augen, der Kummer lag auf ihren bleichen, abgespannten Zügen. „Combien, Madame?“ rief ihr der Schließer entgegen. — „Ah, mon dieu, cinq ans!“ — stöhnte sie und sank halb ohnmächtig auf den neben dem kleinen Tische stehenden hölzernen Stuhl. Die Unglückliche war die Frau eines der Gefangenen, welche auf dem Hofe, wo ich soeben gewesen war, gefangen gehalten waren. Sie kam aus dem Schwurgericht, wo das „Schuldig“ der Geschworenen ihren Mann soeben zu fünf Jahren Gefängniß verurtheilt hatte. Sie kam, um ihren Mann zu sehen, um ihn zu trösten, um mit ihm zu weinen.

Erschüttert durch die Scene ging ich über den Platz, auf dem das Leben „des Herzens Frankreichs“ in einem unendlichen Stimmgewirr und Wagengeräusch an mein Ohr schlug, nach dem Quai de l'Horloge, um den dorthinausliegenden Theil des alten Gefängnisses zu besuchen. Die ganze Façade hat der talentvolle und gelehrte Architekt Pespe mit ihren gothischen Verzierungen und ihren Sculpturarbeiten in ihrer ursprünglichen Form wieder hergestellt; aber drinnen hinter dieser Façade hatte die Maurerkelle und die Hacke der Napoleonischen Regierung gewüthet, welche hunderte von historischen Erinnerungen des alten

Paris leider der Erde gleich gemacht hat. Wo ist jenes uralte Straßengewirr vor dem Justizpalaste geblieben, in deren engen Gassen und dunkeln Häusern Eugen Sue's berühmte Romane spielen. Vor vierzehn Jahren sah ich sie alle noch, und habe sie alle durchwandert. Jetzt ist dieses interessante Quartier der Erde gleich gemacht, und auf dem Platze erheben sich zwei häßliche Kasernen, welche als Zwing-Uri für die Stadt der Revolution dienen sollen. So war es auch in dem vorderen Theile der Conciergerie. Alles lag in Schutt und Trümmern, und wenn ich die Beamten, die ich auf dem Hofe antraf, nach Einzelheiten fragte, so war die regelmäßige Antwort „Alles ist verschwunden, wir haben seit Jahr und Tag den Maurer im Hause."

Vierzehntes Kapitel.

Der Palast des römischen Kaisers.

Rue de la Harpe. Rom und Paris. Der Palast des römischen Kaisers ehemals und heute. Seine Erbauer. Constantin Chlorus. Julian Apostata. Erinnerungen aus dem historischen Paris. Der Boulevard Sebastopol. Die Bruchstücke der Vergangenheit im Garten des Palastes. Der Eintritt in den Palast. Der Saal der kalten Bäder. Der Saal der warmen Bäder. Die Keller im Erdgeschoß. Die Werkstatt des Faßbinders.

Wenn man vor vierzehn Jahren durch die historische Rue de la Harpe ging, erblickte man plötzlich im Hofe eines alten Hauses, welches früher als Zeichen ein eisernes Kreuz hatte, die epheubewachsenen Mauern römischer Thermen. Man sah sich auf einmal anderthalb Jahrtausende in der Zeit zurückversetzt. Rom und Paris! Die Bäder der Caracalla, die Ruinen der Kaiserpaläste auf dem aventinischen Berge und diese nun ebenfalls verödeten Gewölbe des uralten Kaiserreichs! Welche Parallelen! Wie in der ewigen Stadt umschlossen auch hier die uralten Mauern die älteste Residenz der gewaltigen Kaiser, deren Herrschaft sich über die ganze damals bekannte Welt erstreckte. Und welche gewaltige Residenz, eben so gewaltig, wie die Paläste der römischen Imperatoren in Italien, deren Größe wir nur noch in ihren Trümmern anstaunen! „Seine Firste," sagt ein altfranzösischer Schriftsteller, Jean de Hauteville, im Jahre 1080, „erhoben sich bis zu den Himmeln, und seine Grundbauten reichten bis in die Unterwelt." Die Ländereien, die dazu gehörten, erstreckten sich bis an das Seineufer, westlich bis zu der heutigen Kirche St. Germain des Prés, östlich bis über den Platz des heutigen Parthenons hinaus, und umfaßten einen Raum, auf welchem heute ein ganzer Stadttheil von Paris steht. Jean de Hauteville sah den Palast noch vollständig. Er bestand damals „im Centrum aus einem Hauptgebäude, dessen Flügel sich in derselben Richtung ausdehnen, und sich entfaltend, das Gebirge einzuschließen scheinen." Wie einst die Thermenbauten in der ewigen Stadt, ragte das Hauptgebäude mit einem Kuppeldach hoch über die niedrigern Seitentheile empor, welche ihrerseits einen ansehnlichen Flächenraum in einer langgestreckten Vorderfront einnahmen, ganz so, wie man es heute noch in Rom an den Bädern des Caracalla und des Diocletian sehen kann. Die heute noch sichtbaren Mauern bildeten dann wahrscheinlich den linken Flügel des Bauwerkes, dessen Front gegen die Seine gerichtet war, und dessen Mitte und rechter Flügel sich gegen Osten hinzogen. Nach Art der schwebenden Gärten der Alten waren auf der Höhe der Gebäude Gärten angelegt. In den Ulmenkronen und Kastanienwipfeln flüsterte der Abendwind. Noch heute erstrecken sich die Spuren von Sälen, Kellern und Unterbauten weithin unter den Mauern des Hotels de Cluny und der umliegenden Häuser und bilden ein großartiges Netz römischer Grundbauten, welches einen ansehnlichen Theil des linken Seineufers umspannt. Der auf der Höhe des Gebäudes angelegte Garten verschwand erst im Jahre 1820, wo auf Andringen des Herzogs von Angoulême eine Restauration des Palastes vorgenommen wurde, um denselben vor dem völligen Verfall zu bewahren.

Wer war nun der Erbauer dieses einst in riesigen Dimensionen aufgeführten Palastes? Mit Bestimmtheit ist die Frage nicht zu beantworten. Jedenfalls hat Julian der Apostat einst dort gewohnt, als er zum Kaiser ausgerufen wurde. Auch die älteren französischen Schriftsteller sind schon nicht mehr im Stande, Gewisses über den Ursprung des Palastes anzugeben. Zuerst ist davon die Rede im zweiten Bande der französischen Alterthümer von Clerisseau. Wahrscheinlich ist Constantius Chlorus, der Vater Constantin des Großen, der Erbauer. Daß er in der alten „Lutetia" residirte, steht fest. Der Neffe desselben war Julian der Apostat. Auch das ist geschichtlich festgestellt, daß Constantius Chlorus in geringer Entfernung vom linken Seineufer, wo das römische Lager stand, einen Palast gebaut hat. In den Sälen, wo einst die römischen Cäsaren wohnten, ließen sich dann die fränkischen Könige nieder. Die Capetinger bauten sich eine neue Residenz auf der Insel, welche heutzutage die Cité heißt; die drei alten Thürme der Conciergerie repräsentiren das Andenken derselben; alles Uebrige zerstörten die Flammen mehrerer großer Brände. Aber nur zeitweise wohnten sie hier; abwechselnd verlegten sie ihr Hoflager an verschiedene Orte. Die von zwei normännischen Thürmen flankirte Façade des Hotels an der Ecke der heutigen Rue de l'Hôtel de ville und der Rue Figier, wo der wahnsinnige König Karl der Sechste jenes Maskenfest feierte, wo er als Mohr und mit fünf andern Herren seines Hofes mit Ketten aneinander geschlossen erschien, einer Fackel zu nahe kam, sammt ihnen in Brand gerieth, und nur mit genauer Noth gerettet wurde, ist noch heute zu sehen. In den Gemächern dieses Palastes wurden zu seiner Unterhaltung die ersten Spielkarten erfunden. Die nächste Umgebung dieser ehemaligen Königsresidenz, in der heute ein Confiseur seinen Backofen eingerichtet hat, war damals der Schauplatz der täglichen Kämpfe der Hofparteien des Herzogs von Orleans und des Herzogs von Burgund. In einer der nächsten Straßen, in der Rue St. Paul, wurde der Erstere als Regent nächtlicherweise ermordet. Der Herzog von Burgund hatte die Mörder gedungen. Dafür erschlugen seine

Anhänger den Herzog auf der Brücke von Montereau. Karl der Siebente schlug sein Hoflager zu Chinon auf; der grausame und blutdürstige Ludwig der Elfte, dessen ganze Regierung der Kampf mit den großen Baronen des Königreichs ausfüllte, wohnte gewöhnlich in Plessis les Tours. Franz der Erste legte den Grundstein zu dem heutigen Louvre, hielt sein Hoflager aber meistens in Fontainebleau. Sein Sohn, Heinrich der Zweite, verließ dann für immer den alten Königspalast der Capetinger auf der Cité, und verlegte seine Residenz in das Louvre. In den alten Palast auf der Cité zog das Parlament ein, der oberste Gerichtshof Frankreichs. König Heinrich der Zweite büßte bekanntlich auf dem Place des Tournelles in einem Tournier das Leben ein. Graf Montgommery, Hauptmann der schottischen Garde, traf ihn durch Unvorsichtigkeit mit einem Lanzensplitter ins Auge, da er versäumt hatte, den an des Königs Rüstung zersplitterten Lanzenschaft fortzuwerfen, und die Pferde aufeinanderrannten. Für diese Unvorsichtigkeit ließ Catharina von Medici den unglücklichen Grafen auf dem Greveplatz hinrichten und den Palast niederreißen. Seine Stelle nimmt heute der Platz ein, den man „Place Royale“ getauft hat. In der Mitte steht das Reiterbild Ludwig des Dreizehnten, von Dupaty und Cortot in Marmor ausgeführt, an den Seiten plätschern die Wasser zweier Springbrunnen und die Bänke unter den schattigen Linden und Kastanien dienen den Spaziergängern aus dem Marais Abends als Ruhesitz, während die Kinder aus dem ganzen Quartier sich den Rasen, womit man neuerdings den Platz bedeckt hat, als Spielplatz ausgesucht zu haben scheinen. Auch die einförmig aus rothen Ziegelsteinen mit Lagen von Sandsteinquadern und hohen Dächern — das Erdgeschoß eine Reihe von Bogengängen — aufgeführten Häuser, welche den Platz an allen vier Seiten umgeben, stammen noch aus der Zeit der Catharina von Medici, wenn sie auch erst unter König Heinrich dem Vierten vollendet wurden. Eins von diesen Häusern (Nr. 21) bewohnte einst der mächtige Cardinal Richelieu; das Haus dort in der südöstlichen Ecke des Platzes (Nr. 9) bewohnte Victor Hugo, und nach ihm die Rachel bis zu ihrem Tode. Trotz aller Umbauten des Kaiserreichs begleiten uns die Spuren einer interessanten Geschichte und blutiger Kämpfe und Revolutionen noch heute auf jedem Pflasterstein des modernen Paris. Die Nachfolger Heinrichs des Zweiten theilten ihren Aufenthalt zwischen dem Louvre und dem Schloß St. Germain-en-Laye. Ludwig der Vierzehnte zog herüber nach Versailles. Von der Terrasse zu St. Germain hatte er immer und immer die Thürme der Abtei St. Denis vor Augen, wo seine Ahnen begraben lagen, und wo für ihn die Gruft schon bereit stand. Ludwig der Vierzehnte hatte eine kindische Furcht vor dem Tode. Er konnte die Thürme der Abtei von St. Denis nicht mehr sehen, ohne zu schaudern; deßhalb zog er nach Versailles. Die französische Revolution machte der Residenz in Versailles ein Ende. In Paris fürchtete man die erneuerte Flucht des Königs aus dem Schloß von Versailles ins Ausland, nachdem diese Flucht schon einmal versucht und durch den braven Postmeister Drouet vereitelt war, mit Recht; man zwang ihn deßhalb, nach Paris zu kommen und die Tuilerien zu beziehen. Seitdem wohnten alle französischen Könige in den Tuilerien, die legitimen sowohl, wie die Bürgerkönige, die Consuln der Republik und der Kaiser; heute, gerade fünfzehnhundert Jahre nach dem Legionenkaiser, haust wieder ein Legionenkaiser dort. Aber die älteste Residenz der französischen Herrscher hat alle diese Umwandlungen überdauert. Auch die Rue de la Harpe, in welcher ich vor vierzehn Jahren die Trümmer des alten Kaiserpalastes erblickte, hat den strategischen Straßenlinien des neuen Kaiserreichs weichen müssen. Die alte, enge Rue de la Harpe ist von der Erde verschwunden. An ihre Stelle ist der glänzende Boulevard de Sebastopol getreten, eine der regsten Verkehrsstraßen des modernen Paris. Mitten zwischen seinen eleganten Neubauten erblickt man plötzlich auf einem weiten, mit frischem Rasen, mit Blumenbeeten, Baumgruppen und Gebüsch bedeckten Platze um die mit Epheu bewachsenen Mauern der römischen Kaiserzeit, von Statuen, Thierbildern und gebrochenen Säulen umgeben. In buntem Gemisch sind Altäre, Torso's, Säulenfragmente, Grabsteine und die Bruchstücke einer römischen Straße, welche unter der Rue du petit-Pont und der Rue Saint Jacques entdeckt wurde, hier zusammengehäuft. Auf vier von diesen Altären besagen die Inschriften, daß sie von Pariser Schiffsleuten zu Ehren Jupiters errichtet wurden. Sie wurden vor fast hundert und fünfzig Jahren unter dem Chor der Notredamekirche gefunden. Einer von ihnen ist vollkommen erhalten, und besteht aus zwei übereinanderliegenden Steinen, in Gestalt eines vierseitigen Pfeilers mit den Relief-Figuren Jupiters, Vulcans, Mars und eines aufrechtstehenden Stiers, der drei Schiffskrahne trägt. So trennt nur ein elegantes Eisengitter die frischgetünchten Wände des neuen von den längst entblößten Mauern des alten Kaiserreichs, dessen Gewölbe, wenn gleich verödet, anderthalb Jahrtausende überdauert haben, und die Residenzen aller französischen Könige in Paris überlebten. —

Der Eintritt in den Palast der römischen Kaiser findet durch das Hotel de Cluny statt, einer der reizendsten und interessantesten Perlen mittelalterlicher Baukunst in Frankreich. Durch einen Vorsaal gelangt man in einen gigantischen Saal von viereckiger Gestalt. Er hat eine Länge von zwanzig Meter, ist elf und einen halben Meter breit und achtzehn Meter hoch. Der Saal mit ursprünglicher gewölbter Decke macht durch seine gigantische Größe einen imponirenden Eindruck. Mit Bestimmtheit läßt sich nicht sagen, wozu dieser Saal in dem alten Kaiserpalaste gedient haben mag, da der Plan der Thermen sich in keinem von den Werken, welche die alten Denkmäler von Paris schildern, befindet. Die Bäder der Alten bestanden bekanntlich aus einer Menge von Sälen, welche nicht alle zum Baden gebraucht wurden. Wahrscheinlich aber bildet er das ehemalige kalte Bad, das sogenannte Frigidarium. Die Architectur des Saales ist sehr einfach. Gerade gegenüber der Thüre, durch welche man eintritt, erblickt man eine große, runde Nische, zu beiden Seiten zwei kleinere Nischen von geringerer Tiefe und viereckiger Form. Im Saale befinden sich vier Fensteröffnungen mit Bögen. Zwei von ihnen sind zugemauert, die dritte ist es nur zur Hälfte, die vierte ist noch ganz offen, und läßt das Licht und die Luft des Tages einströmen. Die Decke des Saales ist gewölbt, wie fast überall in den Bädern, welche noch in Italien aus der Kaiserzeit übrig geblieben sind. In den vier Ecken erblickt man noch heute die Trümmer von Sculpturen, welche Säulencapitäler in der Form von Schiffsvordertheilen darstellen. Ohne Zweifel krönten sie einst Säulen, welche der Zahn der Zeit in den anderthalb Jahrtausenden zerstört hat. Die Construction der Mauern besteht abwechselnd aus Mauersteinen und Ziegelsteinen, welche in Reihen übereinanderliegen und mit Klammern befestigt sind. Das Mauerwerk war dann mit Stuck bedeckt, der eine Dicke von drei, vier und sogar fünf Daumen hatte. Hier und da sieht man auf den sonst überall nackten Wänden noch die Trümmer des herabgefallenen Stuckes. Der Boden des Saales war ehemals erhöht, und zwischen der jetzigen und der früheren Grundfläche lagen die Röhren, welche das Wasser zu den Bädern hinleiteten. Noch heute sind die Mundlöcher in den Wänden sichtbar. Ein besonderer Canal führte zu einer seitwärts von dem großen

Saale angebrachten Vertiefung, dem Fischbehälter, und mittelst eines Seitenarmes in den an den großen Saal stoßenden Raum, der zu den warmen Bädern bestimmt war — das sogenannte Tepidarium der Römer. Große Gefäße, unter denen das Feuer auf zum Theil noch erkennbaren Herden brannte, nahmen das Wasser hier auf, erwärmten es durch in Nischen angebrachte Mundöffnungen und ließen es in die vor jeder derselben befindliche Badewanne herabfallen. Auch diese Nischen kann man in den Mauern des Tepidariums noch erkennen. Aber die Decke des Tepidariums ist eingefallen und Sonne, Mond und Sterne blicken ungestört in diese Halle, wo einst die Herrscher der damals bekannten Welt badeten.

Unter den Sälen befinden sich noch eine doppelte Reihe von Kellern, welche in Wiegenform gebaut sind, und übereinander liegen. Sie sind getrennt durch Mauern von vier Fuß Dicke und stehen miteinander durch Thüren von vier Fuß Breite in Verbindung. Die erste Reihe dieser Keller befindet sich zehn Fuß unter dem Boden des Saales. Wie weit diese Keller reichen, ist noch nicht erforscht; bis auf eine Länge von vierhundert und sechs Fuß ist man unter dem Boden vorgedrungen. Die Gewölbe bestehen aus Ziegelsteinen, gehauenen Steinen und Steinblöcken, die mit Mörtel zusammengefügt sind.

Diese merkwürdigen Ruinen wurden fast ein halbes Jahrtausend lang ihrem Schicksale überlassen. Während der großen französischen Revolution hatte ein Faßbinder in dem Saale der kalten Bäder seine Werkstätte aufgeschlagen. Im Jahre 1820 wurde, um sie vor vollständigem Verfalle zu bewahren, die erste Restauration derselben vorgenommen. Zu gleicher Zeit dachte man ernstlich daran, den einzigen Resten des Römerthums zu Paris eine ihrer würdigere Bestimmung zu geben, als zu Kellern und der Irrenanstalt zu Charenton zum Magazine zu dienen.

Schon damals faßte man die Idee, sie zu einem Museum für die celtischen und römischen Alterthümer einzurichten, welche man in Paris gefunden hatte. Vorläufig wurden im Jahre 1836 die Ruinen von der Stadt Paris zurückgekauft, jene Idee aber kam erst zur Zeit zur Ausführung, als Louis Philipp im Jahre 1843 das Hotel de Cluny auf Staatskosten ankaufen ließ, um daraus ein höchst interessantes Museum nationaler Alterthümer zu machen. Jedenfalls sind die römischen Kaiserpaläste jetzt das älteste und historisch das interessanteste Gebäude unter den dunkeln Häusern in Paris.

Fünfzehntes Kapitel.

Das Haus der Armen und Elenden.

(La Salpétrière.)

Ein Palast. Die Entstehung der Salpétrière. Die Gärten und Dimensionen derselben. Das Alter in allen Formen und in allen Jahren. Die Höfe der Epileptischen. Die Höfe der Irrsinnigen. Die Höfe der Tobsüchtigen.

Es war an einem jener leuchtenden und warmen Tage im Spätherbst, welche in Paris von besonderer Schönheit sind und dem häßlichen Regenwetter vorhergehen, welches im November zu beginnen pflegt und von dem Pariser in ganz bezeichnender Weise „le temps de Paris“ genannt wird. Ich stand auf dem breiten Boulevard, der an der Rückseite des Pflanzengartens von der Austerlitzbrücke beginnt und so den Boulevard Mazas mit dem äußersten Gürtel der Boulevards verbindet, welche das Herz Frankreichs umschließen und vor den Thoren seiner interessantesten Friedhöfe, dem Père Lachaise, den Begräbnißstätten am Mont Parnasse und am Montmartre vorüberführen. Ich suchte das bekannte Haus, welches man in Paris sonderbarerweise „la Salpétrière“ nennt. „Salpétrière“ ist im eigentlichen Sinne des Wortes ein Haus, wo Salpeter zubereitet wird. Das ist aber nur der eigentliche Sinn des Wortes; in der Wirklichkeit ist die Salpétrière das „Haus der Armen und Elenden“ in Paris.

Links vom Boulevard, schräg dem Platze gegenüber, wo die Pferdemärkte gehalten zu werden pflegen, erhob sich ein großes, palastartiges Gebäude, aus einem Mittelbau und zwei dreistöckigen Flügeln bestehend, von einer Mauer ringsum eingeschlossen. Die Dimensionen des palastartigen Gebäudes waren von enormer Größe, hinter dem Mittelbau stieg eine mit Kupfer gedeckte Kuppel auf, ein kolossales Octogon bildend. Die Strahlen der Mittagssonne funkelten auf einem vergoldeten Kreuz, welches die Spitze des Octogons krönte. Der Palast war im Style der Zeit der letzten französischen Könige aufgeführt. Ulmenkronen und Kastanienwipfel wiegten sich jenseits der hohen Umfassungsmauer im frischen Morgenwinde, der aus der schönen Normandie kam und den grünen Spiegel der nahen Seine kräuselte. Weite Rasenflächen, von Rüstern und Ulmen beschattet, trennten den Palast vom Staube des breiten Boulevard. Glockengeläute tönte von der Kuppel des Octogons zu mir herüber. Das Geräusch und das Stimmengewirr, welches wie eine Wolke über großen Städten schwebt, war hier verstummt. Friedliche Stille rings umher. Ich hörte nichts, als die Glocken auf den Schwingen des Morgenwindes. Ich stand an einer der äußersten Grenzen der Weltstadt, welche in Lärm und Geräusch nur von Neapel übertroffen wird.

Wer wohnte in jenem Palaste mit den Ulmenkronen, mit den Kastanienwipfeln und mit dem goldfunkelnden Kreuze auf metallener Kuppel? In jenem Palaste wohnten die „Armen und Elenden“ von Paris. Es war eine fürstliche Wohnung. Das Haus der Armen und Elenden am Alexanderplatze in Berlin und dieser Palast, welcher Kontrast! Die öffentliche Wohlthätigkeit hat in dem modernen Babel seit Jahrhunderten außerordentlich viel gethan. Paris ist die erste Stadt der Welt, auch in seinen Wohlthätigkeitsanstalten.

Oder irrte ich mich? Ein Arbeiter in seiner charakteristischen blauen Blouse ging vorüber. „Wer wohnt dort in jenem Palaste?“ fragte ich den Mann.

„Mais Monsieur, c'est la Salpétrière!“ erwiderte er, mich, wie es schien, verwundert über meine Frage anblickend.

Der Palast war wirklich das Haus der Armen und Elenden von Paris.

„Die beträchtlichen Vergrößerungen von Paris unter der Regierung Königs Ludwig XIII. und die bürgerlichen Unruhen während der Minderjährigkeit Ludwig XIV.“, erzählt Herr von Saint Victor in seinem trefflichen Werke*), „hatten Massen von Vagabunden und Bettlern aus allen Theilen Frankreichs nach Paris geführt. Die Zahl der Bettler wird von Geschichtsschreibern der damaligen Zeit auf nicht weniger, als vierzigtausend angegeben. Ihre Frechheit und Unverschämtheit stieg von Tag zu Tag; sie fühlten die Kraft, welche sich auf ihre Massen gründete. Mit unverschämter Dreistigkeit verlangten sie Hülfe, schlug man ihnen Almosen ab, so wandten sie häufig Gewalt an. Der Zustand wurde täglich unerträglicher. Abhülfe mußte geschafft werden. Herr Pomponne de Bellire, damals erster Präsident des Parlaments, ein Mann voll Eifer für das öffentliche Wohl, schlug vor, ein großes Hospital zu erbauen, in dessen Räumen sie Aufnahme finden könnten. Am 16. Juli 1632 beschloß das Parlament die Gründung eines solchen Hospitals. Trotzdem zog sich die Ausführung jenes Parlamentsbeschlusses bis in das Jahr 1656 hin. In diesem Jahre wurde die Sache in Angriff genommen. Ein königliches Edict bestimmte, daß Bictre und die Salpétrière als Zufluchtshäuser für alle Armen und Elenden in Paris dienen sollten, welche nicht im Stande wären, sich ihr Brod durch eigene Arbeit zu erwerben. Das Gebäude, welches früher an der Stelle stand, wo jetzt

*) Tableau historique et pittoresque de Paris. Par J. B. de Saint Victor. Paris 1808.

die Salpêtrière steht, diente zur Bereitung des Salpeters. Der Palast, der aus jenem Gebäude mit überraschender Schnelligkeit innerhalb eines Jahres emporstieg, hat den Namen nach dem ursprünglichen Zwecke des Gebäudes behalten. Das Octogon, welches heute mit seiner kupfergedeckten Kuppel über die Flügel und Höfe weit hervorragt, bildet das Dach der schönen, mit jonischen Säulen geschmückten Kapelle des Hospitals und wurde nach den Plänen Libéral Brüants erbaut.. Am 7. Mai 1657 konnte die Salpêtrière bereits als Zufluchtshaus und Wohnstätte für die Armen und Elenden eröffnet werden. In ganz Paris wurde die Bettelei an diesem Tage durch ein königliches Edict verboten. Eine wunderbare Ordnung und Aufsicht, erzählt Herr von Saint Victor weiter, herrschte in diesem Hause. Mehr als 7000 Arme und Unglückliche jedes Geschlechts und Alters fanden hier Aufnahme. Sie wurden mit solchen Arbeiten beschäftigt, welche ihrer Individualität und ihren Fähigkeiten angemessen waren, und mit allen Lebensbedürfnissen versehen, welche sie brauchten. Ein zweiter Hof wurde für leichtsinnige Mädchen und Frauen, welche eine Zufluchtsstätte suchten und einen andern Lebensweg einschlagen wollten, eingerichtet; ein dritter Hof wurde für die Tollen und Blödsinnigen bestimmt. In einem andern Theile des großartigen Gebäudes wurde ein Lazareth eingerichtet. Die ganze Anstalt stand unter der Aufsicht von 22 Priestern, welche wieder unter der Oberaufsicht von 3 Rectoren standen."

Ich zog die Klingel am gewölbten Thor des Mittelgebäudes, dessen Bogen weit über der hohen Umfassungsmauer hervorragte. Das Thor öffnete sich, und der Portier führte mich zu dem Greffier des Hauses. In Begleitung eines Aufsehers durchwanderte ich nun während mehrerer Stunden die weitläufigen Gärten, Anlagen, Gebäude und Höfe der Salpêtrière.

Und was sah ich? In der That einen wirklichen Palast von eminenten Dimensionen, von Anlagen und Gärten umgeben, wo man mit dem Raum in wahrhaft verschwenderischer Weise umgegangen war und nichts im Auge gehabt zu haben schien, als Luft, Licht und Reinheit der Temperatur. Die Gärten, Wiesen und Höfe dehnen sich bis zum Spiegel der Seine aus, der Durchschnitt am Thore, wo ich eingetreten war, bis zu der letzten Mauer, welche an den Fluß stieß, betrug nicht weniger, als ein und einen halben Kilometer. Gewiß enorme Dimensionen. Ich kam durch große Gärten, deren Ende das Auge kaum erreichte; duftige Rasenflächen wechselten mit Blumenbeeten, von hohen Taxushecken umgeben, mit Laubengängen, Baumreihen, Wiesen und Wasserbecken. Alle Hecken, alle Baumreihen, alle Lauben waren mit der Scheere zugestutzt. Der Geschmack, welcher dem Besucher in den weiten Gärten von Versailles entgegentritt, war auch hier maßgebend gewesen. Ueberall sah man, daß die Anlagen aus der Zeit Ludwigs des Vierzehnten stammten. Die Schnörkelei, das Gezierte, das Eckige im Geschmack der damaligen Zeit hatte sich in keinem Blumenbeete, in keiner Buxbaumeinfassung, in keiner Grotte verleugnet. Gleich der Garten, welcher im ersten Hofe, den ich betrat, angelegt war, trug in seinen übrigens prächtigen Baumgruppen und mit großer Sorgsamkeit gepflegten Blumenbeeten diesen Charakter. Er war rings von Gebäuden umgeben, welche die Beamtenwohnungen enthielten, und deren Façade reich mit Schnörkeleien der damaligen Bauperiode überladen war. Hinter den Häuserlinien dieses ersten Hofes dehnten sich dann noch fünf andere Höfe von enormen Dimensionen aus, deren Gebäude zum Aufenthalt und zur Verpflegung der Bewohner der Salpêtrière dienten. Die weiteren Höfe waren ganz mit Rasenflächen, Gartenanlagen und Baumgruppen bedeckt, zwischen denen breite Kieswege zu den einzelnen Gebäuden führten. Und mit welch' einer Verschwendung an Raum und Licht war man in der Einrichtung der Häuser verfahren! Hohe, luftige Schlafsäle, hohe, breite Bogenfenster, weite, bequeme Treppen, große Flure, helle, große Corridors, jeder Stein, jeder Winkel äußerst sauber und reinlich, alle Betten mit weißen Mousselinvorhängen, oft in zierlicher Weise aufgesteckt, versehen. Welche Kontraste mit jenen engen und finstern Arbeiterwohnungen im Quartier St. Jacques, welche ich Tags vorher besuchte, in denen die Bewohnerinnen der Salpétrière vielleicht ihre Jugend und den größten Theil des reiferen Alters verlebt hatten!

Denn wer wohnte in diesen hellen, luftigen und reinlichen Sälen, wer athmete die Luft und den duftigen Hauch dieser Baumgruppen und dieser weiten Rasenflächen, wer hörte den Gesang der Vögel in jenen verschwiegenen Laubgängen, wer sah die Strahlen der untergehenden Sonne jene Laubwipfel röthen und durch jene Ranken glühen? Da saßen sie ja auf den grünangestrichenen Bänken, unter dem Schatten der breitästigen Kastanien und strickten oder nähten, oder blätterten in einem Buche, oder blickten träumerisch in's Weite, das graue Haar unter der weißen Haube hervorquellend, oder sie wankten umher an Stöcken mit gesenktem Haupte, mit gebeugtem Nacken, mit gekrümmtem Rücken, über denen schon siebenzig und mehr Jahre mit allen ihren Schmerzen, mit aller ihrer Qual, mit aller Noth, mit aller Armuth und einem Heer von Krankheiten hinweggezogen waren. Ich sah das Alter in allen seinen unschönen Formen, in seiner ganzen Häßlichkeit an mir vorüberziehen. Tausende von alten, hinkenden, hinfälligen, gebrechlichen Frauen gingen hier den Weg zu ihrem Grabe. Die Salpétrière dient nur als Zufluchtshaus für arme, alte Frauen. Wie schön sie gewesen sein mochten vor vierzig, fünfzig, sechzig Jahren! Brennende, glühende Augen, braune, schwarze Locken, weiße, zarte Glieder, zier=

liche Gestalten, weiße, verführerische Schultern und zarte, feine Hände! Und heute? Runzeln und graue Haare, erloschene Augensterne, gebückt und gebrochen — wenn ich sie hätte plötzlich verwandeln können, mit einem Worte, mit einem Blicke, alle, wie sie vor dreißig und vierzig Jahren im Garten des Palais Royal den süßen Tönen der Musik lauschten oder im grünen Thal von Montmorency oder an den blumigen Ufern des schönen Sees von Enghien im Schatten der Kastanien auf schwellenden Rasen lagen, lachend, kichernd, scherzend, vom Arm der Liebe umschlungen, welch wundervolles Bild von Jugend, Frische und Schönheit hätten heute die Gärten des Hauses der Armen und Elenden geboten! Aber vorbei, vorbei — nur die Natur bleibt ewig jung und schön! Jene grünen Kastanienwipfel, jene weißen Rosen, jene rothen Azaleen, jene duftigen Rasenflächen grünten, blühten und schimmerten hier seit König Ludwig XIV., gerade, wie heute. Nur die braunen Locken, welche einst das blühende Antlitz eines jungen Mädchens umrahmten, hat die Zeit währenddem zweimal weiß gefärbt.

Immer weiter. In jedem Hofe, in jedem Garten, in jedem Saale dieselben Bilder des Alters und der Gebrechlichkeit. „Wie groß ist denn die Zahl der Bewohner der Salpêtrière?“ fragte ich meinen Begleiter.

„Viertausend fünfhundert Gebrechliche,“ erwiderte er, „außerdem fünfzehnhundert Irrsinnige und Epileptische.“

„Sechstausend, das ist viel! Und sie werden Alle umsonst verpflegt?“

„Jede, die arm ist, wird umsonst verpflegt. Aber es sind auch Pensionärinnen hier. Die Pension beträgt täglich 3 bis 4 Franken. Sie können sich nach diesen Ziffern berechnen, wie enorm die Kosten sind.“

Dann kamen wir zu den Höfen der Irrsinnigen und Epileptischen. Sie bewohnen verschiedene Abtheilungen des

Hauses. Die „ruhigen" Kranken waren ganz in ähnlicher Weise untergebracht, wie die gebrechlichen und alten Frauen, deren Wohnungen ich so eben besucht hatte. Die Schlafsäle und Räumlichkeiten zum Wohnen waren gemeinschaftlich. Gemeinschaftlich wurde unter der Aufsicht von barmherzigen Schwestern gespeist. Auch die Krankensäle waren gemeinsam. Ueberall dieselbe Reinlichkeit, dieselbe Bequemlichkeit, welche zuweilen an Zierlichkeit streifte, dieselben Gärten und Corridore. Die Gebrechlichkeit des Alters hatte hier noch einen trüben Begleiter auf der kurzen Lebensreise bekommen. Der Begleiter war der Irrsinn oder die Epilepsie. Der göttliche Funke der Vernunft war theilweise oder ganz erloschen. Liebliche oder häßliche Bilder bedeckten ihn mit rosigen oder schwarzen Schatten. Glücklich diejenigen, auf deren gefurchten Zügen, um deren bleiche Lippen ein Lächeln spielte, die Phantasie umhüllte sie mit ihrem goldgewirkten, sternenbesäeten Zaubermantel und trug sie weit hinweg in ein fernes Märchenland voll Poesie und Schönheit. Die finstere, schreckliche Gegenwart bedeckten Sonnenschein und rosige Wolken. Sie träumten sich jung und schön, sie wanderten wieder unter dem Schatten der Kastanien von Montmorency oder sie schliefen unter den Blumen der Gärten, welche den dunkelgrünen Spiegel des Sees von Enghien umrahmen. Sie waren die glücklichsten unter den Bewohnerinnen des Hauses der Armen und der Elenden. Für sie hatte die graue Gegenwart sich mit den farbigen Kleidern der Vergangenheit angethan. Aber jene Gruppe alter Frauen dort unter den breitstämmigen Ulmen! Die Angst, der Gedanke der Verfolgung, die Unruhe lagerten auf ihren von weißen Haarsträhnen umrankten Stirnen, das Entsetzen sprach aus ihren dunkeln Augen, Fieberröthe bedeckte die magern Wangen. Welche Bilder peinigten sie? Plötzlich hörte ich einen Schrei des Entsetzens in der Gruppe. Eine von den Frauen erhob sich; convulsivisch schien sie mit ausgestreckten Armen einen Gegenstand abzuwehren, dann stürzte sie nieder, noch ein durchdringender Schrei, eine Krankenwärterin sprang hinzu, und fing sie auf, der Anfall endigte mit einem langen, convulsivischen Zucken. „Was fehlt der Armen?“ fragte ich, hinzutretend, die barmherzige Schwester, welche, neben ihr auf dem Grase liegend, ihren Kopf hielt. „O, sie wird von dem Gedanken geängstigt, daß eine Schlange sie verfolgt und ihr schließlich in den Mund kriecht,“ erwiederte die Schwester, zu mir aufblickend, „es wird sofort vorüber sein.“ Ich habe diese schrecklichen Gedanken häufig bei Irrsinnigen gefunden.

Die Säle waren ganz in der Art und Weise eingerichtet, wie die neuere Heilkunde die Irrsinnigen überhaupt behandelt. Außer dem Zwangsstuhle gab es keine Zwangsmaßregel; alle gewaltthätigen Mittel, mit denen vor noch nicht langer Zeit die armen Blödsinnigen behandelt wurden, waren auch hier verschwunden. „Aber warum wenden Sie noch den Zwangsstuhl an?“ fragte ich meinen Begleiter, „er gehört ja auch schon in die Rumpelkammer des vorigen Jahrhunderts. Eine gepolsterte Zelle würde weit bessere Dienste thun.“

Der Mann zuckte die Achseln. „An den Aerzten liegt's nicht,“ erwiederte er, „sie haben schon oft auf den Bau einer solchen Zelle gedrungen. Aber die täglichen Kosten des Hauses sind enorm, unter zwanzigtausend Franken geht's täglich nicht ab, die Kost ist durchweg reichlich und gut; da soll denn, wo es irgend möglich, an der Einrichtung erspart werden.“

In manchen Zimmern waren Pianinos aufgestellt. Die armen Irrsinnigen konnten sich ihrer bedienen, wann und wo sie wollten. Auch bestimmte Musikabende gab es, wo Bekannte und Verwandte aus der Stadt kamen und am Hause angestellte Lehrerinnen kleine musikalische Aufführrungen veranstalteten. „Bälle sind hier wohl nicht eingeführt?“ sagte ich lächelnd zu meinem Begleiter. — „O nein,“ erwiederte er lachend, „sie tanzen nicht mehr. Es giebt hier keine Frau unter sechzig Jahren. Aber wir haben oft gemeinschaftliche Diners, an denen auch Bekannte und Freunde aus der Stadt theilnehmen. Es geht oft heiter dabei her. Aber wenn wir auch keine Bälle haben, wir haben doch Maskeraden.“

„Maskenaufzüge?“ fragte ich staunend.

„Nun ja, zur Fastnachtszeit. Dann ist ein gemeinschaftliches Abendessen, und dazu erscheinen Alle in Maskenanzügen. Und manche tanzt dann auch wohl einmal.“

„Und denkt an die Bälle im großen Opernhause, wo sie vor fünfzig oder sechzig Jahren im Debardeur-Kostüme den feurigen Contretanz tanzte,“ fügte ich lächelnd hinzu.

Aber die Scene sollte noch schrecklicher werden. Wir gingen nach dem Hofe, wo die Tobsüchtigen und Unheilbaren sich aufhielten. Er war stärker mit Mauern und mit Gittern verwahrt, als die übrigen Räume. Aber im Innern des Hofes war nichts Schreckliches. Es war ein weiter Raum, mit Rasen bedeckt, mit schönen Ulmen bepflanzt, die Mauern mit Epheu bekleidet. In diesem weiten Garten, in dem das Auge nur auf Laub und Blättern ruhte, standen einige 30 kleine Häuser, manche von runder, manche von viereckiger Form mit Holzbedachung. Man hätte sie, wenn man nicht wußte, wo man sich befand, für Sommerpavillons in einem großen Park halten können. Jedes einzelne Haus, zu dessen Thüre einige Stufen hinaufführten, bestand nur aus einem oder zwei Gemächern. Jedes Haus wurde nur von einer Kranken bewohnt. Die Zimmer waren mit einigen Strohsesseln, Tischen und Bett, außerdem mit einem Zwangsstuhl versehen. Alle Thüren waren geöffnet. Jede Kranke konnte sich so lange wie sie wollte, und nicht von dem Anfalle heimgesucht wurde, im Garten aufhalten. Die Harmonie des Hofes, welche einen äußerst friedlichen und stillen Eindruck auf den Eintretenden hervorbringen mußte, wurde plötzlich durch einen fürchterlichen Lärm gestört. Alle Kranken kamen aus den Häusern hervorgestürzt, oder erhoben sich von dem Rasen, auf dem sie im Schatten der Bäume lagerten, und umringten uns mit einem entsetzlichen Geschrei. Jede sprach, jede fragte, jede schrie, das Stimmengewirr wuchs von Minute zu Minute, wild flatterten die Strähnen des grauen Haares um die Köpfe, Hals und Brust waren bloß, sie streckteu mir die nackten magern Arme entgegen, sie griffen nach mir, die Augen rollten und glühten, Gelächter unterbrach das Geschrei; wenn ich das Auge erhob und auf die sonderbaren Holzhäuser blickte, so konnte ich denken, unter einen Haufen wüthender Indianerweiber gerathen zu sein, oder unter einen Haufen Furien — ich erinnere mich niemals einen so entsetzlichen und widerlichen Aublick gehabt zu haben. Nur mit Mühe hielten mein Begleiter und einige Wärterinnen, welche sich fortwährend mit den Kranken im Hofe der Tobsüchtigen befanden, und hinzusprangen, mir diese Haufen wüthender Megären vom Halse. Das Geschrei und das Gelächter hätte mich selbst toll machen können, wenn ich es hätte eine Stunde ertragen müssen. Alle Beschwichtigungsmittel, welche die Wärterinnen versuchten, waren vergeblich. Der tolle Lärm stieg von Minute zu Minute. Nur mit großer Mühe zogen wir uns nach dem Eingangsthore zurück. Zwanzig, dreißig, vierzig nackte, magere Arme griffen nach mir. Bald hingen die Fetzen an dem leichten Sommerrocke, den ich trug, herab. Jetzt noch einen Schritt, und das vergitterte Thor lag zwischen mir und den Furien. Und wieder kam mir der Gedanke: „Könnte ich alle diese entsetzlichen Gestalten mit einem Zauberworte vierzig, fünfzig Jahre zurückversetzen, wie schöne Mädchen, von dem Rosenglanz der Jugend überhaucht, würde ich vor mir sehen! Heute habe ich das Alter in seiner schrecklichsten Gestalt erblickt."

Das Geschrei und der Lärmen tönte immer noch über die Mauer zu uns herüber. Lange klang es mir in der Erinnerung wieder, und oft noch stiegen vor meinem geistigen Auge jene entsetzlichen Gestalten auf, welche im Hofe der Tobsüchtigen ihre mageren, knochigen Arme nach mir ausgestreckt hatten. „Ich werde Sie nun zu den Idioten führen, mein Herr," sagte der Beamte, als ich mich noch gar nicht von dem Anblick, den ich so eben gehabt hatte, erholen konnte.

„Idioten," erwiderte ich schaudernd, „Menschen, welche von dem Menschen nur die Gestalt haben, und auch zuweilen nicht einmal die Gestalt, Menschen, deren Seele weit unter der Thierseele steht, die ekelhaftesten Wesen, welche auf Gottes schöner Erde leben, Kakerlaken, Cretins, und wie sie alle heißen, nein, ich will heute keine Idioten sehen! Ich sah sie im Wunderthal von Aosta, wo der Montblanc hineinschaut mit seinem weißen Riesenhaupte, im Kloster San Servolo in Venedig, in dem Hause meines Freundes, des Director Bösch in Berlin, in London, ich schaudere vor ihnen, und will sie nie wiedersehen, nie. Führen Sie mich hinaus, Brigadier, aus dem Hause der Armen und Elenden. Das Haus ist ein Palast; aber die Gestalten, die darin wohnen, sind fürchterlich."

Er führte mich auf dem kürzesten Wege nach dem Rococcogarten im ersten Hofe. Es war Abend geworden. Ich hatte über 3 Stunden auf meiner Wanderung durch die Gärten, Höfe und Häuser der Salpétrière zugebracht. Die Taxushecken, die gezirkelten Blumenbeete, mit ihren Muscheleinfassungen, die mit der Baumscheere zugestutzten Lauben lagen in tiefem Schatten, eintönig plätscherten die Wasser aus den Mäulern der Tritonen in die Marmorbecken. Endlich stand ich wieder an dem Thore des Hauses der Armen und der Elenden auf dem Boulevard. Ich fuhr nach dem Opernhause. Die La Grua sang die Norma. Die zauberischen Töne der Casta Diva verscheuchten erst die schrecklichen Gestalten, welche ich gesehen, aus meiner Erinnerung.

CPSIA information can be obtained
at www.ICGtesting.com
Printed in the USA
LVHW100446110522
718424LV00003B/259

9 783375 009618